MARCEL FRESCALY

MARIAGE
D'AFRIQUE

PARIS

G. CHARPENTIER ET Cⁱᵉ, ÉDITEURS

13, RUE DE GRENELLE, 13

1886

MARIAGE D'AFRIQUE

MARCEL FRESCALY

MARIAGE D'AFRIQUE

PARIS

G. CHARPENTIER ET Cie, ÉDITEURS

13, RUE DE GRENELLE, 13

—

1886

A MON BIEN CHER AMI

LE COMTE DE LARIBOISIÈRE

EN SOUVENIR DE NOTRE CAMABADERIE

DE SAINT-CYR

MARIAGE D'AFRIQUE

I

UNE POPOTE

C'était la fin d'un dîner, à la popote de Bugeaudville. Les sept officiers présents dans la garnison et le garde général des forêts tâchaient de tuer le temps de leur mieux, en prolongeant leur séjour à table avant d'aller au cercle, — l'unique distraction de l'endroit. Suivant l'habitude, on discutait, et les esprits, un peu tournés à l'aigre, mettaient peut-être plus d'animation qu'il n'aurait fallu dans les réflexions échangées entre les convives.

Martinotti, le lieutenant du bataillon d'Afrique, soutenait, avec une insistance puisée peut-être dans les nombreux verres d'absinthe qu'il avait absorbés avant le repas, la supériorité de l'officier de troupe sur celui des affaires indigènes.

— Vous direz ce que vous voudrez, répétait-il à Astaire, l'adjoint de bureau arabe, ce n'est pas bien malin de faire votre métier. Signer des permissions, vous promener de tribu en tribu, la belle affaire !

— J'ai pour habitude, répondit sèchement l'officier
interpellé, de ne jamais parler des choses que je ne
connais pas, ou que je ne comprends pas...

Martinotti fit un mouvement en entendant cette
réponse. Il n'aimait pas Astaire, officier de hussards,
— en vertu de cette sourde et stupide antipathie qui
existe entre fantassins et cavaliers. Il allait lancer
quelque apostrophe peu aimable, quand le capitaine
Mollet, chef du bureau arabe, prit la parole à son tour.

— Vous êtes dans l'erreur, si vous croyez que c'est
si facile que ça. Ainsi, connaissez-vous l'histoire de
Si-Ahmed et du commandant supérieur?

— Non, fit Martinotti en secouant la tête.

— Contez-la nous, mon capitaine, demanda l'interprète Paulin.

— Eh bien, dit M. Mollet, heureux de se voir
écouter, quand M. Parenteau arriva ici, il eut du fil
à retordre, grâce à la popularité d'un marabout très
vénéré, Si-Ahmed-Ould-Embarek. Le saint personnage s'était vanté hautement de n'avoir jamais eu de
rapports avec l'autorité française et de ne permettre
à aucun *Roumi* d'entrer dans son ermitage. Le commandant supérieur prit un beau jour sa tête de service
et alla du côté de la *zaouïa* de Si-Ahmed, où il fit
semblant de prendre des notes sur un calepin; puis
rentra chez lui et donna le mot au spahi de garde.
Une demi-heure après, le fils du marabout fut signalé
rôdant autour du bureau. Le spahi engagea la conversation avec lui et le fit asseoir sur un banc à côté
de la porte. Le capitaine Parenteau, venant à sortir,

aperçut l'indigène et le fit chasser en gourmandant l'*assas* qui lui avait permis de s'installer à cet endroit.

« Le marabout, très inquiet de ce procédé, jugea qu'on tramait quelque chose contre lui ; il ne tarda pas à arriver, la tête en état de siège, fut introduit auprès du commandant supérieur, et déclina ses noms et qualités.

« — Comment! c'est toi? fit le capitaine d'un air étonné. Pourquoi as-tu tellement tardé à venir me voir ?

« Et il lui persuada que les conseils d'un homme aussi influent que lui seraient toujours les bienvenus.

« Le marabout, très surpris, se laissa prendre à ses avances et vint très souvent au bureau pour raconter à M. Parenteau des balançoires que l'autre feignait d'écouter ; puis, un jour, le capitaine, averti par ses espions que des émissaires des Oulad-Sidi-Cheikh se trouvaient à la zaouïa, demanda à Si-Admed à aller visiter sa demeure. Le marabout y consentit à contre-cœur, et fut bien surpris, je vous réponds, de voir le commandant supérieur aller droit aux étrangers, cachés parmi les fidèles de l'ermitage et les arrêter. Le marabout fut bien heureux d'en être quitte pour le *poil* qu'on lui administra, — mais il fut considéré comme un traître par les Arabes, et cessa de causer de l'ombrage à M. Parenteau. C'est un joli tour qu'il lui a joué là. Qu'en dites-vous? Moi, je trouve qu'il y a de quoi se tordre ! »

Le récit du chef de bureau arabe se termina au milieu des rires de l'assistance. Seul, l'officier d'admi-

1.

nistration garda son sérieux ; il avait été de l'expédition du Mexique, et cette contrée lui avait causé un éblouissement dont il ne pouvait se remettre. Tout ce qui ne se rapportait pas à elle était sans prix à ses yeux, et il cherchait toujours un moyen de mettre la conversation sur ce sujet. M. Mollet lui lança un regard qui arrêta sur ses lèvres une épigramme prête à sortir. Après quoi le capitaine but une gorgée de *jus de chapeau* — c'est par cette appellation gracieuse qu'il désignait d'ordinaire le café de la popote. Mais il ne cessait pas de guigner de l'œil les jeunes gens. Il avait une peur horrible qu'on ne se f....tt de lui ; et il faut avouer que cette crainte était justifiée.

Simple sergent, secrétaire d'un bureau arabe avant 1870, pendant longtemps il avait cherché à attirer l'attention de ses chefs en se donnant l'apparence de la fortune : le moyen était bien simple, il s'agissait de faire jouer aux quelques économies qu'il avait pu amasser depuis son entrée au service le rôle de figurants du Cirque ; il les envoyait à un ami, qui les lui faisait de nouveau parvenir. Les registres du vaguemestre n'étaient émargés qu'au nom de Mollet. Ce moyen primitif lui réussit et l'on mit sur ses notes : *A de la fortune.* L'on connaît l'importance de ces notes pour les militaires, et tout le monde sait l'histoire de cet officier qui se désespérait de ne passer qu'à l'ancienneté depuis de longues années, et qui réclama enfin au général inspecteur.

— Pourquoi jouez-vous ? lui répondit celui-ci ; on n'a que cela à vous reprocher.

— Je n'ai jamais touché une carte, mon général. Mes camarades peuvent en témoigner.

— Pourtant, vos notes sont là.

Il y eut enquête, et l'on découvrit à la première feuille du registre : *joue de la flûte*, talent d'agrément de l'officier ; aux folios suivants, les trois derniers mots avaient été oubliés par un copiste négligent, et les notes : *joue, continue à jouer, joueur incorrigible*, avaient suivi le malheureux dans toute sa carrière. Il en fut de même pour Mollet. Il passait pour riche. De là à le croire bien élevé, il n'y a qu'un pas. Avec cela de la tenue, une belle écriture et le goût des paperasses ; il pouvait prétendre à tout.

En 1870, quand la guerre éclata, il passa sous-lieutenant d'emblée et, pendant que tout le monde courait au danger, Mollet s'incrusta dans sa coquille, passant rapidement stagiaire adjoint de deuxième classe, puis adjoint de première, et enfin chef de bureau. Cela ne l'empêchait pas de déclamer contre la guerre de 1870.

— Sans elle, disait-il souvent, je serais arrivé.

Arrivé à quoi, il se gardait bien de le dire. Il avait là son bâton de maréchal, avec le grade de capitaine qu'il avait conquis lentement, à l'ancienneté. Et il avait gardé de son ancien état une foule de menues habitudes de classification.

Ne lisant pour se distraire que le *Journal militaire*, l'*Annuaire* et les archives du bureau, il pouvait donner de mémoire le numéro, la date et la composition de n'importe quelle circulaire ministérielle ayant paru depuis vingt ans, et il apportait dans les détails de

son intérieur les mêmes soins et les mêmes habitudes
d'ordre et de réglementation. Vainement il avait
essayé de fixer l'imagination vagabonde d'Astaire en
lui expliquant ce qu'il appelait l'organisation militaire
d'une maison, les patères affectées à certaines catégories d'effets énumérés en belle ronde sur de menues
étiquettes, les gants dans des casiers séparés avec des
en-têtes : — *gants fins pour visites,* — *demi-fins pour*
— *revues,* — *demi-sales pour monter à cheval,* — *sales à*
laver, — *à réformer.* Et toutes ces catégories prenant
place sur un registre où étaient mentionnées les dates
d'achat et de réforme des gants.

Une merveille d'ordre aussi, le cahier de dépenses
de la popote, que Mollet avait voulu tenir, malgré son
grade de capitaine, dans la manie de paperasser dont
il ne pouvait se défaire. Un œuf pondu et couvé à la
basse-cour donnait matière à plusieurs sortes d'écritures. Il était porté en *entrée* le jour où il était pondu,
en *sortie* lorsqu'on le mettait sous la couveuse ; le
jeune poulet résultant de l'opération était marqué
entré le jour de son éclosion, et *sorti* celui où on le
mangeait. « De cette façon, prétendait le capitaine,
il n'y avait pas moyen de se tromper. »

C'était un bon homme au fond, et on ne lui connaissait que deux défauts : c'était l'admiration mêlée
de frayeur qu'il ressentait à l'égard du capitaine
Parenteau, et sa manie de faire de l'esprit. Il avait
depuis vingt-cinq ans un tel respect pour le grade du
commandant supérieur qu'il n'osait jamais quitter
devant lui la « position du soldat sans le sou », et

encore moins émettre une opinion sans en être formellement prié ; dans ce dernier cas, il tâchait de lire dans les yeux de son chef la réponse qu'il devait lui faire.

Une fois sorti de son bureau, il « manquait d'allant » et il se sentait mal à l'aise. Cette timidité le poursuivait jusqu'auprès de ses subalternes, et c'était en se frottant les mains par un mouvement brusque et embarrassé que le capitaine Mollet répétait pour la centième fois quelque vieux jeu de mots destiné à affirmer sa supériorité intellectuelle et à l'empêcher de « s'embrouiller dans les feux de file ». Il ne manquait jamais de demander alors à ses voisins s'ils savaient « la différence qui existe entre Alexandre le Grand et un tonnelier », ou leur annonçait que les Oueds d'Algérie devaient se prononcer *Ueds* parce qu'on *n'y voyait pas d'eau*. Et il prenait un air modestement satisfait pour expliquer à ses interlocuteurs distraits la solution de l'énigme qu'il leur proposait...

Ce jour-là, après que le capitaine eut dit son anecdote, il y eut un moment de silence, chacun finissant de prendre son café. Le cuisinier de la popote, en tablier bleu graisseux et les bras nus, desservait la table à petit bruit, au milieu d'un nuage de mouches attirées par le dessert. L'officier d'administration crut l'occasion propice, et dit en matière de réflexion :

— Ce café n'est pas fameux. Ah ! si c'était au Mexique...

— Où sont donc les Barbettes ? demanda Astaire, pour rompre les chiens, en faisant allusion à l'absence du capitaine du génie et de son adjoint.

— A la Folie-Rouqueyras, répondit Paulin.

Il y eut un éclat de rire général. Et comme le lieutenant ne comprenait pas, on lui expliqua qu'on
nommait ainsi le poste de l'Oued-Debah, créé à vingt
kilomètres de là par le général Rouqueyras, sur un
plan très vaste, — création qui, par parenthèse, n'a-
vait pas absolument réussi.

— Il n'y a que le cimetière qui soit bien peuplé,
disait le docteur Chartier de sa voix mordante. On a
même été forcé d'en créer un second. Mais l'Oued-
Debah est célèbre dans la province par les bévues du
génie militaire...

— ...Malfaisant, rectifia Paulin.

— Malfaisant me semble juste, fit l'aide-major d'un
ton sentencieux. Par conséquent : adopté. Donc, il y
a quatre ans, Rouqueyras avait conçu son plan et le
trouvait magnifique, *comme par hasard*. Il envoya
dare-dare un escadron de chasseurs d'Afrique sur les
bords de l'Oued. Le capitaine du génie, mis au fait
des intentions du général, bâtit sur-le-champ une
écurie pour la cavalerie ; malheureusement plus tard,
quand la redoute fut achevée, on s'aperçut qu'on avait
laissé ce bâtiment à vingt mètres en dehors, — si bien
que les chass.-d'Af. sont encore obligés d'y mettre
toutes les nuits une garde énorme, de peur qu'on ne
leur vole leurs chevaux.

« On avait élevé des retranchements comme pour
une ville de dix mille habitants. Au milieu des travaux,
on fut obligé de restreindre leurs proportions, et l'en-
ceinte fut réduite des trois quarts : elle est encore trop

grande actuellement, et le commandant d'armes de
l'Oued-Debah me disait que si par hasard il était as-
siégé par les Arabes, il irait se réfugier dans un bas-
tion, ne pouvant défendre toute la redoute avec un
seul escadron et une compagnie d'infanterie.

— D'autant plus, observa Paulin, que, cet ouvrage
étant placé sur un terrain en pente, on aperçoit de la
plaine environnante une bonne moitié de l'intérieur,
et qu'on pourrait, de là, canarder tous les défenseurs
comme on voudrait.

— Je me souviens de l'avoir vu construire, ajouta
le père Coursy. A la cuisine de l'hôpital, il y avait de
magnifiques fourneaux auxquels il ne manquait que la
cheminée...

— Et les vitres étaient posées avant les toits.

— Et ce pavillon d'officier auquel on avait oublié de
faire une porte, si bien que son propriétaire a été obligé
pendant un an de rentrer chez lui par la fenêtre !...

Chacun disait son mot, et, malheureusement, il y
avait beaucoup de mots à dire sur ce poste que tout
le monde connaît dans la province d'Oran. On citait
l'abreuvoir placé sur une pente, de telle manière que
« pour boire les chevaux étaient obligés de se mettre
à genoux à une extrémité, tandis qu'à l'autre il leur
aurait fallu prendre des échelles ». On parlait de l'hôpital, dont la salle de bains était contiguë à la cuisine;
l'on n'avait songé qu'au bout de plusieurs années à
établir un robinet de communication, autrement les
seaux d'eau chaude portés par les infirmiers parcouraient deux cents mètres avant d'arriver à la baignoire,

et les bains ne pouvaient jamais dépasser en hiver un maximum de dix-huit degrés.

Tout le monde était enchanté de pouvoir crosser le génie militaire antipathique, par ses fonctions, à toutes les armes. A Bugeaudville surtout, les officiers étaient furieux de se voir désigner par les *Barbettes* des chambres malsaines et tombant en ruines ; ces logements étaient déclassés depuis longtemps, mais l'esprit de routine empêchait de les refaire, si bien qu'on était forcé de les habiter tels quels et d'en payer la location au génie.

— Mais que diable a été faire le capitaine Jaunard à l'Oued-Debah? demanda Astaire.

— Il est allé voir la citerne qu'il y a construite, répondit Chartier. C'est très commode comme invention. Elle est placée à côté du puits, si bien qu'on va la remplir avec l'eau de ce dernier et l'été, quand le puits sera à sec, on y remettra de l'eau de la citerne, s'il en reste...

On riait. Le garde général Coursy murmura en essayant de se donner un air de finesse :

— C'est égal, Mme Parrot doit bien s'ennuyer aujourd'hui.

— Ah bah! fit l'adjoint du bureau arabe, est-ce que le capitaine Jaunard...?

— Lui? répondit Chartier. Mais il est accueilli à l'auberge... à draps ouverts.

— Il s'est assez dévissé pour ça, remarqua aigrement l'interprète. Avec toutes les dépenses qu'il a faites chez Parrot...

— Comme on fait son nez on se mouche, observa sentencieusement Mollet.

Et la conversation continua sur ce ton. On *cassait du sucre* sur la tête des deux officiers absents; on faisait ressortir les ridicules de l'adjoint du génie, qui s'exemplait en tout sur son chef, le suivait en tout comme une ombre et ne manquait jamais, chaque fois qu'il sortait à cheval avec lui, de tomber deux ou trois fois. Depuis qu'il était à Bugeaudville, il essayait vainement d'élever des chiens. Le premier en date s'était cassé la cuisse, et on avait dû l'abattre; le second et le troisième étaient morts de maladie; enfin le quatrième qui répondait au nom original de « F...-le-Camp » avait eu une fin tragique, deux jours auparavant : il était très caressant et dormait dans le lit de son maître. Celui-ci, après un punch, eut le sommeil un peu lourd, et se réveilla le lendemain couché tout de son long sur un chien aplati et déjà raide, si bien qu'il avait juré de ne plus tenter d'élevage, étant poursuivi par la « guigne ». Quant au capitaine Jaunard, on *blaguait* sa mine de bébé frisé, sans moustaches. Comme il rougissait chaque fois qu'on abordait devant lui un sujet risqué, et avec quel air mystérieux il adressait ses hommages discrets à la grosse Mme Parrot, tout étonnée d'une telle façon d'agir!... Chacun daubait sur les absents.

A ce moment, un spahi vint chercher M. Mollet de la part du commandant supérieur. — « Armoire, Astaire! dit le chef du bureau arabe. — Au revoir, mon capitaine! répondit l'adjoint. — Messieurs, je vous salue

2

b.....ment. » Alors ce fut son tour d'être déchiré : il était
« mal embouché, grossier comme un pain d'orge,
« élevé dans une écurie, assommant avec ses jeux
d'esprit démodés ». On riait surtout de la manière
dont il s'aplatissait devant le commandant supérieur
laissant agir celui-ci sans se rebecquer, — même quand
le capitaine Parenteau, plein d'un beau zèle pour la
morale, infligeait trente jours de prison à un indigène
pour avoir tenté de suborner une femme de sa tribu,
ou pour avoir manqué de respect envers son chef de
douane, tandis qu'un vol, une tentative de meurtre
n'étaient punis que d'une réclusion de huit jours...

— Parbleu, dans les affaires indigènes ! dit d'un ton
méprisant Martinotti, en proie à une idée fixe.

— Avec ça qu'on est si intelligent dans votre arme,
repartit Astaire, exaspéré. Pendant que j'étais à Dinan,
le lieutenant-colonel Teste-Devaux faisait le rapport
dans son régiment. Vous voyez cela d'ici : les capi-
taines de compagnie, les sergents-majors, les fourriers
rangés autour de lui. Le lieutenant-colonel tenait à la
main le tableau de travail de la semaine, et il dicta
textuellement :

« Aujourd'hui vendredi, de six heures à neuf heures,
exercice pour tout le monde; de huit à dix... » Ici il
hésita, regarda mieux le papier qu'il lisait, fit un
geste comme pour dire : Ma foi, je n'y comprends
rien ! et continua de dicter : « De huit à dix... *ziq avec
l'étan*... » Chacun se regarda avec la pensée qu'il
devenait fou. Tout rouge, Teste-Devaux fit encore :
« Je sais bien que ça ne veut rien dire, mais enfin ça

y est. Fourrier, écrivez *ziq avec l'étan*... — Permettez, mon colonel, dit alors un sergent-major plus malin que les autres, je crois pouvoir vous expliquer... » Et il lut à Teste-Devaux abasourdi, dans la colonne de 8 à 10 heures, la mention : « *Répétition de mu* SIQUE AVEC LES TAM-*bours* » disposée sur trois lignes en face des jeudi, vendredi et samedi. C'était de là que provenait l'erreur. »

Tout le monde riait au récit d'Astaire. Seul, Martinotti voyait là-dedans une insulte à l'infanterie.

— Dans notre arme, on est toujours plus poli que dans la vôtre. A force de parler à des chevaux...

— Allons, dites à des bêtes, observa flegmatiquement Astaire.

— Quant à oi, déclara Martinotti en se levant, je n'ai jamais porté d'éperons ni aux talons, ni aux coudes, et j'en suis fier !

Porter des éperons aux coudes est une image en honneur dans l'infanterie de ligne, qui reproche ce défaut aux rapides chasseurs à pied. Astaire ne fit pas attention à ce détail. Il considérait les paroles provocantes de Martinotti comme une insulte, et voulait les relever.

— Dans tous les cas, dit-il en se levant à son tour, ce n'est pas de vous que votre arme s'enorgueillira beaucoup.

— Pourquoi? demanda Martinotti, devenant blême.

— Parce que vous êtes un rustre, mon ami, répondit froidement Astaire.

Et comme le lieutenant faisait mine de s'élancer sur lui, il ajouta :

— Vous cherchez depuis longtemps une querelle avec moi, vous l'avez maintenant. Vous savez que je suis à votre disposition.

Plusieurs des assistants essayèrent de s'interposer, le père Coursy balbutia le langage le plus conciliant. Ce fut inutile. Les deux adversaires, excités l'un contre l'autre, déclarèrent l'affaire impossible à régler autrement que par les armes, et le duel fut fixé au lendemain matin, derrière le cimetière.

II

L'ARRIVÉE

Les officiers de Bugeaudville se promènent dans l'unique rue du village, s'entretenant d'une représentation qui va avoir lieu prochainement, et attendant avec impatience l'arrivée du courrier. Car c'est un événement à Bugeaudville que le courrier de France — le seul lien qui rattache les exilés à la mère patrie. Bien des cœurs battent en ce moment, mais à coup sûr pas un seul autant que celui de l'interprète du bureau arabe. Le voilà justement qui passe au grand trot de son cheval : « Hé, Paulin! où allez-vous donc comme ça? » Il se contente de saluer, sans répondre, et presse sa monture dans la direction d'El-Biodh.

— Où diable peut-il aller maintenant? demande le docteur Chartier à M. Jaunard, le capitaine du génie.

— Sais pas. Peut-être en tournée de tribu...

— Ou à la rencontre du courrier, ajoute à tout hasard le père Coursy qui vient en saluant se mêler à la conversation.

2.

Le père Coursy a raison, sans le savoir. C'est bien
au-devant de la voiture publique que se rend le jeune
homme, et à chaque instant il éperonne sa monture,
comme s'il craignait d'arriver en retard; et quoique
la route soit inégale et pleine de fondrières, il met son
cheval au galop.

Il dépasse ainsi le bureau arabe, puis le Dar-Diaf
ou maison des hôtes, avec son encombrement de
loqueteux de toute sorte accroupis le long des murs
et se chauffant pittoresquement au soleil. Maintenant,
il est en rase campagne, il a laissé derrière lui les
dernières haies de figuiers de Barbarie. De chaque côté
de la route, les vagues floconneuses de la *mer* d'alfa
semblent fuir en déferlant les unes contre les autres; de
petits lézards à queue rouge se sauvent au fond des
ornières à l'approche du cavalier. Mais Paulin ne
prête guère d'attention à ce spectacle familier. Ce qui
lui importe en ce moment, c'est de voir si Mlle Lin er
arrive.

L'interprète a été retenu longtemps chez le commandant supérieur et, pendant que son chef lui parlait,
il écoutait les bruits de la Redoute, craignant toujours d'entendre le clairon de garde sonner le refrain
de la *Casquette,* pour annoncer la venue du courrier.
Que ferait la pauvre femme en se trouvant seule à son
arrivée dans ce pays perdu, sans personne pour l'attendre à la descente de la voiture?... Dieu merci! le
clairon n'a pas sonné et le capitaine Parenteau a
terminé sa conférence en disant au jeune homme :

— Maintenant, je ne vous retiens plus, moi...

Et Paulin a pris sa volée, tâchant de rattraper le temps perdu, cherchant à se figurer ce que peut être la personne au-devant de laquelle il va, si pressé. Une ancienne maîtresse d'Astaire, sans doute : peut-être une cocotte sur le retour. « Dans ce cas, nous allons bien rire, murmure-t-il d'un ton léger. » Puis subitement, il redevient grave : « Peut-être arrivera-t-elle trop tard. » Et il ne peut s'empêcher de frissonner à cette pensée.

Quand Astaire a été blessé dans son duel avec le lieutenant Martinotti, on a d'abord cru que ce coup d'épée ne serait rien. Mais des complications sont survenues : fièvres d'Afrique, anciennes blessures rouvertes, ennui surtout, ont chaque jour fait empirer l'état du jeune officier. Il y a six semaines que cela dure et en voilà trois que Henri Astaire a fait appeler Paulin, son ami intime, et lui a dit entre deux délires : « Écrivez à Dinan, rue de Paris... à Suzanne... à Mlle Linier, qu'elle vienne ici avant que je meure... » Puis le lieutenant a perdu connaissance, et n'a cessé d'appeler cette femme qu'il ne tutoie pas. « Suzanne, Suzanne, venez! Vous savez bien que je vais mourir!... »

Après bien des hésitations, l'interprète a écrit. Et la veille il a reçu une dépêche datée d'El-Biodh : « Arriverai demain Bugeaudville. » Et c'était bien signé : Linier. Pourvu que cette Suzanne ne vienne pas trop tard! Astaire va si mal aujourd'hui!

L'interprète pousse son cheval en avant, dans son impatience d'éclaircir le mystère qui le tourmente, et comme si la vie de son camarade dépendait du temps qu'il va mettre à rejoindre l'inconnue. Voici le *Mamelon des adieux*, l'endroit où les officiers de Bugeaudville, qui « font la conduite » à leurs camarades quittant la garnison, prennent congé de ceux-ci après avoir bu « la goutte de l'amitié » et formulé les éternels souhaits de bon voyage.

Et, au tournant de la route, derrière la colline, l'interprète voit arriver l'antique guimbarde à grand bruit de grelots. Il pique des deux et se trouve près de la voiture; une jolie tête pâlie, à physionomie honnête, se penche à la portière et lui demande à travers le fracas des roues et les coups de fouet du cocher : « Comment va Henri? » puis se retourne aussitôt pour dire : « Monsieur Astaire! » Paulin, surpris de voir une jeune fille au lieu de la « vieille garde » qu'il s'attendait à rencontrer, peut seulement balbutier : « Toujours la même chose, madame. » Et, en trottant à côté de la voiture, dans la poussière soulevée par les roues, il se remet bientôt et parle de son camarade à Mlle Linier, qui l'écoute, les yeux pleins de larmes, les doigts crispés au vasistas poudreux, en hochant la tête de temps en temps pour montrer qu'elle entend. Paulin éprouve le plus grand plaisir à contempler le profil pur, les yeux bleus, les lourds cheveux blonds de cette jolie personne aux vêtements de deuil.

C'est ainsi qu'ils arrivent à Bugeaudville.

— Cocher, vous vous arrêterez devant la maison de Nathan-ben-Yuonnès.

Le clairon sonne la *Casquette*. Les huit officiers de la garnison et les dix-sept habitants européens de Bugeaudville se pressent au-devant du courrier; mais au lieu de continuer rondement jusqu'à la poste, comme d'habitude, la diligence s'arrête chez Nathan, une maison isolée au commencement du village. Voici bien du nouveau : une femme descend de la diligence; Paulin laisse son cheval à l'ordonnance qui l'attend et entre dans la maison en donnant le bras à l'inconnue.

C'est une rumeur qui parcourt aussitôt Bugeaudville, et le cocher de la diligence, à peine arrivé à la Poste, est accablé de questions. Mais il ne peut rien dire, sinon que la personne est jeune, jolie et *comme il faut*, que l'officier est venu à sa rencontre et l'a accompagnée jusque chez le juif. C'est tout ce qu'il raconte dans son jargon franco-espagnol entremêlé de « Puneta! » et de « Valgame Dios ! » qu'il profère du gosier, sans ôter sa cigarette de la bouche, et tout en jetant les paquets au sous-officier *postier*.

Cependant Paulin et sa compagne sont entrés dans la petite maison du juif : deux pièces blanchies à la chaux, aux murs cachés en partie par des couvertures de Tlemcen, garnies de quelques meubles en mauvais état, voilà tout le logement destiné à la jeune femme.

L'interprète lui explique qu'il a fait pour le mieux :

— Il n'y a pas de chambres chez Parrot, l'aubergiste; je ne pouvais vous conduire à la Redoute, dans celle d'Astaire; elle est en trop mauvais état. Et

d'ailleurs les règlements... Alors j'ai été forcé de louer
ceci à Nathan-ben-Younnès. C'est un juif qui habite
avec sa famille de l'autre côté de la cour; vous verrez,
il sera à votre disposition.

Nathan, arrivé sur ces entrefaites, formule d'un
air obséquieux toutes sortes d'offres de service, et
l'on a beaucoup de peine à se débarrasser de lui. Mais
Suzanne n'écoute pas, en proie à une idée unique : Où
est Henri ? Paulin s'aperçoit enfin de sa préoccupation.

— Astaire, lui dit-il, est à l'hôpital Tenez, là-bas,
ce toit rouge qui domine le mur de la Redoute... Nous
irons le voir ce soir.

Comme elle se récrie : « Pourquoi pas tout de suite?»
il se garde bien de lui donner la vraie raison de ce
retard, la sévérité des règlements militaires qui force
les officiers à tant d'actes d'hypocrisie. Seulement il
lui explique qu'il vaut mieux, pour la première en-
trevue, ne pas éveiller dans la garnison une curiosité
qui pourrait être gênante, et qu'il est nécessaire
d'attendre la nuit pour passer inaperçus. Ce n'est
qu'un retard de deux heures, et il faut profiter de ce
délai pour prendre des forces. Et Paulin montre la
table où deux couverts sont mis :

— Bernard!

— Voilà, mon lieutenant !

Un soldat à moustaches soigneusement cirées entre
en faisant le salut militaire. L'interprète explique à
la jeune femme que c'est là l'ordonnance d'Astaire,
puis il s'interrompt pour commander d'apporter le
potage.

— Vous voyez que je m'invite, dit-il à Suzanne étonnée. Vous permettez ?

Elle a beau affirmer qu'elle n'a pas du tout faim, qu'elle ne pourra rien avaler, bon gré, mal gré, il lui faut se mettre à table vis-à-vis de l'interprète. Celui-ci, étourdi par la nouveauté de la situation, cause avec volubilité.

— Nous le sauverons, vous verrez ! C'est un si charmant garçon, un si bon camarade !...

— N'est-ce pas ? reprend Suzanne tout attendrie.

Elle questionne Paulin, les yeux brillants. Comment Henri a-t-il été blessé ? Ce duel... — Elle hésite beaucoup, puis brusquement : « Ce n'est pas pour une femme, au moins ? » Et elle attend, toute palpitante, la réponse de l'interprète, qui l'observe en dessous, et malicieusement, ne se dépêche pas de répondre.

— Non, ce n'est pas pour une femme : d'abord, à Bugeaudville, il n'y en a que cinq ou six, des femmes de colons, et encore laides à faire peur (cette déclaration paraît faire le plus grand plaisir à Mᵐᵉ Linier) ; mais la garnison est tellement triste que les caractères s'y aigrissent fatalement : ni chasse, ni promenade possible dans les environs immédiats, ni distraction, ni permission. Seulement le service, la popote et le cercle. Voilà l'existence qui est faite aux officiers. De là les discussions, les cancans, les brouilles d'une société sans femmes. Astaire, à la suite d'une querelle de table, a été sur le terrain et malheureusement...

Tout cela rassure Suzanne, la met en confiance.

Peu à peu, elle conte son roman. Oh! mon Dieu, un roman bien simple, arrêté à Dinan dès les premières pages, un amour de fenêtre à fenêtre, avec ses charmes et ses incertitudes : les coups d'œil distraits, le coin du rideau qui se soulève et se rabaisse brusquement, l'accoutumance des contemplations toujours plus longues, les signes, les baisers envolés à travers la rue, les lettres et leur cortège de serments, — enfin le départ inopiné d'Astaire, qui a renversé d'un coup cet échafaudage d'espérances... Mais ils n'ont pas cessé de s'écrire, depuis ce temps, — Henri ayant l'intention de demander à rentrer dans son régiment. La mort de la grand'mère de Suzanne, il y a deux mois, en privant la jeune fille de sa dernière parente, l'a laissée très incertaine de ce qu'elle devait faire : la lettre de Paulin l'a décidée. Le temps de réunir les quelques ressources dont elle pouvait disposer, et elle est partie, dans un grand élan de passion.

Elle raconte toutes ces choses, avec une hardiesse confiante qui lui met un léger feu au visage, à l'homme qu'elle sait être l'ami de celui qu'elle aime, à la première personne à qui elle ait pu parler à cœur ouvert. Elle passe rapidement sur son long voyage, le premier qu'elle ait entrepris, ses terreurs de jeune fille isolée loin de chez elle, entourée de dangers inconnus; les nuits passées en wagon, au milieu du fracas, des coups de sifflet assourdissants des machines, les stations aux noms étranges et glapis dans le va-et-vient des falots, si nombreuses qu'elle se penchait de temps en temps vers une de ses voisines et demandant timidement si l'on n'arriverait pas bientôt... Et Marseille, avec son mouvement qui étourdissait la petite provinciale, cette mer inconnue et majestueuse dont les vagues l'effrayaient tant... Elle avait fermé les yeux en montant sur le bateau qui devait l'emmener. A la garde de Dieu !

Mais maintenant elle est arrivée, et elle oublie les fatigues, les insolences, les dangers affrontés pour ne songer qu'à une chose : Henri qui est mourant et la demande.

La nuit est venue : l'interprète se lève et sort avec sa compagne. Au dehors, l'obscurité est profonde et permet à peine de deviner la silhouette de la Redoute qui barre de se masse sombre l'immensité plus claire de la nuit. Paulin et sa compagne marchent d'un pas pressé, malgré les pierres qui les font trébucher de loin en loin, et franchissent la porte voûtée où vont et viennent des soldats, avec un cliquetis d'armes heurtées ; une porte entre-bâillée laisse passer un filet de lumière et les gros rires d'une chambrée qui s'amuse. Suzanne serre instinctivement le bras de son guide, en pénétrant dans ce monde si nouveau pour elle. Le temps de traverser une grande cour où elle distingue, à la lueur des fenêtres éclairées et clignotant dans l'obscurité, les silhouettes fantastiques d'arbres maigres, et elle arrive à l'hôpital.

La petite salle aux murs stuqués, les lits de fer sans rideaux, les pancartes appliquées au-dessus et portant en gros caractères les noms des malades, l'odeur fade de tisane répandue dans la chambre — même la petite

3

veilleuse pendue au plafond, avec ses étages réguliers d'eau, d'huile et de verre — Suzanne a l'impression rapide et profonde de tout cela; mais ce qu'elle cherche avidement, c'est le visage livide et creusé de Henri Astaire. Ah! comme il a dû souffrir dans cette solitude, sans une main affectueuse pour le soigner! Elle crie d'une voix étranglée : « Henri! c'est moi... » et se laisse tomber sur une chaise, à côté du lit du malade. La force qui l'a soutenue depuis quinze jours l'abandonne tout d'un coup, et la voilà qui pleure comme une enfant; et plus elle veut retenir ses larmes, plus les sanglots l'étranglent et cherchent à s'échapper.

Le blessé relève la tête : « Suzanne, ma chère Suzanne, ne vous verrai-je plus?... » Il prononce ces paroles avec une douceur infinie, qui contraste avec son visage creusé et sa barbe inculte. La jeune fille voudrait répondre, mais les sanglots l'en empêchent; enfin elle peut se lever, dire encore : « C'est moi... Me voilà! » Hélas! Astaire secoue la tête et répond d'une voix lente et caverneuse : « Non, vous n'êtes pas Suzanne... Suzanne me laissera mourir là... tout seul... tout seul... » Une horrible angoisse mord le cœur de la jeune fille. Elle ne s'attendait point à la douleur de n'être pas reconnue de celui qu'elle aime. Est-elle donc venue trop tard? Et malgré les tendres protestations, les pleurs dont elle mouille les mains de l'officier, le délire empêche celui-ci de la reconnaître.

Pourtant cette agitation se calme peu à peu, sans doute par l'influence magnétique de Suzanne, qui tient toujours une main du malade entre les siennes. Pauvre

main, longue et amaigrie! La jeune fille contemple
l'officier à travers ses larmes. « Comme il est changé!
comme il a dû souffrir, loin de moi! » Elle se répète
cela comme un refrain, en regardant d'un œil navré
les murs froids et nus et le linge à grosses raies
bleues, fermé par des tampons de toile au lieu de bou-
tons — économie ou précaution de l'administration
hospitalière — et elle éprouve presque des remords
d'avoir tant tardé à venir à son chevet : « Mais je le
sauverai, » pense-t-elle; et pourtant elle a l'âme déchirée à la pensée de n'avoir pas été reconnue de celui
qu'elle aime. Le temps s'écoule ainsi, au milieu d'un
silence profond, troublé seulement par la respiration
oppressée du malade, les toussottements attendris de
l'interprète qui cherche une contenance, et les lointaines sonneries qui annoncent l'extinction des feux.
La petite veilleuse fait tournoyer au plafond des cercles jaunes et éclaire tristement le blessé qui som-
meille, et la jeune fille anéantie pleurant silencieusement, jusqu'à ce que Paulin, immobile auprès du
lit depuis le commencement de cette scène, fasse
comprendre — Dieu sait avec quelle peine! — à
Suzanne qu'il est temps de sortir de la Redoute avant
la fermeture des portes.

III

LE LIEUTENANT ASTAIRE

Henri Astaire était Breton. Il avait perdu dans la première enfance sa mère, morte en le mettant au monde, et son père officier d'avenir, tué à Sébastopol. Son éducation, dont fut chargé un tuteur négligent, se ressentit de cet abandon et se composa pendant longtemps de l'unique lecture de tous les romans — anciens ou modernes — qui lui tombaient sous la main. Plus tard, il comprit la nécessité de travailler, pour marcher sur les traces glorieuses de son père et embrasser la carrière d'officier qui lui apparaissait comme un véritable sacerdoce.

C'est plein de ces illusions qu'il entra à Saint-Cyr en 1869. A cette époque, c'était un grand garçon dégingandé à grands yeux bleus un peu enfoncés, à sourcils épais et très rapprochés, ce qui indiquait un entêtement peu commun, à lèvres épaisses et franches, — d'aspect heurté et bizarre, mais qui se faisait pardonner par on bon cœur, son enthousiasme, ses idées romanesques, ses bizarreries de toute sorte.

3.

L'année qu'il passa en entrant à l'École spéciale mi
litaire fut un long martyre. C'étail l'époque où les
brimades étaient le plus florissantes. Par fierté, Astaire refusa d'obéir à certaines d'entre elles, qu'il
trouvait humiliantes, et que son obstination trans-
forma bientôt en instruments de supplice. Les anciens
se désignaient les uns aux autres le *melon qui recalait*
et s'en firent un jouet, « pour l'assouplir », disaient-ils.

Combien de fois, en plein hiver, le jeune homme
ne dut-il pas monter la garde en chemise au dortoir,
ou rester pendu par les mains, violettes et crevassées,
aux arceaux de fer du *Zingot*, pendant la recréation
de quatre à cinq heures! Ces dures punitions provenaient de ce qu'Astaire n'avait pas voulu crier plusieurs fois de suite : « Je suis une mauvaise tête » ou
chanter quelque chose qui ne lui plaisait pas. En
même temps, il éprouvait de durs mécomptes à mesure qu'il connaissait mieux le monde et la carrière
qu'il avait embrassée. Au lieu du sacerdoce rêvé, il
ne trouvait qu'un mélange d'abnégation et d'égoïsme,
de nobles aspirations et de jalousies, de désintéressement et d'intrigues et quelquefois de bassesses.
Mais son « fanatisme » ne se refroidit pas, et l'annonce
de la guerre lui donna un regain d'illusions géné-
reuses. Il fut nommé sous-lieutenant de dragons au
début de la campagne, et chercha avec ardeur une
occasion de se distinguer. Elle se présenta, mais lui
coûta cher.

Chargé d'aller avec son peloton en reconnaissance
vers des avant-postes ennemis, il était arrivé, après

une longue et terrible marche, en vue d'un escadron
de uhlans. Sans réfléchir davantage, Astaire chargea
en tête de ses hommes, mais les chevaux de ceux-ci,
presque tous fourbus, restèrent en chemin, de sorte
qu'il arriva seul avec son trompette, après un trajet
de quinze cents mètres, sur les Allemands stupéfaits.
Ils croyaient sans doute que les deux Français venaient
se rendre, car ils restèrent immobiles; mais la mort
de leur capitaine, tué par Astaire d'un coup de pistolet à bout portant, les arracha à leur inaction. Dans
cette lutte homérique de deux hommes contre un
escadron, le trompette fut tué; Astaire survécut par
miracle à d'horribles blessures, mais resta longtemps
en Allemagne entre la vie et la mort. Quand il rentra en France, plusieurs mois après ses camarades, il
était le seul de sa promotion qui n'eût pas été nommé
lieutenant ; longtemps on l'avait supposé tué.

On répara tant bien que mal cette injustice. Mais
elle avait existé et, jointe aux humiliations et aux souffrances de la captivité, avait un peu aigri l'esprit du
jeune officier. Nommé lieutenant en 1872, il entra à
Saumur l'année suivante et y acquit une réputation
de Breton bretonnant par son obstination froide à réaliser les entreprises qu'il s'était proposées, si ardues
qu'elles lui parussent : monter les chevaux les plus
difficiles, en tomber vingt fois, mais arriver à se sentir véritablement le maître de l'animal capricieux ou
méchant; risquer sa vie en tentant une chose procla-
mée impossible par ses camarades, mais que lui,
Astaire, jugeait faisable, tout cela ne lui paraissait

qu'un jeu. On le jugea diversement, — poseur, ex-
centrique, toqué. Ceux qui le connurent apprécièrent
surtout sa bonté et sa droiture, mais ces qualités-là
ne servent guère dans la bataille de la vie.

A quelque temps de là, en 1875, il était lieutenant à
Dinan, garnison peu éloignée de sa terre natale. Là
eut lieu une aventure qui achèvera de faire connaître
le caractère du jeune officier. Cet incident exerça la
plus grande influence sur sa destinée.

Astaire recevait souvent la visite de petits propriétaires ruraux, qu'il avait connus autrefois dans le
village où son tuteur le faisait élever. Il aimait beaucoup ces braves gens, et, sans se soucier de la blouse
bleue, ni des gros souliers qu'ils portaient, il les recevait de son mieux et les emmenait partout avec lui,
au café, à la pension des officiers. Quelques-uns de
ceux-ci, froissés dans leurs sentiments aristocratiques,
exprimèrent leur mécontentement de se trouver en
contact avec des paysans. Astaire n'en tint aucun
compte, si bien que le président de table signifia à son
camarade la défense d'inviter quiconque ne serait pas
vêtu d'une façon convenable. Astaire n'avait rien à
répondre à cela, mais il en conçut une sourde irritation. Peu de jours après, une exécution capitale
devait avoir lieu à Dinan. Le bourreau arriva la veille.
Il fut reçu à la gare par Astaire, qui l'attendait malgré l'heure matinale.

— Mais, monsieur, vous vous trompez sans doute,
répondit à l'officier Monsieur de Paris.

— Nullement, monsieur, je sais que vous êtes le

bourreau, mais j'ai la plus profonde estime pour votre profession. Sans vous pas de société. Joseph de Maistre l'a bien prouvé. Ainsi, faites-moi l'honneur de venir dîner avec moi ce soir. Rendez-vous au café de la Poste; une tenue décente est de rigueur.

Le soir, Astaire amena son invité et le présenta comme un de ses amis. Le bourreau était parfaitement bien mis, de sorte que chacun lui fit fête, quoiqu'il ne parlât guère.

Même chose au café. Enfin, quand Monsieur de Paris, ne sachant que penser d'une telle réception, eut pris congé, le président de table dit à Astaire :

— Eh bien, à la bonne heure. Votre invité d'aujourd'hui est un parfait gentleman. Si vous en aviez toujours amené comme cela, je n'aurais pas été forcé de vous faire l'observation que vous savez...

— Ah! c'en est trop, répondit Astaire, en éclatant de rire. Pour vous prouver que l'habit ne fait pas le moine, savez-vous qui est cet invité si charmant?

« Eh bien, c'est le bourreau!

Cette boutade causa un scandale énorme. On parla de mettre Astaire en non-activité, voire même en réforme; mais il avait de trop beaux états de service; il fut simplement convenu, entre son colonel et lui, qu'il quitterait pendant quelques mois le régiment. En conséquence, une demande pour le faire entrer dans les affaires indigènes fut établie à l'inspection trimestrielle d'avril, et le colonel appuya cette proposition de toute la force de son crédit.

Ce fut peu de temps après que commença son ro-

man avec Suzanne Linier, et il mit dans cette aventure toute la fougue de ses vingt-cinq ans, doublée
de toutes les désillusions, de toutes les blessures qui
avaient frappé son âme depuis quelques années. La
nouvelle de sa nomination au bureau arabe le surprit,
en août, comme un coup de foudre : depuis longtemps
il ne pensait plus à la demande qu'il avait formulée.
Un instant, il songea à renoncer aux affaires indigènes : mais le pouvait-il, après tant de démarches
faites, et surtout l'engagement qu'il avait pris avec
son colonel ? Il se promit du moins et jura à Suzanne
de revenir au bout de quelques mois passés en Algérie : à ce moment, il pourrait invoquer des prétextes
de santé pour rentrer en France.

Il partit donc, n'ayant que des idées très vagues sur
le service qu'il était appelé à remplir. A son débar-
quement en Afrique, son chagrin avait fait place à
une foule d'impressions nouvelles, d'illusions géné
reuses. Cette contrée dorée, baignée de soleil, qui
s'enfonçait dans le sud et faisait partie du continent
mystérieux, offrait un libre espace au développement
des rêves du jeune lieutenant. Il lui semblait que les
exigences mesquines de la société ne devaient plus
avoir cours sur cette terre nouvelle, que l'étroitesse
d'idées et les préjugés dont il avait souffert en France
ne pouvaient prendre racine dans cette jeune colonie.

Rien n'avait entamé cette confiance, ni la nouvelle
que le poste de Bugeaudville lui était affecté, ni la
longueur du voyage à travers les steppes d'alfa, ni
même l'aspect peu engageant de la Redoute, isolée au

milieu d'une vaste plaine, et accompagnée seulement de six maisons européennes et d'une quinzaine de cases indigènes qu'on décorait pompeusement du nom de village. Pendant longtemps, il n'avait ressenti, au milieu de la nouveauté de ses occupations variées, aucun réel moment d'ennui : il n'en avait pas le temps, et il savourait la joie de se sentir presque indépendant, investi d'une puissance relativement énorme, et de se livrer à un genre de travail qui lui plaisait. Seul, le souvenir de Suzanne laissait au fond de ses pensées une légère teinte de mélancolie : mais les lettres qu'il échangeait avec elle étaient fréquentes, et aidaient à lui faire prendre en patience le temps de son exil.

Le bureau arabe était situé en dehors de la Redoute, dans un petit enclos de pierres sèches où l'on avait planté une douzaine d'arbres fruitiers qui s'obstinaient à ne pas porter autre chose que des feuilles et toutes sortes d'insectes. C'était là que se réunissaient les Arabes, le jeudi, au marché, et les jours de *Hakouma*, où ils venaient exposer leurs réclamations et leurs demandes. Astaire les apercevait de sa fenêtre, jouant aux dames dans le sable, avec des cailloux ou des crottins de chameau, ou se disputant au bas de l'escalier que gardait le nègre Zitoum, *chaouch* du bureau, flanqué de deux spahis, la trique à la main. Plus loin, les chevaux encore harnachés, la bride pendante, paissaient en liberté. Enfin, dans quelque enfoncement, se dissimulaient de petits paquets blancs : c'étaient des femmes indigènes qui se tenaient cachées

jusqu'au moment où venait leur tour d'exposer leurs
réclamations.

Le défilé commençait au signal donné par Astaire.
— Loqueteux pressurés par leur caïd, — marchands
dévalisés en se rendant d'une tribu à l'autre, — créan-
ciers réclamant le payement de dettes contractées à des
époques fantastiques, — caïds ou khelifas venant intri-
guer, prendre l'air du bureau et traités suivant leur
importance, avec une négligente poignée de main ou
une tasse de café, — individus volés accourus pour faire
part de leurs soupçons, — espions venant raconter
ce qu'ils avaient vu ou ayant éventé un larcin et réclamant une somme de *becharra* pour mettre l'autorité sur
la trace de ce qui avait disparu, — époux demandant
à divorcer, — quémandeurs de toute sorte, — toute
une série d'hommes étranges, — des types bestiaux,
de nobles physionomies, — des burnous neigeux,
— des haillons, — des corps nerveux et robustes et
d'autres atteints de la hideuse lèpre blanche (*elbarass*),
qui tranchait sur la couleur sombre de la peau, — passaient devant la table sur laquelle écrivait Henri Astaire, et lui faisaient leurs confessions diverses. L'interprète Paulin, assis à côté du lieutenant, traduisait
à celui-ci chaque réclamation, et l'aidait de ses conseils. Toutes les affaires litigieuses étaient portées
devant le cadhi : le reste était pris en note et examiné
par le capitaine Mollet, le chef du bureau arabe, après
chaque Hakouma.

Il y avait aussi les demandes de permissions qui
affluaient : une foule de petits chiffons de papier

couverts d'hiéroglyphes et de cachets de caïds, qu'il
fallait traduire et envoyer à Gaillard, le secrétaire,
pour établir les titres nécessaires aux indigènes qui
voulaient voyager en dehors du cercle de Bugeaudville. Mais la lecture de ces certificats, en apparence
indéchiffrables, était confiée au *khodja*, auxiliaire
indigène de l'interprète, et celui-ci trouvait souvent
en lui un précieux secours, les Arabes ayant l'habitude de défigurer les noms français des fonctions diverses et d'écrire *djininar, zoudjidibi, granchambite*
pour *général, juge de paix* et *garde champêtre.*

Ce défilé original, cette succession de romans
interrompus, laissaient entrevoir à Astaire un coin de
la vie musulmane et l'enchantaient : mais il préférait
à tout cela les réclamations des femmes, les unes
noires et ridées comme les sorcières de Macbeth,
les autres jeunes et jolies sous leurs voiles qui
leur conservaient, suivant l'expression du Coran,
« un teint d'œufs d'autruche cachés avec soin ». Il
ressentait je ne sais quel charme à considérer ces
étranges créatures, qui jouaient, malgré tout, un grand
rôle dans la société indigène. Jolies et faibles comme
des gazelles, elles en avaient aussi toute la sauva-
gerie. Le lieutenant essayait de deviner quels pouvaient être les sentiments de ces êtres ignorants et
rusés, jetés dès l'enfance en pâture à la brutale lasci-
vité de l'Arabe, et n'ayant pour toute morale que la
peur des coups, — le dressage des chiens qu'on
fouaille. Les plus rudes travaux et les plus grandes
privations semblaient leur être dévolus, et pourtant

elles excitaient parfois de si grands désirs, qu'on se
tuait pour elles...

En écoutant les récits naïvement impudiques de
leurs amours ou de leurs griefs domestiques, il se
demandait si la femme arabe est bien la sœur de la
dame européenne, et se perdait dans un abîme de
doutes et d'hypothèses.

Il avait aussi des problèmes ardus à résoudre;
il fallait essayer d'accorder Espagnols et Arabes, ou
bien les différents çofs ou partis de chaque tribu. Un
vol ou un assassinat était-il commis, on en confiait
l'enquête au lieutenant. Il s'agissait pour lui de
débrouiller la vérité à travers une foule de témoi-
gnages contraires, dont la plupart tâchaient de
l'égarer dans une fausse direction. Astaire tenait le
dénouement d'un drame dont il lui fallait le plus souvent retrouver les premiers actes. Il emportait alors
partout une pensée constante, qu'il envisageait sous
toutes ses faces, jusqu'à ce qu'un indice, un mot
échappé à l'un des témoins, l'eût mis sur la véritable
voie.

Une tâche désagréable pour le lieutenant commençait alors : la mise en ordre de vingt ou trente pièces,
dont chacune exigeait une moyenne de dix signa-
tures. Le rapport était soumis à l'approbation du
capitaine Mollet, avant d'être envoyé au général; et
le chef du bureau arabe ne manquait jamais de
reprocher à son subordonné le manque de points sur
les i et à la fin des phrases, et son style, qui n'était
pas « un style de bureau ».

C'étaient les mauvais moments du métier; heureusement ils étaient rares et, somme toute, peu pénibles. Quelquefois le travail manquait. La correspondance avec le général ou les rapporteurs des conseils de guerre une fois expédiée, Henri n'avait plus rien à faire. Alors il compulsait les vieilles archives du bureau, et lisait avec curiosité les traductions de lettres politiques dans lesquelles s'étalait la flagornerie arabe, — la fausse servilité de ce peuple qui a deux proverbes bien significatifs :

« Si tu es piquet, patiente; lorsque tu seras maillet, frappe. »

« Celui dont le langage est doux se ferait allaiter par une lionne. »

Toutes ces traductions, auxquelles étaient jointes les lettres à grosses arabesques et à cachets des personnages qui les avaient écrites, commençaient par d'hyperboliques formules de politesse.

A la seigneurie de l'honorable, le très élevé, le cavalier, le très utile monsieur le général commandant la division d'Oran. Que le plus complet des saluts soit sur lui de la part de Mostefa-Ould-Mokhtar...

Ou bien :

A la seigneurie de l'élevé, du cavalier, du très utile, le premier des croyants, le plus puissant des êtres...

Ou encore :

Au diadème des têtes, la plus belle des créatures, celle qui occupe une position élevée...

Dans une autre lettre les louanges ne se bornaient pas aux premières lignes :

A la seigneurie du sultan cavalier, très utile, généreux, honorable, monsieur le général commandant la division d'Oran. Que des saluts en nombre infini soient sur lui de la part de Mohamed-Ould-Abdesse lam, des Oulad-Youb-Cherraga. Tu es mon père, je suis ton fils. Je suis dans l'anxiété. Fais-moi du bien en vue de Dieu. Tu es un sultan qui rend la justice. Personne autre que toi ne nous a fait du bien. Nous demandons à Dieu et à toi qui es un sultan de faire une distinction entre le riche et le pauvre...

Et tout cela pour demander à être exempté de l'un des deux impôts *Achour* et *Zekhal* ou pour réclamer la possession d'un champ, usurpé par un voisin depuis de longues années. Astaire était confondu et ne pouvait se figurer que tant de bassesse provînt des mêmes hommes qu'il voyait passer, fiers et graves, s'il n'avait vu lui-même avec quel empressement servile les indigènes se précipitaient pour baiser sa main ou la manche de son dolman. Il disait ses étonnements à l'interprète, et celui-ci, familiarisé avec les mœurs arabes, les lui expliquait de son mieux.

Paulin aidait aussi son ami à apprendre la langue du pays, et Astaire avait besoin de ce concours pour arriver à se reconnaître au milieu des trois sortes d'*r* et des différents *d* et *t* que possède cet idiome original. L'écriture arabe, si jolie, mais si ardue à lire à cause de la suppression des voyelles, exerçait aussi la patience du lieutenant et de son professeur. L'interprète calmait souvent les nerfs de son élève exaspéré par des difficultés toujours renaissantes, lui remettait en main le roseau taillé qui lui servait à contourner ses arabesques et se lançait dans quelque digression curieuse qui ramenait à l'étude l'imagination envolée d'Astaire: par exemple Paulin prétendait que le mot *charabia* prenait son étymologie dans la langue franque, des deux mots *chri* et *ibia* qui veulent dire acheter et vendre, ou racontait l'histoire des juifs d'Alep, hongrés par suite de la fausse interprétation d'un ordre du sultan, qui ordonnait de les recenser : une mouche malencontreuse, en s'oubliant sur l'*iradé*, avait mis un point de trop sur une lettre et changé complètement le sens de la phrase.

D'autres fois il traduisait à son ami des passages du Coran, où il était question de merveilleuses légendes adaptées tant bien que mal à l'Ancien Testament. L'ange Gabriel avec ces six cents ailes, l'arbre de Zacoum qui pousse dans le sombre empire de l'ange Malek, la caverne des Sept dormants, et la grande figure du roi Salomon, « qui parlait la langue de tous les êtres », revenaient à chaque instant dans les strophes au style nerveux et éclatant comme une fanfare. Et l'esprit d'Astaire, toujours un peu mystique, se perdait dans de longues rêveries sur cette religion si bizarrement formée, et si vivace encore dans ce siècle où toutes les croyances s'émiettent à l'on ne sait quel souffle inconnu.

.. Peu à peu Astaire prit moins d'intérêt à ce qui lui

avait semblé d'une nouveauté si originale. L'incurable
monotonie de Bugeaudville, entretenue par l'accablement morne de deux ou trois officiers, par la misan-
thropie de l'aide-major Chartier, médecin du bureau
arabe, finissait par monter jusqu'au lieutenant. C'est
dans ces moments de découragement que les lettres
de Suzanne étaient surtout les bienvenues. Le lieutenant, malgré le ressentiment qu'il éprouvait à l'égard
de certains de ses camarades de régiment, commençait à calculer le nombre de jours qui devaient
s'écouler avant son départ pour Dinan. Il voulait, en
effet, être nommé adjoint de deuxième classe avant de
donner sa démission des affaires indigènes ; c'était
l'affaire de six mois au plus.

Nous avons vu qu'une simple discussion sur les
différentes armes, bientôt envenimée par la mauvaise
humeur générale, fut cause de son duel.

Astaire, grièvement blessé, entra à l'hôpital.

Triste journée que celle où le lieutenant se vit,
dolent et brisé, dans la petite salle neuve de l'hôpital
et où la bonne figure de Bernard lui apparut boule-
versée et lui causa une émotion saine et bien pardon-
nable ! La brave ordonnance posa sur la table de nuit
un petit paquet, en disant avec un tremblement dans
la voix : « Eh bien, ça ne va pas, mon lieutenant ?
J'ai cru... j'ai pensé, enfin j'ai apporté à mon lieutenant quelque chose qui lui rafraîchira la bouche. » Il
s'était hâté d'acheter sur ses maigres économies
quelques fruits qu'il apportait furtivement dans son
mouchoir à gros carreaux bleus, tremblant de peur

qu'Astaire ne les acceptât pas. Et quelle joie quand
son officier, ne pouvant parler, lui tendit sa main
moite pour le remercier! Cela fait tant de bien, une
marque de sympathie, quand on est cloué par la douleur sur ce lit d'hôpital dont, hélas! tout le monde ne
revient pas!

Ah! les longues et sinistres journées passées à
lutter contre le délire et la fièvre, à se réveiller
affaibli, l'esprit troublé et à ne rencontrer autour de
soi que la froide nudité d'une chambre d'hospice, que
les soins distraits des infirmiers! Et les heures interminables où l'on cherche le sommeil sans pouvoir le
trouver, avec les élancements toujours croissants de
la souffrance, les mille bruits qui viennent du dehors,
le tapage des civières apportant des malades, les
portes fermées brutalement, les causeries des hommes
de garde ou les plaintes douloureuses de malades
délirant dans les chambres voisines, — et surtout
cette vague appréhension de mourir sur une terre
étrangère, au milieu d'indifférents, d'être cloué
dans un de ces cercueils sordides faits de caisses à
biscuits ajoutées (le bois est rare à Bugeaudville) —
et portant encore par une funèbre ironie la mention:
poids brut 52 kilos! Le souvenir de Suzanne revenait
alors à Astaire avec plus de force, et il se disait : « Si
elle était là, je serais sauvé! Quelle folie! Suzanne ne
pouvait venir à Bugeaudville. Et, malgré tout, il l'appelait, et se raccrochait à cette image souriante,
comme un naufragé étreint désespérément l'épave qui
peut lui conserver la vie.

Reliure serrée

Pagination incorrecte — date incorrecte

NF Z 43-120-12

IV

TRENTE ANS OU LA VIE D'UN JOUEUR

Le rideau du théâtre improvisé se leva enfin, avec des lenteurs, des arrêts qui accroissaient encore l'impatience des spectateurs, lassés d'attendre depuis longtemps la représentation annoncée. Il s'arrêta malencontreusement vers le haut de sa course, oscilla un peu, et refusa décidément de monter davantage. Les artistes ne crurent pas devoir se faire attendre plus longtemps et entonnèrent résolument un chœur provençal :

> *Si cantes*
> *Que cantes ,*
> *Cantes pas per yeou...*

Et c'était d'un effet bizarre, ce groupe de soldats aux talons joints, aux effets soigneusement astiqués, aux têtes cachées par le rideau mi-baissé, qui leur donnait un faux air de décapités chantants. Mais à Bugeaudville, on ne s'arrêtait pas à ces bagatelles.

Le commandant supérieur, dont les traits ascétiques

respiraient par extraordinaire le contentement, donna
le signal des bravos, à la fin du premier couplet. Et
les soldats du bataillon d'Afrique, empilés au fond
de la salle, battirent des mains avec frénésie. Gaillard
surtout, le secrétaire du bureau arabe, se faisait
remarquer par son enthousiasme. C'étaient leurs
camarades qu'ils applaudissaient, et il leur semblait
qu'une portion du succès obtenu rejaillissait sur eux,
et leur enlevait un peu de la honte qu'ils avaient encourue, à leur condamnation.

Enfin, le rideau disparut et l'on put apercevoir complètement les artistes, soigneusement pommadés et
rasés, le petit doigt sur la couture du pantalon, les
yeux fixés sur le caporal *Peaufin* qui battait la mesure.
Le chœur fini, les exécutants saluèrent gauchement
et se retirèrent en se bousculant par l'étroite ouverture qui donnait sur les coulisses. Un sourd murmure
emplit la salle. Les spectateurs ravis échangeaient
leurs impressions. Les dix officiers de la garnison
discutaient avec force gestes. La représentation à
laquelle ils assistaient était une des rares distractions
qu'ils avaient pu goûter dans cette humble localité
saharienne où ils s'envieillissaient : depuis huit jours,
tout Bugeaudville était enfiévré par les préparatifs de
la solennité annoncée.

L'interprète Paulin, qui avait présidé à la construction du théâtre, semblait satisfait de son œuvre, et
montrait avec une certaine fierté l'édifice de charpente
et de toile, les guirlandes de lauriers qui couraient
autour de la salle, les écussons disposés çà et là et

portant des inscriptions variées : *République française* : — *Honneur au sexe ; — 7ᵉ bataillon d'Afrique ; —
Courage et discipline*, et enfin des *A. P.* gigantesques,
en l'honneur du capitaine Athanase Parenteau, le
commandant supérieur.

Mais ce qui attirait surtout la curiosité de tous et
les remarques malignes du docteur Chartier, toujours
disposé à taquiner son camarade Paulin, c'étaient, au-
dessus du rideau et au milieu d'attributs de fantaisie,
les portraits noirâtres de deux personnages à mine
sévère, — deux charbonniers sans doute, sous lesquels un artiste improvisé avait écrit prétentieusement
les noms de Molière et d'Offenbach. « Pourquoi
Molière et pourquoi Offenbach ? » demandait obstinément le facétieux docteur à l'interprète qui se gardait
de le lui expliquer, et pour cause. Heureusement, le
rideau, en se relevant à ce moment, le dispensa de
répondre.

Un *zéphir* entrait en scène, vêtu d'effets appartenant à M. Parrot, l'aubergiste, et chantait le *Beau
Nicolas*. « Ah ! ah ! ah ! » répétaient les spectateurs
en se tordant de rire. Et le capitaine du bureau arabe
donnait l'exemple en accompagnant le refrain de sa
voix la plus caverneuse et en balançant énergique-
ment son crâne dégarni — qu'une mèche grisonnante
artistement collée ornait d'un semblant de chevelure
— par diverses marches et contremarches exécutées
d'une oreille à l'autre.

Après ce chanteur-là, il en vint un second, puis un
troisième. Tous entraient en scène, saluaient, les

mains dans le rang, puis attaquaient courageusement
leur petit air. Chansons démodées, romances senti-
mentales ou scènes comiques, chacune avait son tour
et venait rappeler à tous ces exilés la patrie absente.
L'officier d'administration n'avait pas quitté Bugeaudville depuis de longues années; aussi était-il dans le
ravissement. A la troisième romance — une élégie —
il laissa échapper un sanglot mal comprimé qui fit
riocher une partie de la salle.

— C'est la première fois depuis neuf ans que j'entends de la musique, dit-il pour s'excuser. Ah ! quand
j'étais au Mexique...

Mais personne n'eut l'air d'entendre le riz-pain-sel,
et le récit qu'il complotait de faire tomba dans l'eau ;
pendant ce temps, l'aide-major, toujours mauvaise
langue, disait à l'interprète des méchancetés à fleur
d'oreille.

— Regardez donc Mᵐᵉ Parrot : elle fait semblant
de comprendre... Ah ! ouiche, comme si elle entendait !

— Elle est donc sourde ? interrompit Paulin.

— Farceur, est-ce que vous ne le saviez pas ? Comme
un pot, vous dis-je. Voyez comme le *Génie* la couve
des yeux. Il voudrait bien lui faire une déclaration,
mais il n'y a pas moyen : il lui faudrait un porte-voix.

L'interprète se mit à rire. Effectivement, M. Jaunard,
le capitaine du génie, un petit blond grassouillet et
imberbe, s'était placé derrière l'imposante Mᵐᵉ Parrot
et fixait sur elle des yeux ardents. L'impitoyable
Chartier continuait sa revue :

— La garde champêtresse : elle a dû macérer long-

temps dans un bocal à cornichons, car il lui en est
resté de la verdeur à la figure et de l'aigreur dans la
voix. Voilà sa sœur, qui fait de prodigieuses économies
d'esprit : — ça lui servira peut-être — les bossus en
ont besoin... Tiens, la femme de l'adjoint civil qui a
une crinoline...

— Elle croit peut-être que c'en est encore la mode,
observa charitablement Paulin.

— C'est sans doute celle qu'elle portait avant d'aller
en prison, il y a vingt ans.

L'aide-major faisait allusion à une condamnation
pour infanticide encourue autrefois par cette personne
anguleuse et désagréable. C'était une vieille histoire,
oubliée depuis longtemps de presque tout le monde,
aussi bien que les aventures de M. Tablin, son époux,
actuellement encore sous la surveillance de la haute
police.

Mais Chartier était au courant de tous ces cancans
et de bien d'autres encore, et il contait à son camarade les procédés qu'employait l'adjoint pour faire
fortune — vendant un bœuf à crédit à des indigènes,
leur en réclamant le prix aussitôt après les semailles,
quand ils n'avaient plus d'argent, faisant saisir et
vendre à vil prix tout ce qu'ils possédaient — y compris le bœuf qui servait à une autre affaire semblable :
si bien qu'il rapportait dans l'année jusqu'à dix fois
sa valeur...

— Vous êtes méchant, observa l'interprète.

— On le devient forcément ici. Vous ne vous en
doutez guère, vous qui n'êtes en garnison que depuis

5

cinq mois. Voilà bientôt deux ans que j'y suis. J'en deviendrai enragé. Et vous aussi, avant peu, je vous le prédis.

Les deux officiers continuèrent leur conversation sur un ton plus intime, s'isolant encore de la foule qui les entourait. Ils ne regardaient plus la rampe aux lampions naïfs, — taillés dans des betteraves, des navets, des carottes et des pommes de terre, ni la scène où l'on jouait une *comédie* en *trois* actes, *Trente ans ou la vie d'un joueur*, composée par trois Parisiens du bataillon qui avaient, tant bien que mal — et plutôt mal que bien — rassemblé leurs souvenirs de la pièce illustrée par Frédérick. Les deux interlocuteurs n'écoutaient pas les phrases pâteuses dites successivement par un souffleur trop bruyant et par les acteurs — ce qui était d'un effet étrange. Chartier avait tenté de questionner Paulin sur « la femme qui était arrivée » ; mais, voyant le mutisme de l'interprète, il se répandit en doléances sur la vie de Bugeaudville.

— Non, ce n'est pas une existence... Quand je suis arrivé, j'étais comme vous, je trouvais tout magnifique. Bugeaudville me semblait passable, tout au moins; je ne comptais pas y rester longtemps. Je me disais : « Ce n'est pas très gai, mais ça me forcera à travailler; puis il y a les camarades... » Ah ! ouiche, les camarades. — Axiome : on s'ennuie moins à un qu'à cinq, qu'à dix, dans les petits postes du moins !

— Vous exagérez, protesta en riant l'interprète.

— Et non, je constate un fait. Voilà tout. Ici l'ennui, l'affadissement de chacun est doublé de celui de ses camarades. Puis, à force de se fréquenter, on en arrive à se connaître à fond, défauts et qualités. Seulement, comme les premiers sont toujours plus grands que les seconds, vous comprenez ce qui en résulte : au commencement on se recherche, plus tard on se tolère ; à la fin l'on se fuit. Voilà l'existence de petit poste... Cela provient d'une chose : manque de femmes. — Tout le monde n'a pas la chance d'Astaire !

Ce nouvel appel aux confidences de Paulin resta sans plus d'effet que le premier. Il répugnait à l'interprète du mettre Chartier dans le secret des amours de Suzanne. Fort heureusement, un tonnerre d'applaudissements le dispensa de répondre. La *comédie* était terminée, et les acteurs et les actrices (on avait choisi les fusiliers les plus imberbes pour tenir ce dernier emploi) venaient saluer le public. Ils avaient obtenu le plus grand succès : la femme du garde champêtre fondait en larmes, et la grosse Mme Parrot poussait de petits gloussements de satisfaction. Il est vrai qu'elle n'avait rien entendu de la pièce, ce qui ôtait à son suffrage une partie de sa valeur. Mais pourquoi s'arrêter à ce détail futile ? Le commandant supérieur paraissait content, les *Joyeux* s'étaient amusés : qu'importait le reste ?

La représentation était terminée. Les soldats rentraient dans leurs chambres. Les acteurs, qui avaient reçu un litre de vin par tête, allaient le boire chez le sergent-major. Les officiers et les colons restaient en arrière, entourant le commandant supérieur. C'est

qu'une conspiration s'ourdissait. On suppliait le
grand chef de permettre un bal pour terminer la
soirée. Le capitaine Parenteau élevait des objections
et reprenait son air monacal, avec sa mine blême, ses
yeux rougis et la longue barbe rousse qui descendait
sur son manteau à capuchon. Mais on trouvait des
réponses victorieuses à tout ce qu'il énonçait.

— Et la musique?

— On en a une.

— Et les danseuses?

— Il y en a cinq, mon capitaine, en y comprenant
la petite Parrot. C'est peu, mais ce sera suffisant.

M. Parenteau résistait toujours, hochait la tête,
prétextait le manque de précédents, les hommes qu'on
allait empêcher de dormir...

— Attendez, murmura l'aide-major à l'oreille de
Paulin. Je sais le moyen de le prendre. Nous aurons
le bal, vous verrez.

Et il s'approcha du capitaine Parenteau.

— Oh! *mon commandant!* fit-il en se découvrant,
vous seriez bien aimable de nous permettre cette petite
distraction. A Souk-Ezzra, les officiers dansent toutes
les semaines, et ils sont dans les mêmes conditions
que nous.

— Eh bien, j'y consens, *moi*, aquiesça le grand
chef, toujours flatté quand on lui décernait le titre de
commandant auquel son rang de capitaine ne lui donnait pas encore droit.

Les plus actifs des officiers enlevaient déjà les
bancs et les empilaient au fond de la salle. Le capi-

taine du génie arrêtait la famille Parrot, dont le chef voulait à tout prix aller se coucher. Celui-ci se décida enfin en grognant à attendre un peu. L'exemple donné par l'adjoint civil et le garde champêtre l'y détermina. Deux ou trois *Joyeux* se mirent à enlever les plus grosses pierres, car le théâtre avait été dressé au milieu de la cour de la Redoute et l'abondance des cailloux de toute sorte rendait cette précaution fort nécessaire.

Pendant ce temps, Chartier se rapprochait de l'interprète, et lui disait en riant :

— Avez-vous vu comment j'ai enlevé cette autorisation? A-é-ou-u? Ce n'est pas plus difficile que cela. J'obtiendrai tout ce que je voudrai du capitaine Parenteau en l'appelant : mon commandant.

Et l'aide-major continuait sur un ton plus amer :

— Oh! ces subalternes, qui jouent aux grands chefs dans les postes qu'ils commandent, et qui assènent à chaque instant leur *moi* tyrannique sur leurs subordonnés, comme ils deviennent implacables quand ils croient leur enflure bafouée ou leur autorité méconnue ! Paulin, croyez-moi; méfiez-vous des *petits grands-chefs*! Allons, bon ! j'oubliais que vous en êtes un vous-même...

— Ne vous emballez pas, riposta l'interprète en riant. Vous voyez tout au tragique, je vous l'ai dit bien des fois. Il faudra vous guérir de ce cafard-là. Mais vous n'êtes pas assez imprudent pour être votre propre malade.

Le bal commençait. Deux soldats, munis, l'un d'un

5.

accordéon, l'autre d'un clairon, étaient montés sur
l'estrade et commençaient à jouer une polka. Le capitaine Mollet, du bureau arabe, avait ouvert le bal
avec l'adjointe : petit et tout en ventre, il n'avait
jamais su bien danser, et la crinoline de sa partenaire
le gênait horriblement ; mais il considérait sa corvée
comme un devoir politique, et il n'avait jamais reculé
devant l'accomplissement d'un devoir, si désagréable
qu'il fût. Le *Génie* s'était adressée à Mᵐᵉ Parrot, et,
tout en la faisant péniblement tourner, il lui murmurait des madrigaux d'une voix étouffée qui n'arrivait
pas jusqu'à elle.

L'interprète, cédant à l'entraînement de l'exemple,
alla inviter la femme du garde champêtre : celle-ci
le remercia sèchement. Elle préférait danser avec
M. Tablin. Sa sœur était également retenue. Paulin
dut se contenter de la petite Parrot, une enfant de huit
ans ; c'était, à tout prendre, la meilleure danseuse de
Bugeaudville, ce qui ne prouvait rien, étant donnée
la force des autres. Mais elle était si petite, si petite,
relativement surtout à la taille élevée de son cavalier,
que celui-ci devait la prendre par les mains, pour
pouvoir l'entraîner avec lui. Quand l'interprète eut
regagné sa place, à son grand soulagement, Chartier
laissa brusquement l'officier d'administration qui
voulait l'entreprendre sur les bals de Puebla, et
rejoignit son camarade. Il lui montra d'un geste tragique la salle de toile, les bancs grossiers empilés
dans les coins, les portraits des deux charbonniers,
les lampions qui achevaient de s'éteindre dans les

légumes à demi cuits, l'un des musiciens faisant égoutter son clairon, pendant que le joueur d'accordéon remuait ses doigts ankylosés, et les cinq ou six couples grotesques qui se promenaient gravement dans la pénombre, sous la surveillance des maris fumant leurs pipes.

— Ne faut-il pas être ici, s'écria-t-il, pour s'amuser dans de pareilles conditions! Ah! si nos familles nous voyaient!

Le capitaine Jaunard s'approchait des deux officiers, s'essuyant le front.

— A propos, docteur, comment va donc Astaire?

— Eh bien, répondit l'aide-major, maintenant je réponds de lui. C'est positivement cette jeune femme qui l'a guéri. Depuis que j'ai autorisé Astaire à se faire transporter chez Nathan, il se rétablit avec une rapidité incroyable. Dame! il n'est pas vaillant... vaillant... Cependant il est certain maintenant d'en réchapper.

Le capitaine du génie parut charmé du rétablissement de son camarade. Mais le clairon faisait entendre les premières notes d'une mazurka. « Je vous demande pardon, la danse m'appelle... » Et le petit Jaunard était déjà auprès de Mᵐᵉ Parrot, arrondissant son bras, et dardant sur elle des regards incendiaires.

— J'en ai assez, fit l'interprète, et je vais me coucher.

L'aide-major le suivit. Au dehors, on ressentait une impression reposante, nuit fraîche aux millions d'étoiles scintillantes, le calme des environs n'était

troublé que par les flonflons du clairon et par les
chants étouffés des *joyeux* qui faisaient la fête à leur
manière, dans leurs chambrées. Les deux officiers mar-
chèrent ainsi quelque temps sans mot dire, absorbés
par leurs réflexions. Enfin, comme ils allaient se
séparer en arrivant auprès de la porte de Chartier,
l'aide-major dit en tendant la main à l'interprète :

— Voyez-vous, Paulin, la moralité de tout cela, ou
l'immoralité, comme vous voudrez, c'est que je con-
sentirais à recevoir, comme Astaire, un coup d'épée
dans la poitrine, si j'étais sûr d'être soigné comme il
l'est en ce moment-ci.

VI

CONVALESCENCE

Quand Astaire reprit connaissance, son regard surpris et encore un peu égaré interrogea la chambre où il se trouvait; mais il ne reconnut point, et pour cause, la maison de Nathan, où il n'était jamais venu.

— Où suis-je donc? s'écria-t-il.

Il fut encore plus étonné de constater le creux et la faiblesse de sa voix, et, par un mouvement familier aux convalescents, il regarda ses mains. Qu'elles étaient pâles et maigres! Il avait donc été malade? Il ne se souvenait de rien, et son esprit encore faible cherchait à créer bien des hypothèses, où il se perdait. Avait-il été blessé? Oui : cette douleur dans la poitrine le prouvait assez. Mais où et quand? c'est ce qu'il ne pouvait se rappeler. Le souvenir des anciens combats, des souffrances endurées dans les ambulances allemandes, lui revenait clair et précis, comme si cinq années ne se fussent pas écoulées depuis ce temps. Et, plus que jamais, le regard avide du jeune homme interrogeait ces objets qui l'entouraient, cette chambre inconnue, blanchie à la chaux, le plafond grossier fait d'un tronc de peuplier et de douves de tonneaux accolées. A Bugeaudville le bois de construction était cher et presque introuvable.

Le bruit d'une porte qui s'ouvrait légèrement lui fit tourner la tête. Ah! cette fois, il reconnaissait Bernard, son ordonnance, qui venait sur la pointe du pied, étouffant de son mieux le bruit de ses grosses bottes à éperons, s'ingéniant à refermer la porte sans produire de grincement.

— Bernard!

— Ah!... mon lieutenant!...

Le brave garçon était arrivé auprès du lit, et, des larmes aux yeux, tortillant son képi de *tringlot* entre ses mains calleuses, il ne pouvait que répéter dans son attendrissement : « Mon lieutenant... mon lieutenant... » On devinait dans sa gorge un sanglot qui voulait sortir. Enfin, quand Astaire lui tendit la main avec effort, mais en souriant :

— Nom de d'là! s'écria Bernard, je suis b...ment content.

Et, comme pris d'une idée subite, il sortit vivement en appelant : « Madame, madame! »

Un frôlement de jupes, une forme noire qui se précipitait vers le lit en criant : « Henri! » Astaire n'en pouvait croire ses yeux. Suzanne! Suzanne était là qui le regardait avec ravissement. Il y avait si longtemps qu'elle désespérait de le voir revenir à la vie! Un instant, il craignit d'être en proie au délire. Mais cette petite main qu'il pressait, frémissant dans la

sienne, lui prouvait qu'il ne se trompait pas. Il se
souleva à demi, et ils échangèrent un long et délicieux
baiser, le premier! Et Astaire, énervé par tant de
secousses, éclata en sanglots qu'il n'arriva pas à con-
tenir, malgré ses efforts. Il était si heureux, si attendri, qu'il ne put arrêter ses larmes, torrent qui
emporta avec lui toutes les souffrances, toutes les
rancœurs du passé!

Peu à peu cette émotion se calma et Suzanne dut
s'asseoir à côté de l'officier et lui raconter comment
il se faisait qu'elle était là; ce qu'elle savait du duel
Martinotti, et la lettre de Paulin et son voyage;
Astaire l'écoutait tout attendri, lui tenant la main et
répétant avec douceur : Chère Suzanne! Et quand il
ne le disait pas, ses regards l'exprimaient si claire-
ment que la jeune fille devenait rose et sentait sa voix
s'altérer en racontant gaiment ses surprises, ses
embarras pendant le long trajet de Dinan à Bugeaudville. Le lieutenant se perdait dans de molles rêveries
en contemplant le profil pâle et fin de la jolie Bretonne, en se berçant du son de sa voix fraîche à
laquelle l'accent de la terre natale prêtait un nouveau
charme, celui de souvenirs bien lointains. Les idées
d'Astaire se firent plus vagues, et enfin, brisé et bien-
heureux, il s'endormit en pressant la main de Suzanne.
Et cette petite main ne se retira que longtemps, bien
longtemps après, quand la respiration égale et la
physionomie reposée du malade indiquèrent que son
esprit était parti pour le pays des songes.

A dater de ce jour, la convalescence d'Astaire fit des

progrès rapides. Le bonheur de voir Suzanne à tout
instant du jour, la tranquillité inusitée dont le lieu
tenant jouissait, hâtèrent son retour à la santé. Ce
furent des fêtes intimes que la vision du ciel bleu
par la fenêtre ouverte pour la première fois, et la première côtelette grignotée avec la permission du docteur... Bientôt le lieutenant put se lever, et ce fut une
grande joie pour lui que d'aller à pas lents visiter la
petite maison — deux pièces et une cuisine — que
l'interprète avait louée pour lui.

Partout il admirait un ordre inconnu aux logements
de garçons et y reconnaissait la main active de
Suzanne. La chambre de la jeune fille surtout l'étonnait : avec les maigres ressources de Bugeaudville, de
la mousseline de haïk, quelques rubans, des étoffes
arabes, elle était parvenue à se faire quelque chose
de délicieusement naïf, qui charmait et reposait le
regard. Il y avait aussi une cour commune à Nathan
et à ses locataires, où deux gazelles déjà grandes,
données par Paulin à Suzanne, se prélassaient en
liberté, faisant entendre leur grognement monotone :
« T'gnia... ouim, t'gnia... ouim », en agitant leurs
oreilles mobiles pour venir chercher leur provende
habituelle. Le soir, à l'heure du crépuscule, elles partaient en sauts désordonnés, bondissant sur place
comme des balles élastiques, et sillonnant l'obscurité
naissante de l'éclair blanc de leurs ventres immaculés.
Dans cette même cour se trouvait une chambre toujours ouverte, avec un métier à tisser derrière lequel
travaillait sans relâche la femme de Nathan.

Suzanne, dans les instants où elle pouvait laisser sortir son cher malade, allait quelquefois avec lui chez la juive. Les idées qui se trouvaient communes aux deux femmes étaient peu nombreuses et la conversation tarissait bientôt. Astaire et la Bretonne se contentaient alors de suivre des yeux le mouvement des doigts de l'Orientale, qui intercalait entre les fils de coton très rapprochés des fragments de laine de diverses couleurs et les pressait rapidement avec une sorte de peigne. D'ailleurs, il s'établissait entre les deux femmes un échange de petits services qui n'était pas à dédaigner, et si la femme de Nathan s'adressait toujours à Suzanne pour allumer son feu le vendredi soir. elle ne l'oubliait pas non plus chaque fois qu'elle confectionait un plat d'une cuisine ultra-fantaisiste inconnue de la jeune fille. Elle lui en apportait et, coûte que coûte, la Bretonne devait le trouver excellent : rude sacrifice qu'elle faisait à la politesse et au désir de vivre en bonne intelligence avec ses voisins.

Comme il arrive à tous les convalescents, il semblait à Astaire qu'il renaissait à la vie, plus fort, plus jeune qu'autrefois; et il trouvait à l'existence, à tout ce qui l'entourait, un charme attendri et pénétrant, une douceur de miel et de lait, qu'il rapportait naturellement à Suzanne.

Ce qu'il trouvait surtout délicieux, c'étaient les repas en tête-à-tête avec la jeune fille : une petite table pas plus large que cela; sur une nappe bien blanche, des plats ordonnément disposés, de petits plats friands dans la confection .desquels Bernard se surpassait,

6

sous la direction habile de la jolie Bretonne; dans
la cheminée, un bon feu de racines, car sur les hauts
plateaux l'été tarde à paraître; la lumière paisible de
la lampe, et, enfin, un appétit de convalescent heureux de se trouver loin de tous bruits, de tous soucis
de la vie. Bernard servait discrètement et disparais-
sait au moment du café, pour rentrer à la Redoute.

Alors, c'étaient, entre ces deux êtres qui s'aimaient
sans l'avouer, de longues causeries intimes où s'échangeaient leurs idées, presque toujours identiques, des
silences éloquents à force de pensées inexprimées,
de regards fouilleurs ou troublés. Pour échapper à
cette contrainte, qui pourtant n'était pas sans charme,
Suzanne questionnait curieusement Astaire sur l'Algérie et les Arabes qui causaient toujours un peu
d'effroi à son âme naïve et pieuse. Henri lui disait
éloquemment les diverses phases de notre conquête,
ces oscillations dans la direction des affaires qui souvent annulaient en quelques mois l'œuvre de plusieurs
années de labeur et de patience : il contait les révoltes
subites étouffées dans le feu et le sang, les vaillants
efforts de l'armée s'avançant pas à pas sur la terre
africaine, luttant à la fois contre un ennemi inconnu
et toujours renaissant, contre une nature ingrate,
des épidémies qui décimaient nos troupes et achevaient
de les terrasser.

Il se rappelait cette terrible famine de 1868, telle
qu'elle lui avait été narrée par des indigènes survi-
vants : les Arabes mourant par milliers, d'autres en-
combrant les routes, vendant leurs vêtements, leurs

familles pour se procurer un morceau de pain; des
nuées d'affamés nus se disputant les eaux grasses
des casernes et, tous les matins, la *corvée des cadavres*
enterrant les malheureux décédés pendant la nuit et
à demi dévorés par leurs compagnons! Puis la crainte
du typhus survenant, les corps morts abandonnés
sans sépulture aux oiseaux de proie et aux chacals...

Astaire contait à Suzanne ces terribles choses, mais
il lui faisait envisager en regard tous les progrès accomplis, la culture accrue, les centres créés, les silos
de réserve remplis en prévision de pareils malheurs,
et il concluait en affirmant sa foi dans l'avenir de
l'Algérie, France nouvelle créée en face de l'ancienne
pour la compléter et accroître sa puissance. Suzanne
écoutait le convalescent, attentive à ses moindres paroles, se complaisant même à entendre cette conversation sérieuse, qui couvrait imparfaitement toute
sorte de tendresses sous-entendues. A la fin de la
soirée, Henri donnait fraternellement un baiser à la
jeune fille; elle lui souhait le bonsoir... et ils se séparaient.

Si étrange que cela puisse paraître, cet état de choses dura autant que la convalescence du lieutenant,
c'est-à-dire une quinzaine de jours. Il avait gardé de
sa maladie une invincible paresse à faire des projets
d'avenir. Ils auraient été si compliqués qu'il renonçait
à les élucider, de peur d'avoir à prendre un parti qui
troublât son bonheur. Ses désirs étaient affaissés et
n'allaient pas plus loin que la calme félicité dont il
jouissait. A peine osait-il prévoir que cet état de

choses ne pouvait durer. Et alors que faire? Épouser
Suzanne! Ils étaient trop pauvres tous deux pour sa-
tisfaire aux exigences de la dot réglementaire.

En faire sa maîtresse ? Astaire avait toujours blâmé
ces unions qu'on appelle dans l'armée des *mariages
d'Afrique*, à cause de leur fréquence dans certains
postes algériens : il avait trop vu leurs inconvénients
pour se les dissimuler : position fausse aux yeux du
monde, entraves dans la carrière de l'officier, déboires,
embarras de toute sorte... Se séparer de Suzanne? Le
lieutenant n'osait pas non plus envisager cette solution. Pour la première fois de sa vie, il fuyait la
responsabilité d'une décision et se contentait de se
laisser vivre, ou plutôt de se laisser revivre. Rede-
venu presque enfant par la faiblesse, il se contentait
de passer ses journées à l'abri de cette tendresse quasi
maternelle qui l'avait sauvé et qui prévoyait maintenant ses moindres désirs.

Cet asile chaud, ce nid au sortir du contact glacé
de l'hôpital, le ravissait. Et il n'aurait pas demandé
mieux que de continuer à vivre ainsi, entre la tendresse
de Suzanne et l'amitié dévouée de Paulin; mais il ne
s'appartenait pas. Ce fut l'interprète qui l'en fit souvenir, dans une des visites qu'il avait rendues journalières, — heureux d'échapper ainsi à la monotonie
de la vie de garnison, et attiré à son insu par le
charme de Mlle Linier.

Ce jour-là, Paulin, qui causait avec Astaire, profita
d'une absence momentanée de Suzanne et demanda
à son ami :

— Comment allez-vous maintenant ?

— Assez bien, quoique un peu faible; je vous remercie...

— Alors, voulez-vous que je vous donne un conseil ?
Beprenez votre service.

Astaire rougit et ne répondit pas. Il sentait une
leçon dans ce que lui disait l'interprète et s'avouait
qu'il la méritait. Il aurait dû retourner au bureau
arabe depuis quatre ou cinq jours : mais une sourde
répulsion qu'il nourrissait contre Bugeaudville et
contre certains officiers de la garnison, sans se
l'avouer à lui-même, et l'éloignement qu'il éprouvait
de toute tension d'esprit, l'avaient empêché d'y songer. Était-il donc vrai que l'amour l'empêchait de
faire son devoir? Qu'allait-t-on penser de lui? Toutes
ces réflexions traversèrent rapidement son esprit.

— Merci, dit-il, en tendant la main à Paulin, je
retournerai demain au bureau arabe.

L'interprète une fois parti, Astaire tomba dans un
découragement profond. Il était si pleinement heureux depuis son entrée en convalescence, qu'il n'avait
pas songé à une autre vie, et voilà qu'il lui fallait
reprendre le collier de servitude, s'éloigner de la maison, qui était devenue tout un monde pour lui : il
n'osait songer à ce que ferait Suzanne. Il ne s'était
jamais expliqué avec elle à ce sujet, et il craignait
qu'elle ne partît, laissant son existence à lui remplie
d'ombre, à la façon des météores qui traversent un
moment les nuits obscures. Cette idée lui causait une
angoisse qui lui serrait la gorge.

6.

Il comprit à ce moment que Suzanne était nécessaire à son existence, que sans elle il préférerait mourir et il fut effrayé de cette constatation. Il ne songea plus à lutter contre ses secrètes aspirations. Une
lueur l'illumina et ses désirs bourgeonnèrent en
quelques instants. Il se jura d'avoir une explication
avec la jeune fille, et de faire cesser la bizarrerie de
l'existence qu'ils menaient tous deux.

Au dîner, Suzanne trouva Astaire préoccupé : elle
devint triste à son tour et ne mangea guère. Elle pres-
sentait une crise avec ce merveilleux instinct des
femmes qui devinent longtemps à l'avance les grandes
commotions de la vie. D'ailleurs, elle aussi, avait réfléchi à ce qu'elle voulait faire, maintenant qu'Astaire
était sauvé. Retourner en Bretagne? Mais elle n'y
trouverait que des parents éloignés, et une répulsion
justifiée par le bruit de son départ subit : aux yeux
de tous elle passerait pour une fille perdue. Vivre
ailleurs? Hélas! elle sentait bien qu'elle ne le pourrait pae. loin de Henri. La radieuse vision d'un mariage
avec lui passait devant ses yeux sans qu'elle s'y arrêtât... Eh bien, elle se donnerait à cet homme qu'elle
aimait — pourvu qu'il ne la repoussât pas.

Son cœur battait à cette pensée. Elle luttait pourtant
encore contre ses scrupules religieux, mais elle se
disait à la fin que Dieu ne pourrait lui en vouloir
d'avoir tâché de faire le bonheur de celui qu'elle
adorait. Et l'idée vague d'une réparation finale, ab-
solvant le passé, entrait dans son esprit et s'y incrus-
tait.

Quand Bernard eut desservi, Henri dit en hésitant à la jeune fille :

— Je me trouvais tellement heureux près de vous que j'oubliais mon devoir. Maintenant que je suis rétabli, il faut que je retourne au bureau arabe.

Suzanne l'écoutait, toute tremblante. Il lui semblait, à elle aussi, que cette décision était l'écroulement de tout son bonheur. Elle baissa les yeux que des larmes remplirent tout à coup. Elle se leva pour cacher son émotion. Le lieutenant alla vers elle, son parti était pris et ses hésitations envolées; il appuya sur son épaule cette jolie tête blonde, qui sanglotait bien fort :

— Oh! ne crains rien, dit-il en la tutoyant pour la première fois. Je te dois la vie, mais je mourrai si tu me laisses...

— Crois-tu donc... que... je puisse... partir? balbutia Suzanne en levant vers Astaire son visage baigné de larmes, mais resplendissant d'émotion et de bonheur.

VI

COURSE DÉ NUIT

Astaire à demi couché sur les fraches, tapis à haute laine, dans une tente arabe, rêve en prenant le café à petites gorgées. Après quinze heures passées à cheval, par une chaude matinée, il a bien le droit de rêver, et même de sentir ses yeux se fermer à la fin d'un bon repas de *dhiffa*, servi à la mode indigène. Mais pourrait-il dormir tranquille, loin de Suzanne ? Ce serait la première fois depuis deux mois qu'il passerait la nuit hors de la maison de Nathan, et il lui a promis le matin en partant de tâcher de revenir avant le lendemain. Comme la pauvre enfant était triste en le voyant monter à cheval ! Allons, c'est décidé... Astaire s'adresse au caïd, qui est en face de lui, et égrène son chapelet les yeux à demi fermés.

— Mockhtar, je vais partir pour Bugeaudville. Donne-moi deux chevaux frais : un pour moi, l'autre pour Abdelhakem...

La tête chafouine du spahi se montre à l'entrée de la tente, faisant une grimace de désapprobation. Les

assistants se répètent d'un air ébahi l'ordre qui vient
d'être donné. Le chef indigène essaye en vain des
représentations auprès du *Hakem* (officier) : celui-ci
a fait une longue route dans la journée; à peine s'il a
pris le temps de manger et il veut déjà s'en aller,
comme cela, dans la nuit? A-t-il donc un sujet de
colère contre la tribu, pour ne pas vouloir en accepter
l'hospitalité?

— Non, non, répond l'officier en souriant, je n'ai
rien contre toi, mon ami. Mais si je pars ainsi, malgré
les quinze heures que j'ai passées à cheval, c'est que
j'y suis forcé, crois-le bien. Et c'est dans l'intention
de rentrer ce soir à Bugeaudville que je suis venu
dîner ici, au lieu de rester pour la nuit chez Oulad-
Telba, chez qui j'étais cette après-midi.

Le caïd s'incline et donne des ordres. Des groupes
se forment près de la tente du lieutenant, et les indigènes se disent tout bas que celui-ci est un cavalier
infatigable et accompli. Quant à lui, il s'approche du
feu allumé à quelques pas, et s'y chauffe sans mot
dire, car la nuit commence à être fraîche : il songe
à la longue course qu'il va faire, aux fatigues qui
l'attendent, mais surtout aux promesses qu'il veut
tenir et aux douces compensations qu'il trouvera à
son arrivée. Allons, acheter par six heures de chevau-
chée une nuitée d'amour, ce n'est pas trop cher.

On amène le cheval destiné à l'adjoint du bureau
arabe : il caresse la bête effarouchée par la vive
lumière du brasier et se met en selle. Puis il fait signe
au spahi de marcher devant. Celui-ci part, le fusil

posé à plat sur ses cuisses, faisant tinter ses lourds
éperons sur les étriers massifs. L'officier tend la main
au caïd, donne ses derniers ordres et adresse la béné-
diction d'adieu aux hommes du douar qui la répètent gravement.

Nuit sombre, qui paraît encore plus noire à des
yeux éblouis par la vive lumière du feu de bivouac.
Pendant les premiers instants, le lieutenant ne peut
apercevoir le cavalier qui le précède, et ne se guide
que sur le cliquetis des *choaubeur* et une lente mélopée dite à mi-voix par l'indigène. Peu à peu ses regards s'habituent à cette obscurité, et l'officier dis-
cerne la tache grisâtre du cheval d'Abdelhakem, qui
fuit fantastiquement devant lui. Tout autour, des arbres malingres surgissent entre les rochers. Thuyas
contournés, genévriers rabougris se dressent sur le
passage du lieutenant; heureusement, le cheval sait
les éviter, souvent au grand détriment du cavalier,
qui se heurte à des branches avides, à des rameaux
crochus, tendus pour le happer.

Dans l'ombre épaisse qui entoure Astaire, sur le
profil dentelé des montagnes qui enserrent l'horizon
et se dessinent en noir sur le ciel bleu foncé, des feux
de douars très lointains brillent comme dans le conte
du *Petit Poucet*; on dirait des regards, tantôt amis,
tantôt railleurs, qui épient la somnolence du voya-
geur et font des signes d'intelligence aux étoiles. Car
la somnolence est arrivée, amenée par la fatigue. Le
lieutenant sent ses idées devenir confuses et s'appe-
santir dans son esprit. Il essaye de combattre ce be-

soin irrésistible de dormir et allume une cigarette :
l'éclair, luisant tout à coup dans la nuit, effraye le
cheval, qui fait un écart, mais reprend bientôt sa
marche cadencée. Les vagues visions se sont envolées ;
le calme est revenu dans le cerveau troublé du jeune
officier.

Mais il tressaille à son tour. Tout près du sentier
qu'il suit, dans un buisson, il a entendu comme un
aigu vagissement d'enfant. Il s'arrête un moment,
puis repart avec un geste d'impatience. Comment n'a-
t-il pas reconnu tout d'abord les glapissements du
chacal ? Mais cet instant a suffi à lui faire perdre
de vue son guide : peut-être Abdelhakem a-t-il quitté
ce sentier de traverse pour en prendre un autre ?
Astaire tâche d'entendre le cliquetis d'éperons qui le
conduisait tout à l'heure. Il ne perçoit que les hurle-
ments plus rapprochés, et à ceux-là s'en joignent
d'autres — les uns continus et monotones, pareils à
des aboiements de chiens arabes — d'autres formant
une gamme ascendante et pleurarde comme les cris
d'un nouveau-né. L'officier est troublé malgré lui par
ces clameurs qui s'élèvent près de lui et le suivent :
la disparition du spahi l'inquiète également, et il se
met à héler celui-ci dans la nuit, à la mode indigène :

« — Iâ-Abdelhakem-hà ! »

L'Arabe répond seulement au deuxième appel, s'arrête, et ne reprend sa marche que lorsque le lieutenant se trouve près de lui. Astaire, qui le soupçonne
de s'être endormi, lui demande :

— Eh bien, Abdelhakem, tu es fatigué ?

— *Chouya* (un peu), mon lieutenant. Ji souis un beu sommeil. Ji souis fenu hier d'El-Biodh.

— As-tu été content de voir la ville? demande Astaire que cette conversation·amuse.

— Oh oui. C'est une bonne endroit, bien jouli. Il y a surtout le grand magasin qu'on vient di faire...

— Quel grand magasin?

— Ti sais bien, mon liotenant, en face de la Brière...

— En face de l'église? Il n'y a pas de magasin, — à moins que ce ne soit l'hôtel de ville...

— C'est ça, l'hôtel di bille. C'est bien jouli. Si on boudra, ji resti di bon cœur, tojors didans, tojors, tojors.

— Toute l'éternité, dit en riant Astaire.

— Oui, aûc quatre femmes on y sera bien.

Le sentier, se rétrécissant, force les deux cavaliers à ne passer que l'un après l'autre et à interrompre leur conversation. Maintenant ils traversent une forêt. L'odeur résineuse des pins d'Alep parfume l'atmosphère; des perdrix juchées sur les arbres, de crainte des chacals, s'effrayent et s'envolent pesamment sur les plus hautes branches. De temps en temps, le spahi crie à l'officier de se baisser pour esquiver les rameaux qui barrent horizontalement le sentier, et le jeune homme sent le frôlement des aiguilles de pin courir sur ses épaules et lui causer une sensation singulière.

Après la forêt, une sorte de sentier escarpé descend les flancs d'une colline, à travers des éboulements de rochers et de pierres glissantes. L'adjoint du bureau arabe essaye de voir devant lui pour diriger son

7

cheval; mais, la nuit, les objets revêtent des formes
fantastiques qui les défigurent complètement. Là où
il croit trouver un rocher, est un trou; au lieu d'une
crevasse, c'est une saillie de terrain. De guerre lasse,
il lâche les rênes et laisse le cheval suivre son instinct,
prendre de l'élan pour franchir des obstacles en hauteur, se laissant pesamment tomber des pieds de
devant chaque fois qu'il lui faut descendre un escar-
pement. C'est ainsi qu'il arrive à la route.

— Par cette trabirse, crie Abdelhakem d'un ton de
triomphe, nous avons gagné une heure.

Astaire ne répond pas et se laisse aller au bercement
de sa monture, une sorte de déhanchement qui pro-
voque au sommeil. Il est là, le sommeil qui rôde autour
de l'officier, lui remplit les yeux de sable, immobilise
et appesantit sa tête, — que le jeune homme relève par
moments, lorsque le cheval butte dans la poussière de
la route. Il essaye vainement de songer à Suzanne : les
rêves qu'il forme l'engourdissent de plus en plus.

A diverses reprises des aboiements furieux le tirent
de cette torpeur, et il aperçoit une ferme, dont la
silhouette se détache vaguement sur le noir ambiant :
tout autour, les champs de maïs font entendre des
bruissements singuliers au moindre souffle de vent.
Un peu plus loin retentit une chanson mêlée de hur-
lements rauques, — un de ces chants empruntés aux
Arabes par les Espagnols, et empreints d'une mélancolie qu'on ne peut rendre. Ce sont des charretiers qui
transportent de l'alfa à El-Biodh et ont fait halte
pour la nuit. Les voitures sont placées en cercle, avec

les chiens enchaînés qui les gardent et se répondent;
les mulets mâchonnent un peu d'orge, attachés aux
côtés des brancards : les conducteurs, couchés auprès
d'un brasier, surveillent le souper qui mijote dans
une marmite de terre, pendant que l'un d'entre eux
gratte une guitare et improvise quelque chanson en
l'honneur de *sa novia* qu'il va revoir... Tout cela n'est
qu'une vision rapide. Les chevaux ont d'eux-mêmes
doublé l'allure en apercevant l'auberge de Sfisef, dont
les fenêtres flamboient sur un côté de la route.

Les chiens de garde se précipitent au-devant des arrivants et aboient avec fureur, les gens de l'hôtellerie se
mettent aux portes. Sur un signe d'Astaire, le spahi
se jette à bas de son cheval et court tenir l'étrier du
jeune homme. Celui-ci entre dans la salle commune,
une grande chambre enfumée où des colons achèvent
de boire de l'anisette sur des tables graisseuses. Deux
ou trois alfatiers à figures de brigands se chauffent
devant un grand feu de racines. Une petite fille ébou-
riffée dort sur le sol battu, sans se soucier des mouches
qui lui couvrent le visage; des chiens arabes, à toison
épaisses, circulent gravement cherchant des miettes
sous les tables.

On fait place à l'officier qui chauffe avec plaisir ses
doigts raidis et écoute distraitement la conversation
des alfatiers, pendant que la fille d'auberge, d'un air
endormi, prépare le café. Les Espagnols racontent
leurs souffrances passées. Dix jours auparavant,
comme ils se rendaient à El-Biodh, ils s'étaient trouvés en présence de l'Oued-Souagui grossi par les

pluies. Impossible de passer. Ils avaient été obligés de stationner là et de partager les vivres qu'ils avaient apportés avec eux. La crue ne s'était arrêtée qu'au bout de trois jours; et il était temps, car depuis quelques heures ils avaient achevé leur dernière once de farine.

Le café est versé dans des verres épais. Astaire le hume lentement en songeant qu'il serait bon d'achever la soirée ainsi, en fumant au coin d'un bon feu et en écoutant ces récits étranges. Mais il faut décidément se mettre en route, pour retrouver Suzanne qui attend là-bas...

— Allons, Abdelhakem, en route!

Le spahi accroupi dans un coin de la salle, sirote son café, et voudrait bien rester là, car on n'est encore qu'à mi-chemin de Bugeaudville; après quelques timides observations, auxquelles l'officier répond impatiemment, il se résigne, se lève et amène les chevaux. En route! Au tournant du chemin, ils perdent de vue l'auberge; seuls, les aboiements des chiens retentissent encore et se prolongent longtemps dans le silence de la nuit.

Cette halte a décidément amolli Henri Astaire, car la flamme du foyer voltige toujours devant ses yeux, et il lui semble entendre le bourdonnement de la guitare et la malaguéna des charretiers. Toutes ces réminiscences se changent en une valse qui retentit dans son cerveau : il croit tenir Suzanne dans ses bras et s'élancer avec elle, dans une danse tourbillonneuse. Il rêve tout éveillé, se secoue de temps en

temps, mais s'imagine voir distinctement des formes
noires traverser la route et tourbillonner à ses côtés.
Pour réagir, il parle tout haut, chante ou fume, car
il craint de s'endormir et de perdre Abdelhakem ou
encore de tomber de cheval, comme cela a failli lui
arriver deux ou trois fois depuis le départ.

Mais ces efforts le fatiguent sans lui enlever sa torpeur. Il est pris d'une somnolence invincible et perd
toute donnée exacte de son existence. Le doux bercement du cheval lui semble le roulis d'une barque qui
l'entraînerait loin, bien loin, sur un fleuve rapide.
Une heure s'écoule ainsi, dans un état pénible de
courts sommeils interrompus de soubresauts, de
glissements sur la selle, d'hallucinations que l'officier
ne peut écarter, — à travers lesquelles revient comme
une obsession la lente mélopée chantée par le spahi,
et cadencée au pas arabe des deux chevaux.

A un détour de la route, le lieutenant ouvre les
yeux et aperçoit un nuage rougeâtre s'élevant de
derrière une colline qu'il contourne : la route descend
rapidement, c'est tout ce que peut remarquer Astaire
dont les yeux se referment malgré lui. Et il songe à
cet *homme au sable* des *Contes d'Hoffmann*, qui
vient lui alourdir la tête et troubler ses regards pour
le faire tomber dans des pièges inconnus. Un peu
plus tard, il avait encore cette clarté empourprée,
non loin de lui; enfin, comme la route tourne encore,
il entend un grand bruit, ouvre les yeux et aperçoit
une scène bizarre : une rivière coulant entre des
berges encaissées; sur les bords du gué un immense

7.

brasier éclairant des hommes, des animaux qui s'agitent dans l'eau, avec toutes sortes de clameurs.

Les flots, d'un noir et d'une pourpre intenses, les silhouettes accusées, à reflets de feu, la danse de la flamme sur les rochers, qui tantôt apparaissent et tantôt se replongent dans la nuit, forment un spectacle saisissant, — qui donne à Astaire mal réveillé l'impression d'un cauchemar. Vérification faite, ce sont des Espagnols qui essaient de tirer de la rivière, à grand renfort de mules, une charrette d'alfa, renversée en passant sur les pierres glissantes. Une seconde voiture est arrivée à bon port, et son attelage sert à dégager l'autre véhicule. Cette besogne prend du temps. Les alfatiers, dans l'eau jusqu'aux genoux, redressent la voiture et poussent aux roues. Enfin, à force de cris, de jurons, d'efforts et de coups de fouet, la charrette arrive au bord opposé. Le gué est dégagé, et les deux cavaliers peuvent passer à leur tour l'Oued-Souagui : les chevaux s'avancent en hésitant, s'ébrouent à chaque pas, trébuchent parmi les pierres glissantes, et parviennent enfin à l'autre rive, où ils se secouent, près du brasier qui achève de s'éteindre.

Les voyageurs reprennent leur route monotone. Astaire, un moment réveillé, retombe dans sa torpeur. Il est engourdi par le froid qui s'accentue et le glace, malgré son manteau. C'est à peine s'il s'aperçoit que la route s'élève toujours et qu'elle franchit la pente des Hauts-Plateaux. Les arbres s'éclaircissent et l'alfa commence à se montrer. La route en zigzag serpente au milieu des rochers et des broussailles :

puis les rochers disparaissent à leur tour. Le froid devient plus vif, si vif même, que le jeune officier se réveille tout de bon et voit autour de lui les vastes plaines d'alfa qui s'étendent vers le Sud.

— Trottons un peu, Abdelhakem.

Sans se retourner, le spahi presse sa monture, les deux cavaliers vont rapidement, et cette allure nouvelle ravive chez eux la circulation endormie. Astaire se ranime et se sent plus à l'aise à mesure qu'il se rapproche de Bugeaudville. Il se fait une fête de la joie de Suzanne. Comme il est heureux, pourtant, depuis qu'elle est là ! Autrefois il n'aimait pas rentrer chez lui et ressentait toujours le même dégoût en retrouvant cette chambre banale et nue où s'étaient écoulées pour lui tant d'heures de découragement et d'ennui.

Maintenant, au contraire, c'est un sourire vivant qui l'attend et le console dans ses rares tristesses, partage ses joies, ses enthousiasmes, ses espérances de toute sorte. C'est une véritable union de corps et d'âme qu'il a contractée là, et tout illégitime qu'elle soit, elle paraît sainte au jeune officier, car elle est consacrée par l'amour le plus tendre et le plus désintéressé qui fut jamais.

« Suzanne, c'est moi... » Une lumière brille derrière la porte : « C'est bien toi, Henri ? » Et sur la réponse affirmative du lieutenant, la clef grince dans la serrure et Suzanne, à demi vêtue, saute à son cou en bavardant.

— Ah ! que tu es bon d'être revenu. J'avais si peur

toute seule, mais surtout peur pour toi. On dit ces vilains Arabes si méchants. Je n'ai pas pu dormir. Oh ! comme tu as froid, mon pauvre Henri. Heureusement j'ai fait un bon feu...

Et, tout en babillant de la sorte, Suzanne entraîne Astaire vers la chambre chaude où l'amour a veillé en l'attendant.

VI

CONFIDENCES

Henri Astaire était venu demander un renseignement à l'interprète; et, assis sur le petit lit de celui-ci,
il écoutait ses doléances qui n'étaient que trop jus
tifiées, hélas!

— Le fait est, répondit l'officier de bureau arabe en
manière de réflexion, — que la vie n'est pas couleur
de rose, à Bugeaudville...

— Comment, pas couleur de rose? Mais dites donc
que si on déportait des gens dans un pays comme
celui-ci et dans les conditions où nous nous trouvons,
cela exciterait une clameur universelle. Quel climat?
Aujourd'hui, un siroco qui me fait haleter comme
un poisson sorti de l'eau; vous savez qu'il durera
trois, six ou neuf jours, tout comme certains baux.
Quel pays? Pas moyen d'aller se promener hors de
Bugeaudville : je connais une par une toutes les
touffes d'alfa qui l'environnent, et malheureusement,
il n'y a que de ça... Il est impossible d'y chasser : le
gibier est détruit depuis longtemps...

— Il y a encore un lièvre, interrompit Astaire en souriant.

— Oui, celui pour lequel Mollet s'est fait construire une *fût* légendaire...

Le capitaine de bureau arabe, peu ferré sur la langue française, avait conclu de l'expression *aller à l'affût* qu'on devait appeler *une fût* une sorte de petit abri qu'il s'était fait construire à trois cents mètres de la Redoute, en se figurant qu'il y tuerait beaucoup de gibier.

— Ai-je un chez moi? continuait Paulin, en montrant tour à tour les ais disjoints, les murailles décrépies et soutenues par des étais, le carrelage brisé, enfin tout ce qui composait à Bugeaudville un logement d'officier. C'est une masure infecte que j'habite, où je n'ose éternuer de peur de faire crouler une partie des plâtras. Le soir, avant de dormir, il me faut tuer une douzaine de cafards qui, sans cela, déchiqueteraient du papier toute la nuit. Pour dormir, je n'ai qu'un lit de troupe, loué au *marchand de punaises*... Bref :

> Le pauvre en sa cabane où le chaume le couvre
>   Est mieux couché que moi!...

— Belle citation, exclama Astaire en faisant mine d'applaudir.

Mais Paulin ne l'écoutait pas. La prédiction de Chartier s'était réalisée : il avait pris Bugeaudville en grippe : ses dégoûts l'étranglaient, et il voulait les cracher une bonne fois.

— En voulez-vous une autre, poursuivit-il, en se dirigeant vers une table de travail où se trouvait ouvert un volume, qu'il feuilleta. — Tenez, voilà un passage de Shakespeare qui me paraît admirablement approprié à l'existence à Bugeaudville. Cela m'a frappé, ce matin, en lisant *Comme il vous plaira.* Écoutez, si c'est *tapé :* « Franchement, berger, considérée en elle-même, c'est une vie convenable; mais considérée comme vie de berger, elle ne vaut rien. En tant qu'elle est solitaire, je l'apprécie fort; mais en tant qu'elle est retirée, c'est une vie misérable. En tant qu'elle se passe à la campagne, elle me plaît fort; mais en tant qu'elle se passe loin de la cour, elle est fastidieuse. Comme vie frugale, voyez-vous, elle sied parfaitement à mon humeur; mais comme vie dépourvue d'abondance, elle est tout à fait contre mon goût... »

— Parfait, exclama Astaire en riant. On jurerait que Shakespeare a vécu quelque temps la vie de petit poste en Algérie, pour la décrire aussi bien.

— N'est-ce pas? répondit Paulin en remettant avec satisfaction le livre sur la table. Voilà sept mois que je suis à Bugeaudville et que j'y mène une existence de cénobite, — bien à contre-cœur, croyez-moi. Et sept mois comme cela, c'est dur. Les autres officiers ont eu plus de chance : ils ont pu demander et obtenir des permissions de six jours pour aller à El-Biodh. Ce n'est pas très drôle : cent vingt kilomètres pour aller, autant pour revenir, — il ne reste pas beaucoup de temps pour s'amuser. Ça ne fait rien; comme je me

fais vieux ici, j'ai demandé plus de dix fois une permission semblable, — on m'a toujours refusé, sous
prétexte que personne ne pourrait me remplacer pendant ce temps-là. Et dire qu'à vingt-quatre ans je n'ai
pour me distraire qu'une collection dépareillée de la
Revue des Deux-Mondes, et la conversation intelligente
du capitaine Mollet!

Astaire écoutait en souriant les doléances de l'interprète, et en reconnaissait malheureusement la jus-
tesse. A Bugeaudville, garnison qui passe, il est vrai,
pour la plus mauvaise de la province d'Oran, on n'avait
pour toute ressource, suivant l'expression d'un officier de ce poste, que « d'aller de chez soi chez soi,
et de chez soi chez soi ».

Dans cette petite société d'une dizaine d'hommes,
séparés ou à peu près du reste du monde, il arrivait
ce qui se passe dans certaines communautés monas-
tiques : l'élément féminin manquant et n'adoucissant
plus, par son influence, la brutalité masculine, c'était
à tout moment des querelles comme celle d'Astaire et
de Martinotti, des médisances et des calomnies, parfois même des choses plus graves encore, enfin tout
l'assortiment des potins de petite ville, quintessencié
dans cette infime garnison des Hauts-Plateaux.

— Oui, à vingt-quatre ans, répétait Paulin, en
hochant la tête. Aussi, quand j'aperçois une jeune et
jolie femme, je vois rouge. C'est pour cela que je ne
vais plus chez vous depuis quelque temps. — Et
tenez...

L'interprète hésitait à faire une confidence à son

ami. Puis brusquement il se décida et commença un
récit, souvent interrompu, et repris, le feu au visage.
Une courte et navrante histoire de viol. Une négresse
échappée de la tente d'un riche Arabe et consignée au
bureau en attendant qu'on la rendît à son maître :
Paulin l'avait interrogée et, en la voyant, avait été
pris d'un désir fou et sauvage. Et il disait tout, ses
luttes contre lui-même, ses accès de rage, la capitula-
tion de sa conscience, les ruses pour éloigner les
spahis du bureau, un à un, par des ordres ou des
commissions données, puis la scène de cajolerie,
d'intimidation, et enfin de brutalité... Une fois de
sang-froid, il avait mesuré l'étendue de sa faute, et
s'était traité et se traitait encore de misérable lâche.

— Et comment cela finira-t-il? demanda Astaire
stupéfait.

— Je ne crois pas avoir à craindre quoi que ce
soit, répondit Paulin. La négrésse a été rendue à son
maître, qui a été enchanté de la reprendre. Elle ne
dira rien, je l'ai consolée avec de l'argent. Mais, moi,
je ne me console pas de ce que j'ai fait là !...

Il y eut un moment de pénible silence. Astaire était
navré de trouver son camarade coupable et n'osait le
lui dire. Au dehors, dans une chambrée du bataillon
d'Afrique, un *Joyeux* chantait :

> Maudissant la gouverne
> De la sombre caserne,
> Moi, je naquis un jour...
> Ah ! quel drôle de jour

8

Tout en servant la France,
J'ai bravé la souffrance :
J'ai failli, mais l'honneur
Me reste au fond du cœur...

Astaire la trouvait d'une mélancolie désespérante,
cette chanson d'un être flétri, entendue ainsi dans une
chambre nue, après la confession inattendue de l'interprète.

Chose qui nous chagrine,
Dans notre discipline,
C'est qu'il faut turbiner
Et l'on n'est pas payé.
Le *Génie malfaisant*
Vous promet de l'argent.
Mais pour nous en donner,
Il est midi sonné...

Astaire prêtait ostensiblement l'oreille, en cherchant
ce qu'il pourrait dire à Paulin, qui restait debout
devant lui, laissant distraitement éteindre sa cigarette. Deux coups frappés timidement à la porte
interrompirent les réflexions des deux officiers. L'interprète alla ouvrir. C'était son voisin Brunet, le pharmacien aide-major. A l'invitation de Paulin, il se
glissa dans la chambre d'un air embarrassé :

— Je ne vous dérange pas?

— Mais pas le moins du monde, je vous assure. Au
contraire, la conversation commençait à languir entre
Astaire et moi.

Les deux officiers étaient étonnés de voir Brunet, si
sauvage d'habitude, venir les trouver ainsi, d'autant

plus que ni l'un ni l'autre ne s'étaient jusqu'alors beaucoup liés avec lui, le pharmacien étant sauvage à
l'excès et passant sa journée à lire des ouvrages de
médecine. Il se laissa tomber sur une chaise, en murmurant d'un air accablé :

— Voilà ma maladie qui me repince !

— Quelle maladie? demanda Paulin en ouvrant de
grands yeux, mais heureux au fond de l'arrivée de
Brunet, qui rompait à merveille la glace de la conversation.

— Ah! vous ne savez pas?... Alors, je vais tout
vous dire. Vous rappelez-vous? Ce matin, à table,
vous m'avez regardé à un moment, et j'avais les yeux
pleins de larmes?

— Oui, j'ai même cru que vous aviez un chagrin
quelconque, et je n'ai pas fait semblant de le remarquer.

— Eh bien, ça me reprenait. Voyez-vous, quand
j'y songe, je suis bien malheureux.

— Enfin, qu'est-ce donc? demanda Astaire. Vous
souffrez?

— Vous allez peut-être vous moquer de moi, mais
c'est très sérieux... Je voudrais bien trouver un
remède à ma maladie... Vous rappelez-vous encore le
discussion que j'ai eue samedi dernier avec Chartier?
Il s'est mis à rire de tout ce que je lui disais et m'a
répondu en haussant les épanles : « Allons, vous êtes
fou, Brunet! » — Le même jour, je me promenais à
cheval autour de la Redoute; il faisait grand soleil. Je
ne sais pas comment, je me mis à penser à ce que

m'avait dit Chartier, et j'ai eu peur d'être fou...

— Allons donc! s'écria Astaire en riant.

— Ne vous moquez pas de moi! continua Brunet,
les yeux étincelants; — je savais bien que vous vous
moqueriez de moi, fit-il sur un ton plus doux et
plus douloureux, — mais il faut que je vous dise
tout, je *sens* qu'il le faut... A la pensée que j'étais
fou, ou que j'allais le devenir, je me sentis pris d'une
horrible frayeur; j'en devins pâle et tremblant et je
dus descendre de cheval, ne pouvant plus me soutenir. Et depuis, chaque fois que j'y songe, je suis
saisi de la même peur, du même tremblement, du
même accès de larmes. C'est nerveux, c'est plus fort
que moi...

Le lieutenant et l'interprète écoutaient avec stupéfaction l'étrange récit de leur camarade. Jusqu'à ce
jour, ils lui avaient été un peu hostiles, parce que
Brunet, venu en Algérie pour quatre ans, conformément à la loi qui régit le corps de santé, y trouvait
tout mauvais et y mesurait toutes choses à l'aune de
ses préjugés. Il appréciait ce pays comme malheureusement ont fait beaucoup de militaires retenus là
malgré eux, qui ont propagé à leur retour en France
tant d'erreurs funestes à l'Algérie.

Pour lui, la France devait rester continentale, ne
pas s'embarrasser de possessions maritimes coûteuses
et difficiles à garder, et il aurait donné volontiers
son consentement à ce qu'elle abandonnât l'Algérie,
la Cochinchine, le Sénégal et même la Corse, pour
ne s'occuper que d'elle seule. De mauvais plaisants

prétendaient que, suivant lui, il n'y avait qu'un seul département important à conserver, celui de l'Isère, et, dans ce département, qu'une ville, la Tour-du-Pin, où il était né, et dans cette ville, qu'une maison, celle de sa mère. Brunet avait, en effet, encore sa mère, restée veuve sans fortune et, détail touchant, il prélevait chaque mois cinquante francs sur sa solde pour les envoyer chez lui et aider à l'éducation d'un jeune frère.

Astaire ne put s'empêcher de penser que si Brunet avait tellement peur de devenir fou, c'était moins par horreur du cabanon que par crainte de laisser sa tâche inachevée en cessant d'ajouter aux maigres ressources de la veuve. Et en songeant pour la première fois à ces tristesses, le jeune officier se sentait plein d'une douloureuse compatissance pour son camarade qui se tenait près de lui, affaissé, perdu dans de sombres réflexions.

— Vous avez bien tort, lui dit Astaire en prenant un air enjoué, de vous faire tant de mauvais sang pour si peu de chose. Chartier vous a tenu un propos en l'air. Et d'abord, si vous étiez fou ou si l'on vous voyait le devenir, croyez-vous qu'on vous le dirait? On éviterait, au contraire, jusqu'à la moindre allusion à votre état.

— C'est bien certain, appuya l'interprète.

— Vous avez raison, fit Brunet en relevant la tête.

En même temps un éclair de joie passait dans ses yeux. Astaire continuait avec chaleur :

— Vous êtes très énervé en ce moment; à force de

8.

rester chez vous, de vivre comme un ours, vous fini-
rez par tomber malade. Réagissez, morbleu ! Je veux
me faire votre médecin, et vous verrez si vous ne
vous portez mieux. Sortez, promenez-vous, causez le
plus possible, et surtout, plantez là vos affreux bou-
quins de médecine; ils vous abrutissent et vous per-
suaderont bientôt que vous êtes malade; tandis que
vous vous portez comme le Pont-Neuf. Mais riez, surtout riez!

Le pauvre Brunet essaya de se conformer à cette
dernière prescription, mais ses efforts se traduisirent
en une grimace telle que l'officier du bureau arabe et
l'interprète ne purent tenir leur sérieux, et partirent
d'un fou rire d'autant plus prolongé qu'il était intem-
pestif. Cette fois, leur camarade, gagné par l'exemple,
les imita de bon cœur.

— Voici la première fois que je ris depuis mon
arrivée dans ce sale pays, dit le pharmacien en repre-
nant haleine. C'est bien bon, et je vous dois cela. Si je
ne vous gêne pas, laissez-moi venir tous les jours causer un peu avec vous au bureau, cela me fera du bien.

Astaire et Paulin acceptèrent avec une apparence
de gaîté qu'au fond ils ne possédaient guère, mais
ils étaient trop heureux de voir les idées du pauvre
garçon suivre un autre cours, pour essayer de se
soustraire à ce qu'ils prévoyaient être une corvée.

— Pour commencer la cure, si nous allions chez le
père Coursy, proposa Paulin.

— C'est une idée, répliqua Brunet d'autant plus que
je ne connais pas son musée...

— Ni moi, fit Astaire.

Ils sortirent et allèrent frapper à la porte voisine, au milieu d'un fouillis d'arbustes et de plantes de toutes sortes : ce fut le garde général qui vint leur ouvrir.

— Bonjour, monsieur Coursy, lui dit l'interprète en lui tendant la main ; nous venons voir vos merveilles, que ni Brunet ni Astaire ne connaissent encore, bien qu'ils en aient beaucoup entendu parler.

Le bonhomme ne se sentait pas d'aise, quoiqu'il se confondît en protestations empruntées d'une fausse modestie : « Oh ! ce ne sont pas des merveilles, une petite collection tout au plus... » Et il était « très sensible à l'honneur... » Au fond, il exultait. Pour lui, ce qu'il appelait pompeusement son *musée* était une des raretés de la province, et son plus beau titre de gloire à lui, Coursy : et il espérait en son for intérieur voir imprimer quelque jour dans un *Guide de l'étranger en la province d'Oran,* cette mention à l'article Bugeaudville : Redoute, bureau de poste, vingt habitants. Beau musée établi par les soins de M. Coursy, garde général des forêts.

L'unique chambre du brave homme était un réceptacle curieux des objets les plus disparates.

Ce qui frappait tout d'abord, c'était une grande lanterne turque, un tapis de peaux de chacal formant tenture, et une douzaine de dépouilles de lynx et de gazelles accrochées au mur. Mais le père Coursy voulait qu'on visitât dans un certain ordre son musée, et il montrait tour à tour les oiseaux empaillés, les

crânes d'animaux, les pantoufles marocaines, les ser-
pents contenus dans des bocaux à reflets jaunes, les
cailloux curieux, les papillons collés au mur, les
oiseaux en papier découpé, collés à de grands chau-
mes d'alfas et de diss.

Tout cela était mélangé, sans suite, au goût du
garde général, — Dieu sait comme ! Et le bonhomme
exhibait des chefs-d'œuvre de patience : une redoute
en pomme de pin colorées en rouge, résultat de deux
mois d'un travail assidu ; un héron peint en vert véro-
nèse, sa livrée grise n'étant pas assez gaie à l'œil ;
une petite maison en feuille de papier à cigarettes
agglutinées ; des gangas, des guêpiers, des geais bleus
arrangés en écussons ; un devant de cheminée forme
d'un aigle aux ailes déployées ; enfin un guéridon,
triomphe du père Coursy.

Il était formé de deux jambes d'antilope scellées
sur une planchette et supportant un autre plateau
peint en bleu. Là étaient cloués la tête, les ailes et
les pieds d'un vautour dans un désordre pittoresque.
Une chaîne, formée de bouchons découpés et colorés
en jaune, passait dans le bec et les serres de l'oiseau
et faisait des festons autour des pattes de l'antilope.
Astaire eut toutes les peines du monde à garder son
sérieux pendant que le garde général lui expliquait le
temps qu'il avait employé à trouver cette combinaison
ingénieuse.

— Est ce vous qui avez empaillé tous ces animaux ?
demanda Brunet, distrait un peu par cette bizarre
exhibition. Et, sur la réponse affirmative du bon-

homme, Astaire le complimenta. M. Coursy se gonflait d'aise. Pour achever d'étonner ses visiteurs, il voulut leur montrer son *jardin* et sa *ménagerie*.

Dans ce jardin de quatre mètres carrés, on trouvait la même confusion et le même entassement que dans le musée. Un acacia de deux mètres de haut était entouré d'une bordure minuscule de reines-marguerites : d'un fouillis de chrysanthèmes et de verveines, contenues dans une ancienne caisse à biscuit, surgissaient deux rosiers, un cyprès en bas âge, un cyste et un jeune palmier, que ce nombreux voisinage n'avait pas l'air de favoriser beaucoup. Enfin, dans une vieille gamelle, une gourge verdâtre essayait de mûrir.

Il y avait comme cela plusieurs caisses étagées et peintes en vert, formant une demi-lune devant la porte du père Coursy ; de maigres liserons rejoignaient le toit en grimpant le long des fils de fer rouillés. Le bonhomme expliquait complaisammant aux trois jeunes gens qu'il s'asseyait là pour fumer, et « se croire à la campagne ». Et, en effet, Astaire se rappelait l'avoir vu souvent bourrer sa pipe sous la tonnelle improvisée, après le déjeuner, se figurant qu'il était à l'ombre, et prenant garde de ne pas faire un faux mouvement qui pût abîmer quelqu'une de ses plantations.

Une curiosité aussi, la ménagerie. Un chacal, deux canards, quatre ou cinq geais criards, une douzaine de tortues, des caméléons et une petite hyène que le garde élevait au biberon, en formaient la composition. Tous ces animaux faisaient un bruit terrible dans les

cages étroites où ils étaient enfermés. Ce tapage ravissait d'aise le père Coursy et formait son unique distraction, depuis douze ans qu'il habitait Bugeaudville.
Il s'était même si bien habitué à sa coquille, qu'il
avait refusé à plusieurs reprises d'aller dans un autre
poste, craignant sans doute que les pièces de son
musée ne résistassent pas à un pareil déplacement.

Les trois officiers sortirent de chez le garde général
en le remerciant de sa complaisance. Mais Astaire ne
tint pas longtemps compagnie à ses camarades et
rentra chez lui tout attristé des confidences qu'ils
venaient de lui faire.

VIII

BONHEUR A DEUX

Depuis qu'elle était à Bugeaudville, Suzanne n'avait pas trouvé à s'ennuyer un seul instant. Et pourtant l'existence qu'elle y menait était bien triste en apparence. Presque seule dans ce pays de mœurs et d'aspect si nouveaux pour elle, elle ne voyait personne à qui elle pût parler pendant les absences d'Astaire, retenu fréquemment au bureau ou envoyé en tribu pour le service. A part la femme et la fille de Nathan, qui savaient à peine quelques mots d'un français inintelligible, Suzanne ne parlait dans le village à aucune personne de son sexe.

Astaire l'avait voulu ainsi, à cause de la situation spéciale de Suzanne et des antécédents de plusieurs femmes de colons, et sa maîtresse y avait consenti volontiers. La même défense avait été étendue à Mme Parrot, dont l'auberge avoisinait la maison de Nathan, et pourtant la grosse femme mettait en œuvre tous ses efforts pour se faire bien venir du jeune officier; mais la porte restait obstinément close et l'hôtelière, qui commençait à dépasser l'âge des galanteries, était désespérée de ne pouvoir sonder le mystère qui entourait les deux amoureux.

Suzanne était pleinement heureuse. Elle adorait Astaire et se savait adorée de lui. Il existait entre ces deux êtres jeunes et charmants une confiance, une tendresse mutuelle qui se traduisaient par des effusions, des contemplations silencieuses ou la gaieté chantante d'oiseaux amoureux. Que de fois leurs repas furent interrompus par des regards chargés de désirs, qui se changeaient bientôt en baisers fous, en étreintes délirantes ! Astaire recommençait sa vie : il lui semblait qu'avant Suzanne il n'avait jamais aimé, il ne s'était donné à aucune femme. Lorsque sa maîtresse le regardait d'une certaine façon, les paupières mi-baissées, sur des yeux un peu humides, il sentait son âme se fondre et le cœur lui manquer, comme envolé vers la Bretonne.

Quant à Suzanne, elle jouissait délicieusement du bonheur de savoir tout à elle, à ses pieds, cette force, ce courage, cette beauté virile ; et elle se savait gré du sacrifice qu'elle avait fait, s'étonnant même de ne pas y attacher plus d'importance, et de ne pas se souvenir avec regret du temps où elle ne s'était pas encore donnée. Elle s'en voulait même de ne pas souffrir pour son amant. Elle ne regrettait rien et ne craignait qu'une chose, c'était de voir finir cette délicieuse existence. Et quand Astaire s'absentait, la jolie Bretonne se mettait gaîment à l'ouvrage, à des travaux de couture, dont elle n'avait pu se déshabituer et qui maintenant étaient nécessités par l'entretien des effets du modeste petit ménage, et elle faisait courir son aiguille, l'âme pleine des souvenirs et de l'image du lieutenant.

Il lui fallait aussi surveiller Bernard dans ses essais de cuisine, et ce n'était pas toujours chose facile, la brave ordonnance étant un peu jalouse de l'affection de son lieutenant et, partant, toujours disposée à se rebiffer contre l'autorité de Suzanne. Puis il avait l'habitude de faire la cuisine à la mode des soldats : beaucoup de graisse et de poivre, des ails et des oignons formaient le fond de tous ses plats, et Suzanne dépensa vainement des trésors d'éloquence pour lui prouver qu'on pouvait s'y prendre autrement. Astaire, pour parer à cet inconvénient, avait acheté pour son ordonnance un livre de cuisine. Mais Bernard resta quelque temps encore sans faire de progrès dans l'art culinaire. Suzanne finit par découvrir que le pauvre garçon ne savait pas lire. Ce furent des rires sans fin entre elle et son amant quand elle lui dit le mot de l'énigme. A dater de ce jour, on dut, après chaque repas, appeler le *tringlot*, lui fixer le menu suivant et lui lire les pages relatives aux plats qu'il devait confectionner. Cet expédient réussit à souhait et Bernard ne tarda pas à faire un cuisinier passable.

L'ordonnance essayait aussi de se former au beau langage, mais elle y était moins heureuse que dans l'art culinaire. Elle parlait bien à Astaire à la troisième personne, mais elle entremêlait ses phrases d'expressions soldatesques d'un comique irrésistible.

9

Et rien n'était plus drôle que de l'entendre dire à l'officier prêt à sortir.

— Mon lieutenant veut-il que je lui f.... un petit coup de brosse?

Malgré ces ridicules, Bernard se rendait bien précieux par son adresse et son activité, et souvent utile à Astaire pour arriver à équilibrer le petit budget du ménage. Tâche ardue, le jeune officier se trouvant presque sans fortune. Mais les goûts de Suzanne n'étaient pas dispendieux, et elle ne songeait pas à se plaindre de l'heureuse médiocrité dans laquelle elle vivait. Le logis, dont l'étroitesse et la nudité l'avaient effrayée le premier jour, lui semblait maintenant très habitable : il faut dire que la plus scrupuleuse propreté y régnait et que tous les soins d'Astaire tendaient chaque jour à l'embellir.

Maintenant les deux amoureux ne subissaient plus la timidité des premières effusions. Tout entiers l'un à l'autre, ils antidataient naïvement leur amour, s'en disaient les débuts et le faisaient remonter jusqu'au jour de l'arrivée d'Astaire à Dinan; et ils s'étaient convaincus de s'être toujours adorés, tant leur passion avait envahi tyranniquement leurs âmes, au préjudice de tout sentiment antérieur.

Presque chaque jour, à la sortie du bureau, le lieutenant emmenait Suzanne, et les deux amoureux allaient tout doucement sur la route de Franceville, indiquée seulement par des sillons de roues serpentant entre les touffes d'alfa. C'était la route par laquelle, tous les deux jours, les *Joyeux* partaient pour la cor-

vée de bois, à dix-sept kilomètres de là, et en rapportaient les racines et les genévriers rabougris qu'on
brûlait exclusivement à Bugeaudville.

Ils passaient par le village, longeant les maisons
arabes, en pisé blanchi à la chaux, dans leur grouil-
lement d'enfants à demi nus ; ils regardaient les jardins chétifs ou des Gouraris (nègres venus des oasis
du Gourara) infatigables, conduisant des chameaux
éclopés qui servaient à puiser l'eau des puits dans
des espèces d'outres attachées de deux cordes, et les
déversaient dans un curieux système de canaux d'irrigation. Astaire et sa maîtresse étaient suivis des
yeux par les officiers, sympathiques en général à l'adjoint du bureau arabe, ou par les colons, jaloux de ce
joli couple. Mais ni Suzanne, ni le jeune lieutenant ne
s'occupaient des commentaires élevés sur leur pas
sage. Tout entiers l'un à l'autre, ils causaient de leur
amour ou faisaient des projets d'avenir. Tout compte
fait, Astaire ne demanderait pas sa rentrée en France :
probablement, à sa nomination au grade d'adjoint de
2ᵉ classe, on l'enverrait dans une garnison meilleure
où ils pourraient être encore plus heureux qu'ils n'é-
taient. En réponse à tout cela, Suzanne se disait entièrement satisfaite de son sort ; mais tout ce que ferait
son amant devait être bien fait...

Ils arrivaient ainsi à petits pas dans l'alfa, croisant
en chemin des Arabes qui saluaient respectueusement
le lieutenant, et se retournaient pour regarder la jolie
roumya, dont la chevelure blonde les surprenait. Des
terrassiers marocains, aux turbans faits de bande-

lettes croisées, travaillaient, sous la direction de l'adjoint du génie, à extraire des blocs de pierre destinés
aux constructions Ils suspendaient leurs chansons
dites sur un mode très aigu et remplies de choses intra
duisibles — l'Arabe se plaisant, comme le latin, à
braver l'honnêteté, pour crier aux amoureux le « Se-
lam aleïkoum » de rigueur.

Plus loin, un chasseur, n'ayant que sa calotte rouge
et sa chemise aux manches nouées derrière le cou et
tenue relevée jusqu'à mi-jambe par une ceinture de
cuir, passait rapidement en balançant un fusil à deux
coups. Tout cela étonnait Suzanne et la ravissait.
A cette époque de l'année (on était au commencement
du printemps), la nature avait mis sa livrée de velours
vert ; les grands steppes sahariens, d'un aspect si uni-
forme, réservaient aux regards investigateurs de charmantes surprises.

Les dernières pluies d'hiver avaient fait pousser
entre les touffes d'alfa une herbe courte et drue, et
une foule de fleurs lilliputiennes inconnues aux autres
climats. Quelques-unes exhalaient des odeurs déli-
cates. Mufliers violets à cœurs jaunes, soucis, asphodèles, anémones de couleurs variées, plantes bizarres
de toute sorte, tout ravissait Suzanne, qui avait conservé de l'existence laborieuse et retirée une passion
pour la campagne et surtout pour les bouquets. Elle
affectionnait par-dessus tout certaine fleur mauve à
pistils bruns qui exhale un parfum exquis de vanille
et qu'on doit cueillir avec précaution pour ne pas la
flétrir.

L'officier de bureau arabe la secondait de son mieux dans cette tâche nouvelle pour lui, rassurant la jeune fille quand un lézard étourdi ou quelque gros scarabée partait à l'improviste de dessous ses doigts mignons, en lui arrachant un petit cri d'effroi, remplacé bientôt par un éclat de rire perlé. Une fois même, il trouva déposés sur le sol trois œufs de gangas, jaunâtres, tachés de brun. Suzanne les rapporta précieusement à la maison, rêvant de les faire éclore et d'élever les jeunes perdrix. La couvée ne réussit pas, et ce fut un gros chagrin pour la jeune Bretonne.

. Le temps s'écoulait ainsi, et le soleil disparaissant à l'horizon avertissait les deux amoureux qu'il était l'heure de rentrer.

En revenant, Suzanne interrogeait Henri sur ce pays qu'il aimait, et le lieutenant racontait ce qu'il avait vu dans ses tournées, ou les histoires gaies ou terribles, apprises au bureau. Il lui disait les côtés pittoresques de cette vie singulière, les chevauchées par monts et par vaux, les poursuites d'assassins, les reconnaissances dirigées contre les *djichs*, groupes de pillards qui apparaissent de temps en temps dans les cercles et éludent le plus souvent les poursuites de l'autorité.

Il lui racontait aussi plusieurs incendies de forêts auxquels il avait assisté, du côté de l'Oued-Debab : un léger nuage de fumée à l'horizon ; sur l'ordre donné par le commandant supérieur, les indigènes de deux ou trois tribus racolés au marché et partant avec

9.

l'officier du bureau arabe, dans une hâte justifiée par la crainte d'une responsabilité collective : la fumée grossissant toujours et faisant précipiter l'allure des chevaux en un galop effréné, apparaissant enfin sous la forme d'une colonne de cent pieds de haut, formée à la base de pins en feu crépitant, de buissons léchés par le brasier et disparaissant aussitôt, de langues de flammes s'accrochant aux branches voisines, courant dans l'herbe desséchée et assiégeant les grands arbres ; un sourd grondement dominant ce spectacle terrible, égayé seulement par les fugues soudaines de lièvres effarés, ou la trouvaille de tortues énormes, à demi cuites dans leurs terriers le lendemain.

C'est dans une de ces promenades journalières que Suzanne vit pour la première fois le commandant supérieur. Elle se sentit pour lui une subite aversion, justifiée peut-être par le profil simiesque, pâle, encadré d'une barbe noisette, par les yeux clignotants, fuyants et cerclés de rouge, par le grand corps dégingandé et pour ainsi dire oblique, et surtout par l'air de fausseté insigne, de cafarderie autoritaire répandu sur toute la personne du capitaine Parenteau. Le commandant supérieur les avait salués, et pendant longtemps il suivit des yeux le couple qui s'éloignait. Suzanne, avec l'instinct magnétique qu'on ne peut nier chez certaines personnes, sentit ce regard peser sur elle et l'oppresser d'une façon singulière. Depuis, chaque fois qu'elle sortit au bras d'Astaire, elle rencontra le capitaine Parenteau qui les saluait, et continuait à se promener sur la route de Franceville.

Suzanne se sentait mal à l'aise et restait triste pendant le reste de la promenade. Pourquoi ? Elle n'eût su le dire. Mais les femmes ont une intuition divine pour pressentir les malheurs, et il lui semblait que le commandant supérieur commençait à trop faire attention à elle pour qu'il en résultât rien de bon.

La jeune femme, suspendue au bras du lieutenant, l'écoutait avec une curiosité inquiète, qui faisait parfois jaillir de ses lèvres de naïves exclamations. Et ils jouissaient divinement du calme de cette soirée, du soleil couchant qui donnait aux montagnes lointaines des tons vaporeux et presque féeriques, de cette limpidité de l'atmosphère, dans laquelle on voyait s'élever, droites comme des colonnes grisâtres, les fumées de la redoute de Bugeaudville. Et en même temps venaient de très loin mille bruit confus, — bêlements grêles de troupeaux rentrant aux douars, chants de grillons commençant à résonner dans les solitudes, babillements d'oiseaux se disposant à passer la nuit. Et c'était avec une émotion secrète et indéfinissable que le couple rentrait dans la petite maison de Nathan, en se promettant de recommencer.

Elle questionna Astaire sur son chef. Le lieutenant répondit ce qu'il en savait. Il n'aimait pas le commandant supérieur, qui, selon lui, faisait tache dans l'armée, et pouvait faire soupçonner l'honnèteté et la franchise des autres officiers. Ce qui lui déplaisait surtout dans son chef, c'était une suffisance qui faisait craquer les coutures de sa tunique et se traduisait dans toutes ses phrases par d'égoïstes affirmations :

« *Moi*, je fais telle chose... Je ne veux pas, *moi*. »

Il avait aussi des théories singulières sur la manière de gérer les affaires indigènes... Il reprochait à Henri Astaire d'aller droit devant lui dans les enquêtes dont il était chargé, et de ne pas savoir louvoyer; il s'appuyait sur un axiome, transformé pour son usage particulier, — comme faisait Basile des proverbes : *La ligne droite est le chemin le plus long d'un point à un autre*. Et il citait les voyages en Algérie où l'on est forcé à des détours si l'on ne veut se heurter à des obstacles infranchissables : il aimait aussi à raconter, à l'appui de son dire, le mauvais tour qu'il avait joué à Si-Ahmed-Ouid-Embarek, à son arrivée à Bugeaud ville.

Le capitaine Parenteau était une exception dans l'armée, où, en général, le titre d'officier est synonyme d'honneur, de désintéressement et de franchise. Il faisait tache dans le personnel des affaires indigènes, personnel choisi et éprouvé, quelques attaques que l'on ait dirigées contre lui. Il avait la réputation d'un homme peu loyal, rampant avec ses supérieurs, hostile à ses égaux et à ses inférieurs, n'oubliant jamais une injure et profitant de la réputation d'intégrité qu'il avait en haut lieu et qu'il faisait bruyamment sonner à l'occasion, pour se débarrasser ingénieusement de ceux qui le gênaient. Et pourtant cette réputation d'intégrité n'était pas aussi justifiée qu'on voulait bien le dire, et Astaire avait appris sur son compte plus d'une chose dont il aurait cru incapable un officier.

Le lieutenant s'indignait en racontant ce qu'il savait : le capitaine Parenteau avait fait mettre en prison un indigène fort riche, coupable d'avoir vendu ses terres — quatre à cinq mille hectares — à des colons : le commandant supérieur n'aimait pas les Européens, et pour cause, et il n'avait pas eu de cesse que la vente n'eût été résiliée.

Astaire baissait malgré lui la voix en disant : — Oh ! c'est un homme dangereux... très dangereux !

— Mais ne peut-il rien te faire, demanda la jeune femme, parce que tu vis avec moi ? On dit les règlements militaires d'une telle sévérité !

— Si, répondit Astaire en hochant la tête. A la rigueur il le pourrait. J'espère qu'il n'osera pas. Je sais trop de choses sur lui. Et d'ailleurs, en Algérie, on est indulgent pour des liaisons comme la nôtre.

Suzanne fut très impressionnée par ces confidences. Elle le fut bien plus encore, le jour où elle vit entrer le capitaine Parenteau dans la cour de Nathan. Astaire était justement parti pour aller constater un assassinat à une trentaine de kilomètres de Bugeaudville, et il ne devait pas rentrer avant la nuit. Suzanne écoutait les doléances de Nathan qui avait été volé la veille d'une singulière façon, des Arabes ayant pratiqué un trou dans le mur de son magasin.

Réveillé par le bruit, il alla voir de quoi il s'agissait ; mais il n'eut pas, en présence des menaces qui lui étaient faites, le courage d'aller chercher son revolver, ni même d'appeler Astaire, et il passa aux bandits tout ce qu'ils lui demandèrent : sacs de riz, de

poivre, pains, savon, etc. Et maintenant il se lamentait sur sa lâcheté et sur la perte de ses précieuses
marchandises. Suzanne avait fort envie de rire en
entendant le baragouin dans lequel ces plaintes étaient
formulées, et reprochait au juif sa couardise, quand
une voix sèche dit derrière elle :

— Ce poltron de Nathan n'a que ce qu'il mérite.

Elle se retourna et sentit tout son sang refluer vers
son cœur, en reconnaissant le capitaine Parenteau.

Il avait l'air embarrassé. Ses yeux clignotants semblaient encore plus faux qu'à l'habitude. Il la salua,
en ajoutant, pour se donner une contenance :

— Je suis venu pour constater ce vol.

Et il la regardait avec des yeux fouilleurs qui ana-
lysaient la jolie femme.

Suzanne restait interdite, sentant que le commandant supérieur inventait là un prétexte et qu'il avait
une tout autre intention que de faire une enquête.
Elle réunit tout son courage et passa devant le capitaine Parenteau en lui disant d'une voix qui n'était
pas exempte de malice :

— Vous m'excuserez, monsieur. Je viens seulement
d'apprendre ce vol et je ne puis vous donner aucun
renseignement.

Et le *petit-grand-chef* la vit avec rage entrer dans
sa chambre et en fermer la porte avec un bruit de
clef tournée qui lui resta sur le cœur. C'était la première fois qu'il voyait son autorité méconnue. Il en
fut tellement surpris qu'il oublia sa prudence habituelle et alla frapper à la porte d'Astaire. Mais Suzanne

n'ouvrit pas. Le commandant supérieur, affolé, heurta plus fort, au grand étonnement de Nathan, qui jugea prudent de disparaître. Ni tapage, ni protestations ne purent vaincre l'obstination de la jeune femme. Le capitaine dut se retirer, le cœur ulcéré, et il se jura que cette petite fille mal apprise en passerait par où il voudrait et cela avant peu de temps.

IX

Le commandant supérieur était décidément amoureux de Suzanne. Elle le voyait passer souvent devant ses fenêtres et causer familièrement avec Nathan, contrairement à toutes ses habitudes. Horriblement inquiète, la jeune femme ne disait rien à Astaire de ce qui la préoccupait, craignant un esclandre qui nuirait à son amant, espérant lasser M. Parenteau par son indifférence. Mais elle prévoyait qu'une explication aurait lieu avec celui-ci et elle se proposait d'y déployer toute l'énergie dont elle se sentait capable.

Les craintes de la jeune femme ne tardèrent pas à se réaliser. Le lendemain, pendant qu'Astaire était au bureau, le commandant supérieur se rendit chez Nathan. Suzanne, en train de caresser un petit lynx qu'Abdelhakem lui avait apporté le matin, s'extasiait sur les beaux yeux verdâtres, le pelage soyeux et les formes élégantes de la jolie bête, quand elle entendit frapper à la porte.

10

— Entrez, cria-t-elle.

Elle resta tout interdite en reconnaissant le commandant supérieur. Il portait haut la tête, comme aux jours de service, ce qui avait fait dire à Paulin qu'il pouvait prendre comme armes parlantes une oie d'argent sur champ de sable, ayant toute la gravité de ces volatiles. Il salua légèrement :

— Monsieur le lieutenant Astaire, s'il vous plaît.

— Il n'est pas ici, répondit Suzanne, gênée par ce regard glauque qui semblait vouloir faire l'inventaire de l'appartement et de sa propre personne.

— Ah! très bien, fit le commandant supérieur. Il doit être au bureau. Mais ce n'est pas pour ça que je suis venu... Vous habitez donc ici?

— Mais oui, monsieur, dit la jolie Bretonne.

— J'en suis bien content. Je pourrai venir vous voir, de temps en temps.

— Henri et moi, nous serons heureux de vous recevoir, fit observer Suzanne avec intention.

— Ce n'est pas ce que je veux dire. Je vois M. Astaire tous les jours. Mais c'est vous seule que je désirerais voir.

— Je ne reçois jamais personne en l'absence de Henri, riposta la jeune femme.

— Voyons, vous ferez bien une exception en ma faveur, riposta le capitaine en s'avançant un peu, les yeux luisants.

— Pas plus pour vous que pour les autres. Vous m'excuserez, monsieur, je vis fort retirée.

— Comme vous devez vous ennuyer! exclama le

commandant supérieur sur un ton d'hypocrite com-
misération.

— Mais je vous demande pardon. Je ne m'ennuie
jamais. Je suis contente de mon sort.

Le capitaine Parenteau se promenait à grands pas
dans la chambre, pendant que Suzanne, tranquille et
résolue, restait debout près de la porte, comme pour
l'inviter à se retirer. Il jugea sans doute qu'il fallait
employer d'autres moyens pour réduire la jeune
femme, car il revint avec elle et lui demanda brutalement :

— Vous êtes la maîtresse de M. Astaire ?

— Monsieur ! exclama Suzanne en levant sur lui ses
regards limpides.

— Savez-vous bien, reprit M. Parenteau, que le
lieutenant Astaire se met dans une position très fausse,
qui est formellement interdite par les règlements militaires. Si je voulais être méchant, moi, je pourrais
lui faire beaucoup de tort.

— Oh ! monsieur, dit encore la jeune femme, sur un
ton suppliant.

Le commandant supérieur lui avait pris la main et
continuait :

— Mais, je ne suis pas méchant : je ne puis pas
l'être pour une aussi jolie personne...

Elle cherchait à se dégager, comprenant où tendaient ces fadeurs, en voyant s'illuminer les yeux
jaunes du capitaine Parenteau. Il lui serrait les doigts
et lui disait sur un ton plus bas :

— Seulement, il faudra être gentille avec moi,

vous comprenez... me permettre de venir vous voir.

— Quand M. Astaire sera là, monsieur, interrompit, la jeune femme. Et pas autrement.

— Ne dites pas cela, vous vous en repentiriez.

— Jamais je ne m'en repentirai.

— Je puis vous séparer d'Astaire; vous n'avez pas réfléchi à cela?

— Je ne crois pas que vous puissiez le faire. Dans tous les cas, je ne recevrai jamais personne en l'absence de mon...

— De votre amant?

— De mon amant, soit.

Elle s'était dégagée et regardait fièrement le commandant supérieur qui mordillait sa moustache et regardait autour de lui, obliquement, comme pour chercher un moyen de réduire cette petite fille qui osait lui tenir tête.

— Voyons, dit-il d'un air plus doucereux, ne faites pas l'enfant; Astaire n'en saura rien.

Il lui avait pris les mains et se penchait vers elle pour l'embrasser, en répétant :

— Astaire n'en saura rien... et je serai généreux, moi.

Suzanne, d'un élan, se dégagea, et souffletant cette face bestiale qui la regardait avec des yeux luisants de satyre en rut.

— Misérable! cria-t-elle.

Et elle courut s'enfermer dans la seconde chambre, pendant que le commandant supérieur, livide et tremblant de colère, et sentant que tout était fini entre elle et lui, tâchait de composer son visage pour traverser la boutique du juif sans qu'on remarquât en lui rien d'anormal.

Suzanne n'osa pas encore parler de cet incident à Henri Astaire. Elle craignait trop de le faire souffrir en lui racontant ce qu'on avait tenté contre elle ; mais elle se promit de l'avertir sans faute si pareille offense se renouvelait.

Un soir, la jeune femme attendait Astaire, parti en tournée de tribu, et s'inquiétait un peu de ne pas le voir rentrer, la nuit étant déjà tombée. On frappa à la porte. Suzanne alla ouvrir. C'était un indigène qui apportait un bout de papier qu'il lui remit sans mot dire. La jeune femme y vit quelques mots écrits au crayon, d'une main tremblée :

« Ma chère Suzanne,

« Comme je revenais à Bugeaudville, mon cheval a butté, je suis tombé. Ce n'est pas dangereux, mais je voudrais bien te voir maintenant. L'Arabe qui te remettra ceci te conduira auprès de moi.

« HENRI. »

— Il est blessé ! exclama Suzanne, les yeux pleins de larmes.

L'indigène s'était accroupi dans un coin de la chambre, et ses yeux brillaient dans l'ombre projetée sur son visage par son turban à bandelettes. Il parut comprendre ce que disait la Bretonne et secoua affirmativement la tête en ajoutant quelques mots inintelligibles.

10.

— Allons, viens, conduis-moi auprès de lui, dit la
jeune femme exaltée par le danger que courait son
amant.

Elle sortit, guidée par l'indigène, qui s'éloigna rapidement du village. Suzanne, à ce moment, eut un
mouvement de frayeur en se voyant seule dans la
campagne avec un Arabe qu'elle ne connaissait pas.
Mais elle rougit de ses craintes en songeant au billet
d'Astaire ; est-ce que Henri n'était pas blessé, dange-
reusement peut-être ! Mais ce billet, qu'en avait-elle
fait ? Elle se rappela l'avoir posé sur la table avant de
partir... Qu'est-ce que cela faisait après tout ? Mais,
mon Dieu, pourvu que Henri puisse bientôt se rétablir !

Les deux promeneurs étaient loin du village, maintenant. C'est à peine s'ils apercevaient, en se retournant, les quelques lumières tristement éparses de Bugeaudville. Ils marchaient dans un sentier arabe à
droite de la route de la senia, et se dirigeaient vers
un *bordj* — petit château arabe — ayant appartenu
au célèbre révolté Si-Yahia, et tombé en ruines depuis
sa mort. Une vieille cantinière, la mère Plausson, s'y
était logée et cultivait quelques fleurs et quelques légumes entre les rochers. De jour, le bord dentelé, doré
par le soleil, faisait bien au milieu des rochers semés
de verdure, et Suzanne l'avait admiré bien souvent.
La nuit, dans le silence troublé seulement par les cris
lointains des chacals en chasse, il était sinistre. Malgré
elle la jeune femme réfléchissait à son imprudence,
d'avoir suivi un pareil guide. Après tout la lettre était-
elle bien d'Astaire ? Comment se faisait-il qu'il ne lui

eût pas envoyé un spahi au lieu de cet indigène à pied ? — Un autre Arabe, qui se tenait caché derrière un rocher, apparut à quelques pas, — comme s'il eût attendu en cet endroit l'arrivée de Suzanne. Elle s'arrêta épouvantée, craignant un piège.

— *Emchi* (viens), lui dit son guide, en la prenant par le bras et en cherchant à l'entraîner.

Cette fois, la malheureuse femme n'eut plus de doute et résista en criant : « A l'aide ! » de toutes ses forces. Elle sentit une rude main s'appuyer sur sa bouche pour étouffer ses cris : on l'emportait déjà quand le galop d'un cheval se fit entendre à travers les rochers. Une voix connue de Suzanne lança en arabe quelques mots aux ravisseurs, qui s'enfuirent dans les rochers. Tout cela s'était passé si vite que la Bretonne resta étourdie et tremblante, ne sachant si c'était un secours qui lui arrivait. Le cavalier arriva auprès d'elle ; c'était le spahi Abdelhakem, le favori de son amant.

— Qu'is qui ci, madame, lui dit-il en mettant pied à terre pour la soutenir. C'i toi, la femme de mon lieutenant. Qu'is qui ti feras ici ?

Suzanne lui raconta, en mots entrecoupés, ce qui était arrivé. Abdelhakem secoua la tête.

— Mon liotenant, il est à brisent à ton mison : je la quitti tout di souite pour aller à mon dououar. Lui macache malade, macache tombi. Attends-moi là...

Il courut à travers les rochers jusqu'au bordj, et revint bientôt d'un air préoccupé.

— Je crois que le commandar il sera là, mais il s'a cachi quand il m'a vi. Bardons, madame.

Il la plaça sur son cheval et mena celui-ci par la bride dans la direction de Bugeaudville. Chemin faisant il tâchait d'égayer la jeune femme, qui n'avait pas la force de comprendre ce qu'il lui racontait.

— Ils disent comme ça : Abdelhakem, il ni sera blous bon à rien. Ti vois bien que si. J'a entendi crier. J'a écouti : blous rien. J'a couri, et j'a trouvi ces bougri di gougnafiers qui t'embordaient...

Et il se lamentait de n'avoir pas poursuivi les ravisseurs, puis d'autres inquiétudes le prenaient : C'était sûrement le commandant supérieur qui avait monté ce coup...

Ils arrivèrent ainsi à la maison de Nathan où Astaire, en proie à la plus vive inquiétude, se demandait et demandait au juif ce que Suzanne était devenue. La jeune femme, brisée par tant d'émotions, tomba dans ses bras en sanglotant, sans pouvoir lui expliquer ce qui lui était arrivé. Il fallut qu'Abdelhakem racontât à sa manière l'enlèvement. Astaire le remercia chaleureusement, et le vieux spahi, très fier de ce qu'il avait fait, regagna son douar.

Le lieutenant resta perplexe. Les explications de Suzanne, jointes à la narration d'Abdelhakem, lui indiquèrent bientôt la part que le commandant supérieur avait prise à l'enlèvement. La Bretonne raconta aussi à son amant les deux autres tentatives de M. Parenteau. En entendant ce récit. le lieutenant poussa une exclamation de rage. Ainsi, cet homme

était assez vil pour essayer de lui ravir sa maîtresse
par des moyens pareils ! C'en était trop. Astaire était
décidé à faire un esclandre, à publier partout l'infamie de son supérieur.

Mais les preuves? Abdelhakem ignorait quels étaient
les ravisseurs de Suzanne ; il n'était même pas sûr
d'avoir aperçu M. Parenteau chez la mère Plausson.
La jeune femme ne pouvait en dire davantage. Astaire
comprenait seulement, par la description qu'elle lui
en faisait, que l'homme au billet était un Marocain.
La lettre même avait disparu, sans doute emportée
pas le messager complaisant. Le lieutenant se désespérait en constatant son impuissance.

N'importe, il voulait aller sur-le-champ chez le
commandant supérieur pour lui cracher son indi
gnation au visage.

Suzanne l'en détourna à grand'peine :

— Qu'y gagneras-tu? On nous fera peut-être du mal.
Il vaut mieux patienter, et dans quelques jours nous
rentrerons en France...

— Tu as raison, dit à la fin Astaire. Attendons les
beaux jours ; et dès que le voyage sera faisable, nous
retournerons à Dinan.

Et ils bavardèrent toute la soirée en faisant des
projets d'avenir que Suzanne interrompait de temps
en temps, inquiète des suites du dépit du commandant
supérieur et il fallait alors que le lieutenant la rassurât
par des baisers et des caresses, ce qui est évidemment
la meilleure manière de rassurer les gens.

X

Un matin, le commandant supérieur fit appeler Astaire et longuement lui expliqua ce qu'il devait faire comme officier judiciaire. Un crime avait été commis la veille à Oglet-er-Remel, chez les Ouahiba : un vieillard assassiné dans une tente du caïd, dont il était le berger. Il fallait se rendre sans retard sur le lieu du crime, avec le docteur Chartier, qui ferait l'autopsie. Et le commandant supérieur, indiquant la marche à suivre pour faire l'enquête, avait son air cauteleux, aux yeux baissés, et sa voix monotone, qui causait toujours à Henri Astaire une inexplicable impression de malaise.

Le jeune officier se sentit soulagé une fois éloigné de son chef, lorsqu'il se vit sur la route d'Oglet-er-Remel, en compagnie de l'aide-major, pendant qu'Abdelhakem, marchant devant eux, leur indiquait la route à suivre.

Les trois cavaliers étaient sortis par la porte sud de Bugeaudville, tellement encombrée de menu sable

qui remplissait le fossé et s'amoncelait le long des
murs, qu'on devait tous les quinze jours commander
une corvée pour l'en débarrasser. Ils suivaient maintenant une plaine bordée au loin de montagnes dont
les derniers contreforts faisaient onduler capricieu-
sement leur route. De loin en loin, des *r'dirs*, creux
de terrain remplis par les dernières pluies, étincelaient
gaîment au soleil. Des troupeaux paissaient alentour
les brins d'herbe entre les touffes d'alfa, ou buvaient
avidement l'eau boueuse de ces sortes de mares;
deux enfants gardaient sans chiens cette masse d'animaux bêlants, en se contentant de jeter des pierres
ou leurs bâtons noueux aux plus indisciplinés.

Astaire songeait à la tentative d'enlèvement dont
Suzanne avait été victime et aux mystérieux ravisseurs
disparus sans laisser de trace. Quant à l'aide-major,
il était en verve. Sa joie de sortir de Bugeaudville et
d'aller dans un pays qu'il ne connaissait pas le trans-
formait complètement. Quoiqu'il n'eût pas de voix,
et que, suivant son expression, il dût se contenter
« de faire les *tagnards* dans les chœurs » — par allusion aux airs de la *Dame blanche*, chantés de préfé-
rence par les officiers divisés en *mon* et en *tagnards* et
se répondant aux jours de réception — il faisait entendre
à gorge déployée des vieilles romances dont il remplaçait les paroles absentes par des improvisations
baroques. Astaire le regardait avec stupéfaction.

— Avez-vous l'air assez ahuri! lui cria Chartier en
s'exprimant en simple prose. Vous êtes *épaté* de me
voir comme cela. Et moi donc! Je ne sais ce que j'ai.

mais je suis content. Tenez, il me semble être encore
à Laghouat, ma première garnison. Je sortais du Val,
quand on m'envoya en Algérie. Je me rappelle que
j'avais dans ma cantine un habillement tout noir :
habit, gilet, pantalon et claque, rien n'y manquait.
Et comme j'avais beaucoup de dettes, pour ménager
mon unique tenue, je mettais tout cela pour aller à
la chasse. Me voyez-vous au mois de juillet, dans les
sables, avec un chapeau haut de forme et un habit ?
Je perdis une de mes basques dans un buisson de jujubiers, et, pour plus de symétrie, je coupai l'autre.
C'était d'un drôle ! Les Arabes n'en revenaient pas.

Astaire riait de tout son cœur en songeant à
l'étrange figure que pouvait avoir Chartier avec ses
grandes jambes, ses lunettes et son costume noir, dans
une plaine aride du sud de l'Algérie.

— Ah ! c'était un bon pays, continua son interlocuteur, je m'y plaisais beaucoup. Malheureusement
je dus le quitter l'année suivante, pour aller en convalescence...

— Sans doute les fièvres ? demanda le lieutenant.

— Non, je ne les ai jamais eues, par suite de mon
habitude de ne jamais boire d'eau pure dans ce pays.
Ajoutez-y des soins pour les yeux et pour le ventre,
et vous saurez pourquoi je m'y suis toujours admirablement porté. Seulement, cette fois-là, j'ai eu les
pieds gelés...

— Les pieds gelés ! exclama avec incrédulité l'officier de bureau arabe.

— Oui, gelés. Un spahi était en tournée, à quatre-

11

vingts kilomètres de Laghouat, quand il reçut une balle dans la cuisse. On me fit partir en toute hâte pour le soigner. C'était au mois de février, et il faisait une pluie diluvienne. Les plaines se transformaient en lacs, les pentes en torrents. Cela dura jusqu'à mon arrivée au douar, où le blessé était gisant. Je passai une nuit atroce, n'ayant pas d'effets pour me changer, et soignant mon malade, qui se trouvait dans un fichu état. La tente où nous logions fut emportée trois fois par des rafales ; mon cheval se détacha et fut retrouvé à grand' peine à deux lieues de là... Que sais-je encore ? Nous revînmes tout doucement ; huit hommes se relayaient pour porter le spahi sur une litière de branches, et le malheureux se trouvait mal tous les quarts d'heure.

« Enfin, nous atteignîmes Laghouat, toujours avec la pluie ; mais quand je voulus marcher, bernique, je ne savais plus où étaient mes pieds... Il fallut couper mes bottes pour me les retirer. Ça demanda un certain temps pour se remettre, et j'en profitai pour aller en convalescence chez moi.

— Vous avez toujours appartenu aux bureaux arabes ? lui demanda Astaire.

— Oui, toujours. Dieu sait combien j'ai fait d'autopsies et d'expertises, depuis le temps ! Mais ça m'amuse. J'aime mieux cela que de m'ennuyer au cercle et d'entendre le père Mollet poser ses dominos avec des calembours démodés : « Avec quel as perds-je ! » ou « Quand je mets des as, tu ris ! »

— Le fait est, fit Astaire, que ces enquêtes me plaisent beaucoup.

— Ah ! si vous étiez venu plus tôt à Bugeaudville !
s'écria Chartier, vous en auriez eu une sérieuse... Au
chantier de l'Oued-en-Nessa, un Espagnol avait tué
par jalousie une jeune femme et sa mère. Nous y
allâmes avec votre prédécesseur, Reynaud, et nous y
trouvâmes les deux victimes. La vieille était tombée
le nez contre terre, morte sur le coup. La jeune avait
survécu quelques heures. Vers six heures du soir,
nous entendions le roulement d'une voiture, ce qui
ne laissa pas de nous surprendre ; c'était un *sapin*, un
vrai sapin avec trois *fumistes* dedans, un substitut, un
greffier et un juge d'instruction qui venaient d'El-
Biodh, pour faire leur enquête, cette affaire ayant eu
lieu entre Européens. Reynaud leur fit part de ce qu'il
avait fait et mit sa tente à leur disposition. Le substitut, depuis un mois seulement en Algérie, n'avait
apporté aucune provision, comptant naïvement sur
les auberges, il partagea nos vivres, et fut un peu
surpris quand il lui fallut s'asseoir par terre pour
dîner. Nous étions neuf autour des plats de dhiffa :
pas d'assiettes ; et seulement deux couteaux, cinq
cuillères, une fourchette et trois verres pour tout ce
monde. Le dîner n'en fut pas moins bon. Pour coucher, même embarras. Nous n'avions qu'une tente
et qu'un haïk : il est vrai que tout cela était assez
grand. Nous nous alignâmes par terre et l'unique couverture servit à nous protéger du froid.

— Ce n'était pas trop, observa Astaire en riant.

— Ma foi, non, répondit Chartier. On ne pouvait
pas se retourner sans faire faire le même mouvement

à ses huit compagnons de lit. C'était d'un drôle! Et
puis, au milieu de la nuit, nous entendîmes un grand
tapage, nous sortîmes et je vis là la chose la plus
effrayante que j'aie jamais vue.

— Quoi donc? demanda avec intérêt le lieutenant.

On rapportait la femme assassinée. — Deux Espagnols, la torche à la main, conduisaient l'âne sur
lequel on l'avait placée. Ses cheveux gris pendaient,
les yeux fixes étaient ouverts, et, détail horrible, la
lèvre supérieure, en contact avec la terre, avait été
dévorée par des insectes, de sorte qu'elle esquissait
un rire épouvantable, tandis que la lueur rouge des
flambeaux dansait sur son visage et sur ses mains
pendantes et raidies. J'avoue que cette scène m'im-
pressionna vivement. Quant au substitut, il ne put
dormir le reste de la nuit.

Tout en devisant ainsi, les deux officiers faisaient
du chemin. Maintenant ils s'enfonçaient dans la montagne, par un sentier capricieux, qui tantôt serpentait
à travers des pierres roulantes et tantôt franchissait
des roches disposées en gradins que les chevaux esca-
ladaient comme des chèvres ; des genévriers et des
thuyas aux racines énormes étendaient leurs branches
au-devant des voyageurs et retardaient encore leur
marche. Enfin, ce pas franchi, ils se trouvèrent en
plaine, dans le large lit d'un de ces oueds desséchés
qui se dirigent vers le Chott. A peu de distance de là,
le sable de la rivière était creusé d'une foule de trous
circulaires au fond desquels se trouvait de l'eau, verdâtre comme de l'absinthe dans certains puits, d'une

teinte sépia dans quelques autres. Une foule de calan-
dres et de pluviers couleur poussière s'envolèrent en
poussant des cris stridents, à l'approche des cavaliers.
Abdelhakem s'était arrêté près des trous et faisait
boire son cheval dans une auge formée d'un tronc
d'arbre creusé grossièrement.

— Voilà les Oglet-er-Remel, dit-il en désignant les
puits. Le *dououar*, il est là-bas.

Il montrait une fumée légère qui s'élevait de derrière un pli de terrain. A mesure que les officiers s'approchaient, ils apercevaient des tentes noires et en-
tendaient de rauques aboiements ; et bientôt ils firent
leur entrée dans le douar, entourés par une foule de
chiens jaunâtres, à mines féroces, qui montraient
leurs dents blanches avec une insistance de mauvais
goût ; mais des enfants dispersèrent à coups de pierres
les trop fidèles gardiens, et les officiers purent s'occuper avant toute chose de l'objet de leur visite.

Le chef de douar les conduisit à la tente d'Ibrahîm-
bou-Kerch, l'homme assassiné, un peu à l'écart du
cercle formé par les autres habitations. Le cadavre
était couché sur un tas de laine fraîchement coupée.
C'était un vieillard, qui avait encore les yeux grands
ouverts, avec une expression terrible de frayeur et de
colère. Sa bouche crispée avait dû essayer de proférer
un appel désespéré, ou peut-être le nom de son meur-
trier, avant que tout fût fini...

— Il a été tué sur le coup, fit Chartier en montrant
au lieutenant une blessure noirâtre au niveau du
cœur.

11.

Tout autour, la chemise brûlée indiquait que la mort avait été produite par une arme à feu, tirée presque à bout portant.

Chartier étalait ses instruments, que les gens du douar examinaient avec curiosité, et Henri cherchait des yeux Abdelhakem, pour se servir de lui comme d'interprète. Le vieux spahi avait disparu. Il revint bientôt, tenant une gamelle et se passant la langue sur les lèvres :

— Mon lieutenant, dit-il au jeune homme, feux-tu, en attendant le cafî, tu boiras un beu de lait. Il est bien bon, fa ! Il est aigre comme de la bière.

Astaire le remercia en riant et lui prescrivit de faire venir, pour l'interrogatoire, les gens qui se trouvaient dans la tente au moment de l'assassinat. C'étaient trois bergers et ils dépeignirent au jeune homme la scène lugubre : ils s'étaient endormis par une nuit d'orage, noire comme de l'encre et rayée seulement d'instants en instants par la lueur des éclairs; peu de temps après, ils avaient été réveillés par un éclat semblable au bruit de la foudre. — « On venait de tirer un coup de pistolet sur Ibrahim-bou-Kerch. Celui-ci avait râlé un instant et était mort dans l'attitude où il se trouvait : à genoux sur un tas de laine, s'appuyant sur les mains et regardant vers le bord de la tente, — et peut-être criant : « Qui va là? » aux voleurs nocturnes.

Tous les détails de cette scène étaient reproduits avec une fidélité scrupuleuse par les bergers qui mimaient ensuite les recherches faites au dehors; la

trouvaille d'un sac de laine dérobée, et les traces de
deux hommes, courant pieds nus à la manière des
malfaiteurs, traces précieuses qui avaient été recou-
vertes aussitôt avec des couffins, de peur que le vent
ne les fît disparaître.

Henri alla prendre le dessin de ces empreintes :
c'étaient les traces de deux individus adultes, ayant
marché souvent pieds nus comme l'indiquait la forme
des orteils et du dessous du pied. Puis il revint à la
tente pour interroger le *kebir dououar*. Celui-ci lui
raconta à son tour ce qu'il savait. La victime n'avait
pas d'ennemis : elle avait dû être assassinée par des voleurs de laine étrangers au douar. D'ailleurs sa femme
et son fils allaient corroborer ces renseignements...

L'officier de bureau arabe prescrivit de les amener
et se leva pour voir ce que faisait Chartier. Accroupi
sur le sol, et entouré des hommes du douar, pendant
que les femmes se haussaient un peu plus loin pour
mieux voir, l'aide-major avait découvert la poitrine du
cadavre, scié une côte, et procédait à l'autopsie. Il passait ses couteaux sanglants à un jeune homme qui s'était
offert pour les tenir et ne perdait aucun détail de
l'opération ; à côté, une vieille femme regardait à demi
agenouillée et tenait élevé un coin du haïk de la
tente, pour que le docteur pût y voir plus clair. Une
odeur fade, s'exhalant de la laine tachée de sang, fit
reculer le lieutenant ; au même instant, Abdelhakem
se pencha vers lui.

— Mon lieutenant, dit-il, si tu feux, nous attendrons
bour continuer que le *tebib* il aura fini...

— Mais pas du tout, répondit l'officier de bureau arabe : fais venir tout de suite la femme et le fils du mort.

— Les foilà, dit Abdelhakem en désignant l'homme aux couteaux et la vieille au kaïk.

Astaire ne pouvait d'abord croire ce que lui disait le spahi. Il lui fallut pourtant se rendre à l'évidence, quand le chef de douar le lui eût certifié. Il courut le raconter à Chartier; et celui-ci lui répondit en haussant les épaules et en interrompant sa sanglante opération.

— M'étonne pas. Ces gens entendent la sensibilité autrement que nous. Tenez, Astaire, voulez-vous relever mes manches? J'ai peur de me tacher.

L'officier de bureau arabe procéda à l'interrogatoire de la vieille femme. Dès qu'on lui parla de la mort de son mari, elle éclata en plaintes bruyantes, à la façon des *voceri* corses, exaltant les mérites du pauvre défunt et se labourant en même temps le visage à coups d'ongles. Astaire admirait avec quelle facilité, au cruel sang-froid de tout à l'heure, avait succédé cette manifestation de douleur intempestive.

Mais il était trop habitué à de semblables scènes pour s'en montrer bien étonné. Il continua d'interroger la vieille, mais sans pouvoir en obtenir rien qui pût le mettre sur la trace des assassins.

La déposition du fils fut plus explicite. Il conta que, l'avant-veille, deux Marocains, dont l'un se disait *derrer* (maître d'école) étaient passés dans le douar. Ils avaient même voulu acheter de la laine à son père, qui avait refusé, attendu qu'elle ne lui appartenait pas. Ils étaient partis le même jour, disant qu'ils allaient chez les Beni-Zid...

Cette fois, Astaire se trouvait en présence d'un indice sérieux. Il savait fort bien de quels méfaits sont capables les vagabonds marocains qui errent dans les tribus sous prétexte d'instruire les enfants ou de recueillir des aumônes religieuses. N'y avait-il pas des chances pour qu'Ibrahim-bou-Kerch, à qui on ne connaissait pas d'ennemis, eût été assassiné par ces deux individus, cherchant à le voler? Le lieutenant contrôla le témoignage du jeune homme, et tous les habitants du douar lui affirmèrent que c'était la vérité.

Les jours suivants, l'adjoint de bureau arabe poursuivit avec ardeur l'instruction de cette bizarre affaire. Les renseignements qu'il recueillit sur le derrer suspecté vinrent corroborer ses premiers doutes. Cet homme s'appelait Mohamed Berrahoui et avait été chassé de chez les Beni-Zid, un mois auparavant, ayant été pris en flagrant délit de vol. Depuis, on ne savait ce qu'il était devenu. L'itinéraire qu'il avait indiqué aux Ouahiba comme devant être le sien était donc faux. Rien que ce mensonge faisait naître de graves présomptions contre lui.

Plus tard, on apprit que Mohamed Berrahoui avait été vu quelques heures avant le crime, non loin des Oglet-er-Remel. Un cavalier de tribu, en se rendant au bureau, l'avait rencontré de ce côté. Mais il n'avait pas aperçu son compagnon.

Quant à ce compagnon même, Astaire ne put vérifier son identité. Il était à supposer que c'était un des nombreux vagabonds qui errent dans les cercles, faisant tous les métiers avouables et inavouables, et qu'il avait aidé fortuitement Mohamed à commettre la tentative de vol et d'homicide.

Toutes les recherches faites pour retrouver la trace des deux Marocains restèrent sans résultat. Astaire bientôt cessa d'y penser, ayant l'esprit occupé de nouvelles affaires, qui absorbèrent toute son attention.

XI

DÉPART

La petite maison de Nathan était plongée dans la désolation. Suzanne, assise auprès de la table, pleurait silencieusement ; la lampe éclairait seulement son bras blanc qui soutenait sa tête et sa nuque nimbée de cheveux d'or, secouée d'instants en instants par des sanglots convulsifs. Astaire se promenait à grands pas, en proie à une méditation rageuse. A côté de la porte, Abdelhakem accroupi et roulant philosophiquement une cigarette, complétait ce tableau.

— Il n'y a pas moyen de faire autrement, dit le lieutenant en s'arrêtant près de la table et en relisant le papier que le spahi venait de lui apporter : l'ordre est précis. Eh bien! Suzanne, il faut nous résigner. Pendant que nous ferons cette tournée de vérification d'impôts, tu m'attendras ici. C'est l'affaire d'une dizaine de jours, en me dépêchant.

Il essayait de prendre un ton dégagé, mais on sentait bien dans sa voix les sanglots qui l'étouffaient, à l'idée de voir disparaître, même pendant dix jours, ce bonheur immense qu'il goûtait depuis trois mois. Rien qu'à l'idée de passer des journées sans contempler le sourire de Suzanne, sans entendre sa voix caressante lui dire des paroles d'amour, il lui semblait que quelque chose se brisait en lui.

La jeune femme releva la tête et fit un geste d'acca blement.

— Non, Henri, tu sais bien que je ne puis rester ici toute seule. Tu devines bien pourquoi le commandant supérieur t'a donné cet ordre.

Hélas ! oui, il le savait, il était persuadé que M. Parenteau était l'auteur de la tentative d'enlèvement dont Suzanne avait souffert. Et il ne pouvait rien contre son chef. Il savait aussi que, en laissant la jeune femme isolée dans cette maison, il l'exposerait à de nouvelles entreprises du commandant supérieur, favorisées cette fois par la peur ou la cupidité de Nathan. Il était impossible de partir dans des conditions pareilles. Et le devoir était là. Ah! cruelle alternative, douloureuses nécessités de la vie !

— Alors, dit l'officier de bureau arabe après avoir réfléchi, tu partiras demain pour El-Biodh et tu y resteras à l'hôtel jusqu'à ce que je t'envoie une dépêche pour te dire de revenir.

Suzanne y consentit, non sans peine. Il lui répugnait étrangement d'aller vivre comme une aventurière, dans une chambre d'hôtel, au milieu de la curiosité des voyageurs, des indiscrétions, des commérages de toute sorte. Elle se souvenait avec amertume de ce qu'elle avait souffert pendant son voyage. Elle finit

pourtant par s'y résigner. Tout valait mieux que de
rester en butte aux tentatives du capitaine Parenteau,
que sa mésaventure n'avait pas refroidi, et qu'elle
voyait passer à chaque instant devant sa fenêtre,
tâchant de glisser entre les rideaux un regard sour-
nois.

— Mon liotenant? demanda Abdelhakem, qui se
redressa en faisant le salut militaire.

— Que veux-tu? répondit brusquement Astaire.

— Eh bien! mon liotenant, bouisque ti ne feux bas
laisser ton maîtrisse ici, il fiendra afic nos autres.

— Allons donc, tu es fou. Comment pourra-t-elle
voyager, et partir d'ici sans qu'on le sache?

— Eh bien! ti l'enfoyeras bar la foiture d'El-Biodh,
demain li matin, et bouis il ristira comme ça à la
Senia; nous y basserons apris, afic un chifal di caïd
et nous bartirons.

Suzanne avait redressé la tête, déjà rayonnante
d'espérance :

— Oh! oui, Henri, fais ce que te dit Abdelhakem.

Et la fatigue? Et la peur de monter à cheval pour
la première fois? Et les accidents qui pouvaient en
résulter? Et les mille objections que Henri présentait,
pour la forme, à ce projet romanesque? Il éprouvait
une répugnance secrète à employer un subterfuge qui
ne lui semblait pas très loyal. La jeune femme songeait peu à tout cela et elle fournissait une foule de
raisons excellentes pour accompagner Astaire dans
son voyage. Quand elle lui eut passé les bras autour
du cou, en appuyant sa jolie tête blonde sur l'épaule

12

du lieutenant, celui-ci ne se sentit plus la force de résister. Il répondit aux raisonnements de sa conscience qu'il devait opposer la ruse à la ruse, et ne songea pas aux périls qu'il courrait si le commandant supérieur apprenait la façon dont Suzanne se soustrayait à ses tentatives. Astaire était réellement épris, et le projet du spahi flattait son goût pour les aventures; il se faisait une joie de montrer à sa maîtresse les sites pittoresques du cercle de Bugeaudville :

— Seulement, ajouta-t-il en manière de restriction, si tu ne peux pas suivre à cheval, je t'envoie à El-Biodh.

— Sois tranquille, riposta Suzanne, toute joyeuse: tu verras comme je serai vaillante!

La Senia était un joli petit village, de création récente, placé au pied des Hauts-Plateaux, dans une situation exceptionnelle. A six kilomètres en arrière, une trouée de la montagne livrait passage à l'Oued-Souagui, grossi par les eaux de deux rivières importantes, l'Oued-en-Nessa, qui arrive de Franceville, et l'Oued-ech-Chaaba qui vient de la partie la plus accidentée du cercle de Bugeaudville. Les Romains avaient compris l'importance de cette coupure, et l'avaient fermée par une digue énorme qui emmagasinait, dans la vallée étroite et longue, une quantité d'eau considérable.

De nos jours, quand la création du village fut décidée, on songea à approprier aux besoins de la colonisation les restes de cet ouvrage magnifique, et l'on superposa aux ruines dorées par le soleil, des pierres

blanches qui, tant bien que mal, reconstituèrent à
peu près le barrage primitif. L'eau des pluies vint
s'accumuler dans cet immense réservoir et forma un
lac bleu dont les bords se couvrirent de verdure. En
même temps, des irrigations savamment ménagées
changeaient en cultures de toutes sortes un sol primi-
tivement recouvert de plantes ligneuses et d'arbustes
épineux.

Cependant, ce village qui aurait dû devenir un des
plus prospères de l'Algérie ne s'accroissait pas sensi-
blement, grâce à la tactique savante du capitaine Parenteau. Suivant lui, il fallait éviter de favoriser la
colonisation, « de peur de pousser à bout les Arabes,
et d'amener ainsi une grande insurrection »; d'autre
part, « dix colons donnaient plus de mal, étaient
l'occasion de plus d'écritures que deux cents Arabes...
C'étaient tous des réclameurs... »

Enfin, « les colons devaient se contenter du nord
du Tell où ils avaient assez de terrain, et ne pas venir
vers les Hauts-Plateaux demander le régime civil ».
C'était le principal grief du capitaine Parenteau,
navré comme beaucoup d'officiers de bureaux arabes
de se voir enlever par les administrateurs les meil-
leurs postes et de n'avoir en échange que les garni-
sons sahariennes, avec leurs médiocres avantages et
leurs nombreux inconvénients.

Il résultait de cette manière d'envisager la colonisation que la Senia, après avoir débuté comme presque tous les villages algériens, par l'installation d'une
cantine espagnole et d'un *mercanti* juif, autour des-

quels s'étaient groupées des maisons de colons, ne consistait encore qu'en une longue rue, bordée d'une quarantaine d'habitations.

Le commandant supérieur ne délivrait qu'avec une prudence exagérée les trente hectares de terre affectés par le gouvernement à chaque nouveau colon et reculait sagement l'installation de celui-ci jusqu'à l'époque des semailles.

De cette façon, les émigrants restaient près d'une année les bras croisés ; ceux qui avaient les reins solides assistaient les autres, consommaient leurs maigres ressources et devenaient la proie de l'usure algérienne, la plus terrible de toutes.

Quand ils étaient forcés de partir minables, et déguenillés, le capitaine Parenteau avait un sourire aigu et glissait une phrase entre haut et bas, contre « ces fainéants, ces ivrognes qui venaient de France, croyant vivre en ne travaillant pas, et voulaient se faire entretenir par les Arabes... » Et ceux qui ne connaissaient pas le fond des choses donnaient raison au commandant supérieur.

Malgré ces machinations et d'autres encore qui consistaient à empêcher sourdement les indigènes de vendre leurs terres aux colons, le petit village commençait à prospérer. Des plantations d'arbres de toutes sortes bordaient les canaux d'irrigation : les blés et les orges, déjà hauts, verdissaient dans les terrains défrichés, jusqu'à la ligne sombre de la vallée de l'Oued-Debah, et témoignaient de la bonne volonté des colons, quoi que pût dire le capitaine Parenteau.

C'est dans l'unique auberge de la Senia, chez la
mère Martin, que Suzanne descendit. Elle était partie
très ostensiblement par la voiture d'El-Biodh, et
Paulin, confident d'Astaire, avait raconté partout
que la jeune femme allait passer quelques jours à la
ville pour y faire des emplettes et se remettre du séjour des Hauts-Plateaux. Au bout d'une heure et demie,
la diligence s'arrêta à la Senia, et la jeune femme
attendit son amant dans une chambre de l'auberge,
dont la mère Martin, l'ancienne cantinière, lui faisait
les honneurs avec son bagou intarissable d'ex-Pari-
sienne des faubourgs.

Astaire arriva vers midi, suivi du fidèle Abdelhakem. Le mulet chargé des bagages avait pris les
devants et était là depuis longtemps. Les deux amoureux se retrouvèrent avec transport : jusqu'à ce moment ils avaient craint qu'il ne se présentât un obstacle imprévu dans le programme tracé par le spahi.

Ils déjeunèrent de bon appétit, dans la chambre
presque obscure — à cause des mouches — où la
mère Martin circulait à pas légers, apportant les plats
et jetant sur les amoureux des regards empreints
d'une componction comique. A la fin du repas, elle
n'y tint plus et voulut à toute force se mêler à la
conversation. Mais Astaire, qui avait des raisons de
s'y opposer, déjoua toutes les tentatives de la rusée
commère pour connaître la destination de « la jeune
dame ».

— Voyez-vous, disait la vieille aubergiste avec des
airs de tête et un grasseyment qui trahissaient son ori-

12.

gine, cela fait du bien de voir de jolis jeunes gens
comme vous, qui ont l'air de s'aimer si tendrement.
C'est si bon, l'amour.

Suzanne pressait la main d'Astaire et le regardait
avec des yeux attendris. Elle était si complètement
heureuse, qu'elle savait gré à l'aubergiste de ses
banalités.

La bonne femme posa aussitôt la cafetière sur la
table, prit sans façon une chaise et se mit à parler
avec volubilité de Paris et surtout de ce qui avait laissé
en elle le plus étourdissant souvenir, la féerie de
Rothomago, son éternel sujet de conversation avec les
voyageurs et les habitants de la Senia. Et tandis
qu'elle se lançait en des digressions verbeuses qui
étonnaient Suzanne, Astaire rêvait profondément. Il
analysait son affection pour la première fois. Il se
disait que l'amour, cette toute-puissance, distribuait
bien des trésors, bien des baumes pour les blessures
qu'il pouvait faire; il lui paraissait impossible d'avoir
à souffrir un jour pour Suzanne. Ne l'aimait-elle pas?
Et lui n'aimerait-il pas toujours sa maîtresse, —
toujours?

Et, songeant ainsi, il la regardait, souriant aux
récits exagérés de la vieille bavarde, rose et animée
par le repos de ce bonheur intime qu'elle éprouvait à
côté de son amant. Son visage resplendissait d'une
joie débordante. Ses cheveux blonds un peu envolés
sur le front mettaient de l'ombre sur le bleu clair des
yeux et faisait paraître plus vives les étincelles qui
s'en échappaient par instants. Suzanne, se sentant

observée par Astaire, tourna un peu la tête et lui
sourit, et le lieutenant sentit son cœur se fondre
dans une sensation inexprimable qu'il éprouvait chaque fois qu'il voyait ce regard et ce sourire.

Addelhakem entra après avoir gratté timidement à
la porte. Il venait annoncer que les chevaux étaient
prêts. La mère Martin, voyant qu'on ne faisait plus
attention à elle, sortit un peu vexée. Astaire demanda
au spahi quelles dispositions il avait prises et reconnut qu'il avait eu raison de s'en reposer complètement sur lui des menus détails du voyage. Abdelhakem avait loué pour Suzanne un cheval doux, et
emprunté au cadi une selle — d'homme il est vrai,
mais rembourrée comme il convient à une selle
de magistrat ; enfin il avait acheté des *temags* rouges
que la jeune femme allait pouvoir chausser par-dessus
ses bottines. Suzanne, ravie de ces préparatifs, fut
prête en un instant à sortir de l'auberge.

L'intelligent spahi avait fait conduire les chevaux
à une certaine distance de la Senia, auprès du barrage, dans un ravin où l'on pouvait, sans être vu,
prendre les dernières dispositions relatives au départ.

Les deux amoureux sortirent de l'auberge, pendant
que la mère Martin se creusait en vain la cervelle
pour savoir ce qu'ils étaient venus faire à la Senia,
et pour deviner la direction et les moyens de transport qu'ils comptaient employer pour quitter le
village ; ils suivirent un chemin planté d'eucalyptus
au feuillage odorant.

Une *seguia* murmurait en passant sur des cailloux,
le long de la route, et le soleil déjà chaud illuminait
le ciel pur et faisait briller les petites feuilles luisantes
des arbres. Comme pour empêcher les amoureux de
trop s'absorber dans la calme contemplation de
cette nature sereine, Abdelhakem les accompagnait
et les amusait de son jargon bizarre. Ils arrivèrent
ainsi auprès du bassin.

Une sorte de lac immense réfléchissait les montagnes
environnantes, et le ciel bleu étendait son onde limpide et se déversait dans un canal d'irrigation. Rien
n'était charmant comme l'opposition de couleurs de
cette nappe azurée des rocs arides et bistrés et de la
verdure sombre qui couvrait le rivage. Suzanne battit
des mains en voyant des poissons venir le long du
bord et sauter à la surface de l'eau.

— Quelle jolie partie de campagne on ferait là! dit-
elle, les yeux brillants.

Mais il fallut s'arracher à ce spectacle et aller dans
un ravin voisin, à l'endroit où Mohammed-Ould-
Guendouz, le spahi chargé de la garde des chevaux,
les attendait assis par terre. A leur approche, il se
leva respectueusement pour saluer son lieutenant.

Astaire vérifia soigneusement le barnachement et
l'extérieur du cheval destiné à Suzanne, puis, avec
une voix légèrement voilée par l'inquiétude :

— Es-tu prête? demanda-t-il à sa maîtresse.

Sur la réponse affirmative de la jeune femme, il la
plaça en selle et lui montra à tenir ses rênes. A son
tour, il enfourcha son cheval.

— En route, maintenant! cria gaîment Suzanne, les yeux brillants de plaisir et d'amour.

Et la petite cavalcade prit lentement le chemin des montagnes, suivant l'itinéraire que le lieutenant s'était fixé d'avance, d'après les ordres du commandant supérieur.

...Ce jour-là, à la popote de Bugeaudville, les officiers parlaient d'Astaire et de sa maîtresse.

— Une jolie fille que je me payerais bien, dit Chartier en se passant la langue sur les lèvres.

— Oui, acquiesça le père Coursy, mais je n'aime pas ses airs fiers quand elle se promène avec M. Astaire. Après tout, c'est une p...

— Vous n'y songez pas, monsieur Coursy...

C'était Paulin qui protestait, suffoqué par cette insulte à celle qu'aimait son ami.

— Allons, monsieur Paulin, répondit le garde général, c'est peut-être une femme honnête! Quelle bonne plaisanterie!

— Aussi honnête que bien d'autres.

— Vous avez tort de penser ainsi, dit à l'interprète le chef de bureau arabe avec un léger froncement de sourcils, une concubine ne peut pas être honnête...

— Mais elle n'a qu'Astaire pour amant.

— Oui, maintenant, fit perfidement Brunet.

L'interprète pétrissait rageusement des miettes de pain, en entendant traiter ainsi Suzanne pour qui il avait une sorte de culte. Il ne s'avoua pas vaincu et continua :

— Mais vous tous vous saluez Mme Parrot, et toutes les femmes d'ici dont les maris ne pourraient même plus passer sous l'Arc de Triomphe de l'Étoile, et pourtant vous savez ce qu'elles valent!...

Le capitaine du génie devint rouge comme une pivoine en entendant nommer l'aubergiste ; son regard ne quitta plus la nappe depuis ce moment-là.

— Elles sont mariées, celles-là ; leurs époux-leur servent de chaperons, répondit le capitaine Mollet, d'un air sentencieux.

— Eh bien, pour moi, s'écria Paulin, ce sont des coquines qui trompent leurs maris par désœuvrement ou esprit de lucre, et je les mets à cent pieds plus bas que Mlle Linier, qui s'est donnée par amour à Astaire, après lui avoir sauvé la vie...

— Elle savait bien ce qu'elle faisait en venant le soigner, dit avec un sourire insultant le capitaine Mollet.

Martinotti se taisait, un peu gêné au souvenir de son duel. Quant à Brunet, il acquiesça en murmurant :

— Ah! oui, le coup de la reconnaissance.

— Quoi qu'il en soit, professa le père Courcy, M. Astaire a fait une sottise en s'affublant d'une maîtresse. A-t-on jamais vu, à son âge !

— Il est vrai, hasarda Chartier, qu'en ce moment c'est le plus heureux de la garnison.

— Mais gare au commandant, dit en hochant la tête le chef de bureau arabe ; il pourra bien prendre cela du mauvais côté, un jour ou l'autre.

— Est-ce que cela le regarde? demanda l'interprète. Il me semble qu'Astaire fait son service...

— Monsieur, répondit sévèrement, cette fois, le capitaine Mollet, les supérieurs ont toujours le droit de
contrôle sur leurs subordonnés. Et, dans le cas qui
nous occupe, la circulaire du 15 mars 1873 prescrit...

L'interprète ne voulut pas en entendre davantage
et profita de ce que l'aide-major se levait de table
pour la quitter à son tour. Il éprouvait une rage
sourde en réfléchissant aux méchancetés qu'il venait
d'entendre et qu'il jugeait bien imméritées. Il songeait
aussi que la plupart de ces hommes ignoraient l'amour,
et qu'ils le discutaient à la manière des aveugles juges
des couleurs. Paulin avait violemment aimé, deux ans
auparavant, aussi ; il ne pouvait s'empêcher de donner
raison à Astaire, tout en l'enviant un peu, — et en
appréhendant en même temps pour son ami les repré-
sailles de cette société qu'il affectait de dédaigner.

Aussitôt qu'ils furent partis, le capitaine Mollet dit
en hochant la tête :

— Il est un peu jeune, notre interprète. Il ne connaît
pas assez la vie, ni le monde, pour pouvoir en parler
comme ça.

— Parbleu, exclama Martinotti, il doit rester en
Algérie. Un collage, ça lui semble tout naturel.

— Aussi bien que d'aller à Tombouctou, dit le
pharmacien ; il faut l'entendre parler du transsaha-
rien ! Je le crois un peu fou, ce garçon-là.

— Pour moi, dit le père Courcy, je ne l'aime pas ;
il a toujours l'air de se moquer du monde.

— Il parle bien légèrement de ce qu'il ne connaît
pas, murmura Jaunard.

— Le fait est, remarqua à son tour le capitaine Mollet, qu'il faudrait lui serrer la vis de temps en temps, pour le rappeler au respect dû à ses supérieurs et aux gens plus âgés que lui. Il nous a fait tout un laïus de morale en fabriquant des *boulettes à la crasse*. Poseur, va !

— Je ne crois pas qu'il faille le punir, observa charitablement Martinotti, mais quelques observations ne lui feraient pas de mal. Ainsi qu'est-ce que c'est que cette manie de faire bande à part, de n'aller presque jamais au cercle, ni chez Parrot, en même temps que nous?... Nous ne sommes pas trop ici, que diable ! et nous avons besoin de tout le monde pour nous distraire.

Et les quatre interlocuteurs, se levant de table, s'en allèrent, contents d'eux-mêmes, faire la partie de dominos qui les attendait régulièrement après chaque repas, dans la salle enfumée du cercle militaire; l'adjoint du génie s'absorba dans des *réussites* et les autres officiers évoquèrent avec les mêmes exclamations et les mêmes regrets que d'habitude le souvenir de Paris et de ses boulevards, splendides et joyeux à cette heure-là, pendant qu'ils passaient une soirée morose dans un taudis mal éclairé, à plus de cent vingt kilomètres de tout endroit civilisé.

XII

PAR MONTS ET PAR VAUX

La première étape du voyage des deux amoureux s'effectua sans encombre. Non pas que l'officier de bureau arabe restât sans inquiétude sur l'issue de cette excursion. Au contraire, il se reprochait à chaque instant la faiblesse qu'il avait eue d'y consentir, en songeant à l'ignorance de Suzanne en matière d'équitation, aux dangers de toute sorte qu'elle pouvait courir en tribu, et enfin à la colère du commandant supérieur s'il venait à apprendre qu'il avait été joué par son subordonné. Mais Suzanne avait l'air si confiant, si heureux, si exempt de trouble en se laissant aller au pas actif de sa monture, et les regards qu'elle envoyait à son amant étaient si empreints de reconnaissance que celui-ci se disait :

— Ma foi, au petit bonheur. Nous arriverons à bon port *inchallah* — comme disent les Arabes.

Et, plus tranquille désormais, il se plaça auprès de sa maîtresse et lui indiqua brièvement ce qu'elle avait à faire pour ne rien avoir à redouter de sa monture.

13

Marcher toujours derrière un cavalier, ne jamais trop tirer sur les rênes, s'en fier à l'instinct du cheval pour choisir son chemin, pencher le corps en avant aux montées, en arrière aux descentes... Suzanne écoutait toutes ces explications d'un air ravi.

A la fin, n'y pouvant plus tenir, elle eut une exclamation qui depuis longtemps lui brûlait les lèvres.

— Oh ! Henri, que je suis heureuse !

— Bien vrai, Suzanne, tu n'as pas peur ?

— Pas du tout. Je voudrais seulement aller vite, vite avec mon cheval. Je suis bien heureuse, va !

Le chemin qu'ils suivaient allait en se rétrécissant à mesure qu'il montait vers les Hauts-Plateaux. Maintenant c'était un simple sentier arabe qui serpentait à travers les touffes d'alfa, se bifurquait à chaque instant, suivant le caprice de ceux qui avaient marché dans cette direction. Astaire passa devant. De temps à autre il se retournait vers Suzanne et échangeait avec elle une remarque, parfois même un regard ou un sourire, qui suffisaient à attester la communion de leurs sentiments, la continuité de leur affection.

Le voyage à cheval a cela de bon, que l'on arrive lentement au but, en découvrant à chaque pas de nouveaux détails du pays que l'on parcourt.

Au sommet d'une des premières ondulations du terrain, Astaire s'arrêta et fit admirer à Suzanne le panorama qui se présentait devant elle : au pied de la montagne, le petit village de la Senia avec ses toits rouges, et des bouquets de verdure entre lesquels circulaient les canaux d'irrigation couleur d'azur. Plus loin, sous le ciel, d'un bleu très lavé, le steppe immense étendait à perte de vue ses vagues floconneuses et verdâtres qui lui ont valu l'épithète de mer. Une chaîne de montagnes, aux teintes variant depuis le violet intense jusqu'au rose vif, barrait à gauche l'horizon, pour finir par se joindre à des collines finement dentelées dont les derniers contreforts arrivaient jusqu'auprès de Bugeaudville. Dans leurs gorges, on apercevait quelques arbres, sentinelles perdues de la grande forêt de l'Oued-Debah, placée sur l'autre versant. Une mélancolie douce s'exhalait de ce paysage, d'une grandeur et d'une monotonie indicibles.

Les cavaliers se remirent en marche. Maintenant le sentier était plus ardu, et, il fallait réellement avoir des chevaux arabes habitués à grimper comme des chèvres, pour se hasarder dans des chemins pareils. Suzanne, se tenant à une touffe de crin, était moins rassurée qu'au commencement. Abdelhakem, placé derrière elle, l'encourageait dans son jargon hétéroclite et la contraignait à sourire malgré elle.

Un singulier type que cet indigène. Spahi depuis vingt ans, il avait contracté en compagnie des Européens une gaîté constante qui se traduisait en bouffonneries de toutes sortes. Cette bonne humeur était malheureusement accompagnée d'un certain nombre de vices, dont le moindre était l'ivrognerie. Abdelhakem buvait au grand scandale de ses coreligionnaires.

Mais il était tellement drôle que leur fanatisme restait désarmé. De la part du vieux spahi rien ne tirait à conséquence. Malgré ces défauts, et celui

malheureusement trop commun aux chaouchs de
bureau arabe, et qui consiste à exploiter les indigènes, Abdelhakem accompagnait toujours Astaire
qui l'aimait à cause de son babil et de son activité
réellement surprenante. Depuis le rôle qu'il avait
joué en empêchant l'enlèvement de Suzanne, il était
doublement précieux au lieutenant; et la jeune femme
lui agrdait une profonde reconnaisance.

Le chemin cessa bientôt d'être ardu, et par suite
s'élargit. On était arrivé au sommet des Hauts-Plateaux. Astaire et Suzanne éprouvèrent un certain
soulagement à marcher enfin de plain-pied et côte-à-
côte. Abdelhakem, que l'envie de partir démangeait
sans doute, se rapprocha des deux amants et leur
montra une sorte de mare qui alimentait un ruisseau.

— Ti vois, mon liotenant, cette fontaine? Eh bien,
ça l'Ain Messaouda...

— Ecoute, fit à Suzanne l'officier de bureau arabe.
Voilà Abdelhakem qui va nous raconter quelque chose,
je flaire cela d'ici.

— Ah! tant mieux, dis-nous une histoire, demanda
au spahi, la jeune femme.

— Eh bien, répondit Abdelhakem, visiblement flatté
de l'attention qu'on lui prêtait, et s'exprimant dans
un français fantaisiste, où manquaient les *p* et les *v*,
qui n'existent pas en arabe, et où le futur remplaçait tous les temps :

— Un jour il y avait une femme appelée Messaouda,
qui marchir à son dououar, à Bigeaudbille. Il y avait
beaucoup de la linge sur la montagne..

— De la linge? demanda Astaire.

— Oui, ça qu'il est blanc...

— Ah! bon, du linge. Je comprends.

— Il était froid beaucoup. La pauvre femme il était fatigué. Il boira ici, et puis la linge il tombera encore beaucoup...

— Du linge? demanda cette fois Suzanne.

— Je parie, s'écria Astaire qui réfléchissait, qu'il veut dire de la neige.

— Oui, la nige, rectifia Abdelhakem. La linge, la nige, c'est la même souge...

Les deux interlocuteurs du spahi partirent d'un fou rire qui faillit compromettre l'équilibre de Suzanne.

Quant à Abdelhakem, bien que ne devinant pas la cause de cette hilarité, il semblait heureux de l'effet produit. Il continua sans se troubler, dès qu'il put se faire entendre :

— Alors la nige il tombera beaucoup... Messaouda il boudra bartir, mais c'être nouit et il a crifi...

Ici le brave spahi se mit à rire.

— Crifi comme morts, et on dit maitenant l'Aïn Messaouda.

La mine réjouie de l'indigène contrastait si bien avec sa lugubre narration, qu'Astaire dut lui faire répéter certains détails avant d'être sûr que la pauvre Messaouda était bien morte de froid à cet endroit. Abdelhakem en profita pour faire à Suzanne ses offres de service.

— Ti sais, madame, tout ce que ti auras bisoin ti

13.

diras : Abdelhakem, il faut ça. Et ti ferras comme je souis bon garçon.

Suzanne le remercia en riant et il reprit place derrière les jeunes gens. Astaire en profita pour donner à sa maîtresse des détails curieux sur le vieux militaire. Un jour que l'adjoint du bureau arabe avait été par hasard dans le douar des spahis, Abdelhakem l'avait invité à prendre le café chez lui, et il était entré dans une tente misérable, rapiécée, meublée seulement d'un petit coffre vert à peintures bleues et rouges, de deux sacs, de deux vieilles couvertures, d'une selle et de quelques ustensiles de cuisine. La *moukère* du spahis, une assez jolie femme, était occupée à entourer de racines cuites et d'une profusion de linges la tête d'une enfant chétive, demi-nue, âgée de quelques mois. Et, sur la demande d'Astaire, Abdelhakem lui avait répondu :

— C'est ma fille qu'il a mal au feutre et ma femme il lui met comme ça des herbes pour la guérir...

— J'ai eu beaucoup de peine, continua le lieutenant, à le convaincre de l'insanité de ce procédé. En le questionnant, j'ai appris de curieux détails sur sa manière de subsister. Du reste, je vais l'appeler, tu vas voir.

— Abdelhakem !

— Mon liotenant !

— Combien d'enfants, et quelle fortune as-tu ?

— J'en avoir deux, deux filles. Mais ji souis *meskine* (pauvre). Quand ji mi souis marié, il y a houit ans, j'aura achiti ma femme cinquante douros. Ji brendrai afic moi sa mire et son friri. Blous tard mon *bon-bire* (beau-père), il flendra aftc moi, et bouis oun autre frire : soulement il n'afoir blous d'argent, cette canaille. Mais ji souis content, j'ai oune boune femme.

— Comment ! demanda Suzanne. Tu as recueilli ton beau-père, ta belle-mère et tes deux beaux-frères ? Tu es 'donc bien riche ?

— Non, ji ni souis bas riche. J'afais des motons, ils sont tous crifis l'autre hiber barce qu'il n'y en aura pas dis herbes. Je n'a blous qu'un bourriquot. Mais mon *bon-bire* et un des frires de ma femme, ils sont morts...

— Ça ne fait rien, insista Suzanne, tu dois avoir des champs, quelque chose enfin...

— Ji n'a rien, répondit le spahi en levant la main. *Akarbi!* Rien de blous que le *baga*...

— Sa paye, expliqua Astaire.

— Soulement, poursuivit Abdelhakem, j'achiterai de l'orge et di la grisse de mouton, et on ni mangira que di couscouss, *barca!* Di la biande, quand il en aura. Quand il n'aura rien on si couchera sans mangearia. Foilà.

Suzanne se sentait le cœur serré devant cette misère gaiement supportée. Elle éprouvait en même temps une certaine admiration pour cet homme qui racontait simplement comment avec sa maigre solde, qu'Astaire disait être de cinquante-quatre francs par mois, il était parvenu à nourrir sept ou huit personnes.

— Mais ton beau-frère ne fait-il rien ? demanda encore au spahi le jeune officier.

— Non, il aidera à la maison. Ci n'est pas un berger, ni un khammès, bour trabaiar bour les autres!...

L'attention d'Abdelhakem fut attirée à ce moment par l'arrivée de quelques cavaliers qu'on voyait poindre à une assez grande distance, et grossir rapidement au milieu d'un tourbillon de poussière. Il échangea rapidement quelques paroles avec Mohammed-ould-Quen-douz, qui connaissait mieux que lui le pays.

— Foilà l'Aïn-Beramis où nous cocherons cette nouit : là-bas, ces arbres, à gauche. Foilà le caïd des Oulad-Djerar Forcaja qu'il fient fers nous.

Pour être plus sûr de la vérité de son assertion, il lança son cheval au galop, et bientôt n'apparut plus que comme une tache rouge extraordinairement inclinée au-dessus de la tache blanche de son cheval. Il s'arrêta auprès des arrivants. Un léger colloque s'ensuivit, et tous ensemble arrivèrent au galop au-devant d'Astaire. A vingt pas de lui, le caïd et les deux cavaliers qui l'accompagnaient mirent pied à terre, abandonnèrent leurs chevaux, la bride pendante dans l'alfa, et vinrent baiser la main de l'adjoint avec des souhaits de bienvenue. Puis ils remontèrent sur leurs chevaux et se joignirent à l'escorte.

Suzanne examinait à la dérobée le caïd. C'était un grand vieillard à teint bronzé, à l'air farouche qui portait au cou un chapelet brun terminé par un peigne; sa selle était brodée d'or et d'argent.

De son côté, la jeune femme se sentait aussi l'objet de l'attention des nouveaux venus. Ils questionnaient le spahi sur cette « roumya » si belle qui se hasardait en tribu et paraissait aussi à l'aise qu'un homme sur le cheval qu'elle montait.

Ils la dévoraient du regard, et Suzanne éprouvait une sensation de malaise et d'inquiétude en se sentant presque à la merci de ces gens-là.

La petite troupe arriva à l'Aïn-Beramis où le campement était préparé. Une grande tente blanche (*guittaun*) était destinée au lieutenant et une tente de poil de chameau placée un peu plus loin devait abriter les spahis, le caïd et ses cavaliers. Une fumée bleue s'élevait en avant du bouquet d'arbres ; c'étaient des Arabes faisant rôtir sur de la braise la poitrine de mouton, accessoire obligé de la dhiffa.

Henri mit pied à terre et prit Suzanne dans ses bras pour l'aider à descendre de cheval.

Puis il la conduisit un peu fatiguée et vacillante, à la guittoun, au milieu d'une vingtaine d'Arabes accourus pour le saluer, et ouvrant de grands yeux à la vue de la jeune Française.

Ils s'assirent dans la tente sur une pile de fraches moelleux, et se communiquèrent gaiement leurs réflexions sur ce qui les entourait. Une chose surtout amusait Suzanne : c'était l'activité d'Abdelhakem.

Un peu avant l'arrivée, le spahi était parti au galop, gourmandant les Arabes, les faisant lever, saluer, tenir l'étrier du *Hakem*, conduire les chevaux à la corde, apporter le café et les tasses dans la guittoun réservée au lieutenant. Et avec quel soin le brave spahi goûtait le liquide brûlant, avant de servir l'adjoint de bureau arabe ou sa maîtresse, « di beur de la boison », disait-il en riant à grandes dents blanches.

D'autres surprises attendaient Suzanne. Quand le lit de campagne apporté de Bugeaudville fut installé dans la tente, et dressé tant bien que mal, Abdelhakem déclara que la dhiffa était prête : et sur un signe de Henri, commença un défilé étrange, vu aux dernières lueurs d'un soleil couchant. Un Arabe vint déposer devant le couple européen une corbeille renfermant deux galettes d'orge ; un autre, un grand plat de bois ; un autre une gamelle pleine de lait ; un autre enfin fit son entrée avec quelque chose d'informe enfilé au bout d'une longue perche : c'était le fameux gaschouh, la poitrine de mouton rôtie lentement, tailladée, fouettée de beurre fondu et aromatisée.

Suzanne eut bien du mal à comprendre que ce quelque chose d'informe et de noirâtre pût être destiné à servir de nourriture. Après avoir vu Abdelhakem se laver les mains, *découper* avec ses doigts le mouton et en ranger les morceaux dans le plat de bois, elle protesta qu'elle n'y toucherait pas. — Il fallut toutes les prières du lieutenant, qui mangeait avec appétit, pour qu'elle se décidât à tâter du *gachouche*. Le bon goût du rôti et l'air vif de la montagne firent le reste et, tout en riant, elle fit honneur à ce plat nouveau ; elle confessa même que la galette d'orge qui l'accompagnait n'était pas désagréable, — surtout arrosée avec le vin de la mère Martin.

Abdelhakem, sur un signe de l'officier, mit le plat

de côté, et fit apporter la suite du repas. C'était, dans une casserole de terre, une sorte de ragoût de poulet avec des légumes, des œufs et une sauce violemment relevée au poivre rouge.

— Voilà le *tadjin*, dit Astaire. Ça, le mouton rôti et le couscouss vont former la base de tous nos repas en tribu. La cuisine arabe n'est guère variée. Mais, tu sais, pour que le « maître de la dhiffa » soit content, il faut manger de tout, jusqu'à ce que mort s'ensuive.

— Tiens, c'est bon, fit Suzanne après avoir goûté au tadjin.

Et elle riait de l'obligation où ils étaient de manger dans la casserole, chacun avec une cuiller informe, l'usage des assiettes étant inconnu aux indigènes. Pendant ce temps, Abdelhakem avait tiré à part le caïd et le chef de douar; il attaqua avec eux le gachouche et fit preuve d'une voracité qui inspirait de vives inquiétudes à une demi-douzaine d'Arabes postés à l'entrée de la tente en attendant le moment de participer à la curée.

Suzanne ne voulut point goûter au couscouss qui lui inspirait une répugnance bizarre.

« — Ça ne peut pas être préparé d'une manière propre, expliqua-t-elle à Astaire.

— Ah! Suzanne, tu reviendras de ces préjugés après avoir voyagé quelque temps en tribu. S'il fallait faire attention à la propreté de tout ce qu'on mange, on serait souvent exposé à mourir de faim.

« La première fois que Reynaud, mon prédécesseur, alla en tribu, ses supérieurs lui recommandèrent bien de se conformer aux usages des indigènes, afin de ne pas blesser ceux-ci.

« A la *dhiffa*, il fut placé à côté d'un vieux caïd gros et répugnant que nous verrons sans doute dans cette tournée. Le repas se passa d'abord assez bien, quoique l'absence de fourchettes, de couteaux, d'assiettes, de verres et de serviettes inquiétât fortement mon Reynaud, moutard de vingt-deux ans, qui n'était presque jamais sorti de sa famille. Le caïd était en train de manger avec ses doigts et *sans couteau* un morceau de filet; il voulut faire honneur au nouvel officier et lui tendit le morceau qu'il rongeait. Le pauvre Reynaud ne faisait pas semblant de comprendre. Mais voyant le caïd insister, et tout le monde le regarder, il prit le morceau et... l'avala, les yeux fermés.

— J'aurais préféré mourir, protesta Suzanne.

— Lui aussi, peut-être. Il m'assurait qu'à ce moment-là, rien ne lui aurait coûté pour se soustraire à cette politesse indigène. A présent il s'en moque.

La nuit était tombée. Abdelhakem planta une bougie dans le sable, servit le café et s'en alla en bouclant la tente derrière lui.

Suzanne, fatiguée de la journée, se glissa dans sa couchette, non sans rire un peu, pendant qu'Astaire lui racontait les simples précautions prises d'habitude par les officiers pour se coucher en tribu; un amoncellement de tapis dans lesquels on se fourrait tout habillé, et pour cause, après avoir eu soin de placer sous les fraches des bottes à l'écuyère qui servaient

de traversin. Après quoi l'on s'endormait, le visage
dans un couvre-nuque, de peur des ophtalmies...

Et Suzanne, tout en écoutant, tomba dans un sommeil confiant, que ne réussissaient pas à troubler les
glapissements lointains des chacals, attirés sans doute
par l'odeur de la dhiffa. Astaire, avant de l'imiter,
regarda par la fente de la tente si tout était en ordre :
le vieux caïd était couché en travers du seuil, prêt à
défendre contre tout danger les hôtes que Dieu lui
avait envoyés.

XIII

LUNE DE MIEL

Le voyage d'Astaire et de Suzanne suivait son cours.
Tous les soirs, le lieutenant consultait la carte du
cercle et l'itinéraire qui lui avait été fixé par le commandant supérieur, et indiquait la route qu'il voulait
suivre le lendemain et les endroits où il désirait qu'on
lui servît les dhiffas du matin et du soir. Pour prendre cette décision, il lui fallait questionner longuement Abdelhakem, le brave spahi ayant une façon
spéciale de donner des renseignements sur le pays :
ici, on trouvait des pastèques ; là, des figues de Barbarie ; plus loin on faisait de bonne cuisine, ailleurs
elle était exécrable. Et le vieil indigène était tout
étonné de ce que son officier ne tenait guère compte
de ces indications et s'attachait surtout à savoir si
l'endroit où il désirait s'arrêter était pittoresque et
possédait de l'eau et des arbres. Une fois ce point
décidé, le caïd fouillait dans sa *dejbira* aux innom-
brables poches, en tirait les ustensiles nécessaires et
faisait écrire une lettre à son *khodja*. Il dictait et le

secrétaire manœuvrait tant bien que mal le roseau
taillé qui lui servait de plume. Le chef indigène se
faisait relire la missive, mettait avec le doigt de l'encre sur son cachet d'argent, et l'appliquait sur la
feuille de papier, léchée au préalable, pour rendre
l'empreinte plus nette et plus lisible. Puis la lettre
était portée pendant la nuit au chef de douar chargé
de la dhiffa du lendemain.

La tournée que faisait Astaire avait pour but la
vérification des deux impôts, *Zekkat* et *Achour*, l'un
sur les moissons, suivant les espèces et les qualités;
l'autre sur les troupeaux : chameaux, bœufs, moutons
et chèvres. Il s'agissait de s'assurer autant que possible de l'exactitude des chiffres fournis par les caïds,
intéressés à diminuer le nombre des animaux de leur
tribu et à calomnier l'état de leurs récoltes. Pour les
premiers, Astaire se levait avant le jour, réveillait
Suzanne; tous deux procédaient à une toilette rapide
avec l'eau des outres, glacée à l'air de la nuit. Puis
ils partaient dans une direction qu'on avait gardée
secrète jusqu'au dernier moment.

C'était un ravissant voyage que celui-là, dans cette
calme fraîcheur qui précède le jour. Une teinte claire
blanchissait seulement le ciel à l'orient, et les buissons se détachaient en noir sur l'azur moins sombre.
Les yeux ensommeillés luttaient pour rester ouverts.
Peu à peu, l'aube grandissait, des teintes roses et
grises apparaissaient à l'horizon et les oiseaux commençaient leur chant matinal. Et au bout d'une heure
ou deux de chemin, comme le soleil montait resplen-

dissant, dans une gloire embrasée, les cavaliers arrivaient au point qu'ils s'étaient désigné à l'avance.

C'était le bon moment : les troupeaux s'apprêtaient
à partir au pâturage. Les spahis cernaient le douar
et ramenaient vers le centre du cercle formé par les
tentes les animaux effarés : c'était un vacarme assour-
dissant. Mais on finissait par s'y reconnaître et par
compter les têtes de bétail. Astaire comparait ensuite
les nombres obtenus aux chiffres portés sur la liste
de recensement fournie par le caïd. Presque toujours
ces derniers se trouvaient trop faibles. Alors s'élevaient une foule d'excuses bizarres invoquées pour
justifier cette surabondance des bestiaux : Râli-Ould-
Atsman avait vingt bœufs en consigne de tel indigène
d'un douar voisin ; Djelloul-ben-Berrached avait acheté
cinquante moutons l'avant-veille à El-Biodh... Astaire
enregistrait en souriant tous les prétextes invoqués,
en se promettant, bien entendu, de n'en pas faire le
moindre cas.

Puis, il descendait de cheval pour prendre le café
qu'Abdelhakem n'avait pas manqué de faire préparer.
C'étaient des poignées de main à n'en plus finir, sui-
vies du baisement de doigts à la mode indigène —
cérémonie à la suite de laquelle le spahi ne manquait
jamais de dire, une fois que l'officier était installé sur
les fraches :

— Ti sais, mon liotenant, il ni faut bas serrer la
main à tout li monde. Ti l'as serré comme ça la main
à des *khammès* et ces bougris di *gougnafiers* y diront
à leurs femmes qu'ils ont touché la main du hakem.

14.

— Mais répondit Astaire, qui se rendait parfaitement compte de l'énormité qu'il avait commise au
point de vue des mœurs arabes en fraternisant avec
la plèbe, et riait de retrouver en Algérie les mêmes
préjugés qu'à Dinan, il faut ne laisser s'approcher de
moi que des *fellahs*.

— Oui, mon liotenant. Et s'il fient un Khammès, je
t'li fotra un bon coup de sofflet : y ni rebiendra bas.

On prenait le café dans les petites tasses sans anses
et les deux amants restaient couchés sur des tapis,
occupés à savourer les douceurs de cette inaction, à
écouter dans une molle rêverie le bêlement lointain
des chèvres, à regarder par l'ouverture de la tente
les enfants du douar venir les épier, à demi effarouchés, vêtus pour la plupart d'une chemise et d'une
chechia, voire même plus simplement d'une touffe de
cheveux tressés et d'une énorme boucle d'oreille. On
voyait les femmes, vêtues de lourds haïks rouges et
verts, qui laissent-voir leurs corps demi-nus, elles
s'avançaient curieusement pour entrevoir la chrétienne,
ou suspendaient, pour la regarder, l'aigre mouvement des meules de pierre dont elles se servaient pour
broyer le grain.

Mais il fallait se remettre en route, et, malgré les
instances du chef de douar, repartir sans manger sa
diffa. Les spahis allaient devant, tâchant de reprendre la direction indiquée la veille. Astaire et sa
maîtresse suivaient, rythmant paresseusement leur
pensée au balancement de leurs montures : Suzanne
s'abritant sous un grand chapeau de feutre gris qui

faisait paraître sa tête encore plus mignonne et plus
jolie, Henri se contentant du couvre-nuque qu'il portait habituellement. Sur certains points, la moisson
était commencée et les *khammès*, en tablier de cuir,
abattaient les épis avec leurs longues faucilles de fer.
A côté du champ, des enfants dépiquaient le grain en
le frappant avec des bûches.

Plus loin, des femmes qui revenaient de la fontaine,
l'entonnoir d'alfa sur la tête, poussant devant elles
les ânes chargés d'outres pleines d'eau, et portant
elles-mêmes une lourde *gueurba* sur leurs reins cam-
brés, se cachaient derrière des buissons pour ne repa-
raître qu'après le passage de la petite troupe.

Ou bien c'étaient des jeunes filles qui remplissaient
tranquillement leurs outres dans une ornière garnie
de l'eau fangeuse des dernières pluies. Et Astaire disait
à Suzanne combien les Arabes étaient peu raffinés sur
le choix de leur boisson. Souvent, mourant de soif,
il avait dû fermer les yeux pour avaler l'eau qu'on
lui apportait. « Chaque fois que je l'ai regardée, ajou-
tait-il, je n'ai pu la boire : je n'aurais pas osé me
laver les mains dedans, de peur de me salir ! »

Chemin faisant, le lieutenant s'assurait de l'état des
récoltes. Presque partout il les voyait superbes, même
dans les endroits qu'on lui avait dépeints comme
grêlés ou brûlés par la sécheresse. C'était en vain que
la faconde du caïd s'efforçait de lui prouver le mauvais état de la récolte. Il n'y avait qu'à arracher une
poignée d'épis pour réduire à néant toutes ses objections.

Les premiers jours, Astaire était resté sur les Hauts-Plateaux, presque incultes, qu'il prétendait être appelés Sahra, en mémoire de l'épouse stérile d'Abraham. Il avait parcouru des montagnes arides en apparence, semées d'alfas et de lavandes hautes comme des genêts avec des fleurs semblables à de longues chenilles noires et bleues. Suzanne avait battu des mains avec une joie enfantine, en voyant les replis des rochers remplis de fleurettes inconnues. Et bon gré, mal gré, il avait fallu descendre de cheval et marcher quelque temps à pied, cueillant les pavots jaunes à cœurs noirs, les iris et les myosotis imperceptibles, les anémones aux couleurs variées, les petits mufliers lilas à senteur de violette. Et c'étaient de loin en loin d'adorables échappées de vue sur la plaine; des forêts moutonnant sur les pentes; des ravins, rougeâtres en montagne, se bordant d'émeraude en plaine; de jaunes moissons suivant des étendues verdâtres de terres incultes, et bien loin au delà, après les forêts et les moissons, les montagnes s'accumulant, s'enchevêtr. t et se fondant à l'horizon dans un lointain vaporeux d'une délicatesse infinie.

Abdelhakem était d'un grand secours pour agrémenter le voyage : il avait pour consigne de déterrer les légendes locales et s'acquittait à merveille du soin de les raconter. Dans un endroit nommé Aïn-Soultane, il indiquait successivement un tumulus et une forteresse berbère ruinée, placés de chaque côté d'un ravin large et escarpé, et racontait qu'un sultan du pays avait une fille très belle et la gardait dans une cita-

delle, quand un géant amoureux de la princesse avait
fait sauter à son cheval le ravin, était tombé dans le
Isar et avait enlevé celle qu'il convoitait. Et il montrait à l'appui de ce conte de grosses pierres disposées pour marquer l'emplacement des quatre pieds
et de la tête du cheval fabuleux. Fabuleux, en effet,
puisque pour une longueur de quatre-vingts mètres,
il n'en avait guère qu'un de large! Mais le brave spahi
ne s'arrêtait pas à ces menus détails. Il aimait trop
le merveilleux pour se soucier des invraisemblances
de la légende, et Astaire ne pouvait se résoudre à lui
donner tort en cela.

Depuis que l'adjoint de bureau arabe était descendu
dans la portion du cercle de Bugeaudville qui appar-
tient au Tell, il voyageait dans un pays plus chaud,
plus pittoresque, surtout à cette époque de l'année ;
des torrents à eau verdâtre barraient le chemin ; des
rochers dont les interstices étaient soigneusement
murés, précaution prise par les chasseurs de porc-
épic pour affamer les animaux qu'ils poursuivaient,
dressaient leurs formes bizarres, souvent semblables
à celles de cryptogames monstrueux. Il fallait fréquemment traverser des forêts de pins d'Alep, arbres
décoratifs par excellence, dont le feuillage de velours
vert se dorait harmonieusement aux rayons du soleil.
Pour Suzanne, qui n'avait jamais voyagé dans aucun
bois, c'était toute une révélation. Elle aimait surtout
le sourd frôlement des branches frissonnant au moindre vent. Elle restait souvent silencieuse, admirant le
paysage de ses yeux agrandis et suivant d'un regard

ravi les fûts élevés, les ramées sombres d'où partaient
comme des éclairs ces guêpiers multicolores qu'en
raison de leur plumage on a nommés *chasseurs d'A-*
frique; ou bien elle se retournait à demi effrayée et
déjà souriant de sa peur chaque fois que le prou-
ou-ou... des perdrix effarouchées se faisait entendre
près du chemin.

Quand les amoureux arrivaient près de l'endroit
désigné pour la dhiffa, — généralement une source
ou un puits à l'eau saine et abondante, — Astaire indiquait l'emplacement où il voulait que les tapis fussent
étendus et, après avoir pris le café, pendant qu'Abdelhakem s'assurait si ce n'était pas une chèvre qu'on
allait tuer, — insulte grave à ceux à qui on l'offre, —
et s'il y avait plusieurs moutons, les palpait pour
désigner le plus gras, Astaire offrait le bras à Suzanne,
et tous deux se promenaient en attendant le déjeuner. Ils voyaient d'abord les curieux apprêts du
repas arabe, — avec le couscouss cuisant dans un
entonnoir d'osier, à la vapeur odorante de la *merga*
placée en dessous, et l'éternel gachouche embroché
dans une barre de bois dont un indigène tenait une
extrémité pendant que l'autre bout reposait sur une
grosse pierre, et qu'il fallait tourner lentement et
patiemment au-dessus de braises incandescentes. Puis,
plus loin, ils trouvaient la solitude et s'enfonçaient
dans la forêt. Et alors commençait une série de
confidences, d'effusions, de baisers, interrompus
chaque fois que Suzanne apercevait une fleur nouvelle ou une arbouse écarlate tremblant au bout d'une

branche, — mais repris aussitôt dans la tranquillité heureuse d'une mutuelle affection.

A cette saison de l'année, les forêts d'Algérie se remplissent de fleurs, la plupart bien simples : cinq pétales blancs ou roses avec un cœur jaune. Sur ce motif, monotone en apparence, la nature a brodé ses plus charmantes fantaisies : des fleurs grosses comme une noisette, et d'autres comme une orange, blanches, rosâtres, rosées, rose corail, qui font penser au sonnet célèbre de Gautier :

> Je connais tous les tons de la gamme du rose...

Puis les lavandes, les genêts, qui éclatent comme des fusées d'or sous les branches sombres, les chèvre-feuilles musqués, et une foule de fleurs inconnues qui poussent à côté des reines-marguerites, des jacinthes et des asphodèles, des lis, des œillets, qui jaillissaient des touffes élégantes de palmiers-nains. Suzanne se poissait les mains à cueillir les cystes fleuris, et à se charger d'une moisson odorante qu'elle rapportait fièrement à la tente de dhiffa.

Souvent, quand l'étape du matin avait été longue, Astaire décidait qu'on s'arrêterait le reste de la journée et, après le déjeuner, les deux amants s'enfonçaient de nouveau dans la forêt, éprouvant ce besoin de solitude qui poursuit toute tendresse profonde et par-tagée. Ils emportaient un livre aimé pour le lire à deux, mais combien de fois, — comme celui de Francesca de Rimini, — s'échappa-t-il de leurs mains tremblantes, pendant que la lecture commencée finissait en un murmure de serments passionnés, de baisers furieux ! Cette vie absolument commune aux deux amants, où toutes les sensations, toutes les émotions de l'un étaient partagées de l'autre, avaient rendu plus intime leur union et leur affection plus profonde.

A chaque nouvelle heure passée ensemble dans cette communion d'idées, Astaire trouvait dans Suzanne de nouveaux trésors de sensibilité et de grâce, et la jeune femme admirait chez Henri des sentiments élevés, un profond savoir, et d'ingénieuses délicatesses, qui ne se démentaient jamais.

Cet amour, dans le magnifique paysage qui les entourait, semblait grandir tous les jours comme pour s'harmoniser avec la majesté de la nature.

Et les deux amants éprouvaient un attendrissement profond rien qu'à se regarder, et pensaient :

— Non, jamais l'on a aimé autant que nous.

Ils étaient heureux aussi de se promener le soir, par ces splendides nuits claires d'Algérie, où les astres apparaissent par milliers sur le velours assombri du ciel. Le lieutenant parlait à sa compagne de l'incompréhensible infini, de ces soleils sans nombre, auprès desquels notre terre n'est qu'un point dans l'espace des créatures, des âmes peut-être qui peuplent ces mondes inconnus. La jeune femme l'écoutait, émerveillée, dans sa naïve ignorance, ne doutant pas de ce que lui apprenait le lieutenant et prêtant une religieuse attention à tout ce qu'il disait. Et leur affection, venant aussi bien de l'âme que des sens, gardait par cela même son équilibre et en acquérait des chances de durée infinie.

C'est dans une de ces promenades nocturnes que les deux amants entendirent des cris et un violent tumulte éclatant au milieu du campement. Astaire s'empressa d'aller voir ce que c'était. Deux cavaliers amenaient entre eux un indigène solidement attaché. D'autres Arabes, d'un douar voisin, les suivaient en accompagnant d'invectives le prisonnier. Abdelhakem s'empressa de mettre le lieutenant au courant de ce qui se passait. Le khelifa des Oubad-Aïssa, retournant dans son douar, avec deux de ses amis, avait vu briller dans la forêt l'éclair d'une allumette enflammée.

A tout hasard, il avait crié : « Achkoun! » (Qui est là?) Il avait entendu des gens s'enfuir. Un bœuf se trouvait sur le chemin, abandonné, — sans doute par des voleurs. Les cavaliers s'étaient mis à la recherche des maraudeurs et en avaient pris un. C'était celui-là qu'on amenait.

Astaire le fit comparaître. L'inculpé était un Marocain, comme en témoignait son « abbaya » brune et sa coiffure de bandelettes entrecroisées.

— Comment t'appelles-tu? lui demanda l'adjoint du bureau arabe.

— Ali.

— Fils de qui?

— De Saharaoui.

— De quel pays?

— D'Oudjda, dans le Maroc.

Et l'Arabe tendit à l'appui de son dire un livret
d'étranger qu'Astaire vérifia.

— D'où viens-tu?

— De Budgeaudville.

— Seul?

— Oui.

— Il ment! s'écrièrent le khelifa et ses compagnons.

L'adjoint leur fit signe de garder le silence et continua l'interrogatoire du prisonnier.

— Qu'est-ce que c'est que ce bœuf que tu condui-
sais?

— Moi? Je n'ai jamais conduit de bœuf, répondit
impudemment le Marocain.

L'assistance se mit à rire ironiquement. Le khelifa
s'indigna. Quant à Astaire, il commençait à se sentir
agacé. Il s'adressa à Abdelhakem.

— Dis à cet homme que, de toute façon, il ira en
prison, qu'on saura bien vite à qui a été volé ce
bœuf; que, par conséquent, il vaut mieux avouer tout
de suite, parce que sans cela il pleuvra des coups de
matrak...

Abdelhakem s'empressa de traduire cette phrase au
Marocain, et, sans doute pour se mieux faire comprendre, il la souligna d'un coup de bâton qui fit faire
un brusque soubresaut au maraudeur.

— Eh bien, dit celui-ci, en voyant qu'il n'y avait
plus d'échappatoire à employer, j'ai trouvé ce bœuf à
Aïn-Soultâne, cette après-midi.

— Diable! c'est bien marché, pensa Astaire en se

rappelant que cette source était éloignée d'une trentaine de kilomètres.

Et comme il se retirait en annonçant au Marocain
qu'il partirait le lendemain pour Bugeaudville, sous
l'escorte de deux cavaliers « maghzen », Abdelhakem
exposa à son officier que le prisonnier allait s'échapper cette nuit, si l'on n'y mettait bon ordre. Et
comment? Oh! mon Dieu, d'une manière bien simple,
il fallait prendre une de ces entraves doubles en fer
dont se servent les Arabes pour garder leurs chevaux,
y mettre une jambe du Marocain et une jambe d'un
spahi, puis fermer à clef. Et, séance tenante, il se fit
apporter une entrave et réunit une cheville du prisonnier à celle de Mohammed-Ould Gandouz. Astaire
sourit à cette ingénieuse invention. Quant au spahi
constitué le compagnon de chaîne d'Ali-ben-Saha-
raoui, il envoya à part lui de véhéments reproches à
Abdelhakem, et fit fouiller soigneusement son camarade de lit pour s'assurer qu'il ne possédait pas de
couteau.

Quant au vieux bouffon, qui paraissait s'amuser
énormément de la déconvenue de son camarade, il
prépara un lit assez confortable aux deux prisonniers,
les y installa et, aux éclats de rire de l'assistance, les
força à s'embrasser fraternellement, ce qu'ils firent de
la meilleure grâce du monde.

Astaire rentrait dans sa tente, pressé de raconter à
Suzanne les incidents de la soirée, quand Abdelhakem
le rejoignit.

— Ti ne sais pas, mon liotenant, dit le brave spahi

avec animation, cet homme, eh bien, il ne s'abbellera
bas Ali-Ould-Saharaoui.

— Allons donc, répondit Astaire, son livret porte
bien ce nom...

— Il a bolé ce libret, affirma l'indigène.

— Bah! fit le lieutenant, et comment s'appelle-t-il?

— Mhamed Berrahoui, murmura Abdelhakem d'un
ton de triomphe.

— Quoi, l'assassin? exclama Astaire.

— Oui, l'assassin coume ti dis. Je l'a bien couni
tout di souite. Il était autrefois *derrer* chez les Beni
Zid.

— Tant mieux, fit gaîment l'officier. La prise est
meilleure que je ne le croyais...

Puis il redevint sombre. Les soupçons qu'il avait
eus sur certains points de l'enlèvement de Suzanne lui
revenaient.

— Dis-moi, Abdelhakem, demanda-t-il au spahi,
te souviens-tu du Marocain que tu as arrêté certain
soir, près de Bugeaudville!

Le vieil indigène restait bouche béante. Comment
n'y avait-il pas songé plus tôt? Ce devait être le
même. Du reste, il y avait un moyen de s'en assurer.

— Demande à ton madame, répondit-il au lieutenant. Elle le connaîtra.

Suzanne, mise au fait de la question, s'approcha de
la tente où le Marocain causait avec son camarade de
lit. Une bougie fichée dans le sable les éclairait d'une
lumière tremblotante. La jeune femme fit un geste
d'horreur en reconnaissant son ravisseur.

— C'est lui, fit-elle à voix basse.

— Viens alors, murmura Astaire.

Ils entrèrent dans la tente. Le Marocain pâlit en reconnaissant la Bretonne. Abdelhakem servit encore cette fois d'interprète.

— Mhamed Berrahoui, lui demanda Astaire, reconnais-tu cette femme?

— Je m'appelle Ali-Ould-Saharaoui, répondit le voleur.

— Soit. Reconnais-tu cette femme?

Le Marocain fit signe que oui.

— Tu as cherché à l'enlever?

— Oui, mais pas pour mon compte. C'était le *commandar* qui me l'avait ordonné. D'ailleurs son chaouch m'aidait.

Abdelhakem hésitait un peu à traduire cette phrase compromettante. Quant à Astaire, il était fixé maintenant. Tous ses soupçons se trouvaient confirmés. Il se retira dans la *guittaun* et écrivit au capitaine Parenteau pour l'informer de l'arrestation de Mhamed Berrahoui, convaincu de vol et soupçonné d'assassinat. Il ne parlait pas de l'autre grief qu'il avait personnellement à lui reprocher. Il se réservait d'examiner cette affaire plus en détail à son retour à Bugeaudville. Ce fut seulement après avoir expliqué tout ce qui lui faisait croire à la culpabilité du Marocain et avoir demandé à être seul chargé de l'instruction de cette affaire, que Henri Astaire se décida à prendre du repos, à côté de Suzanne déjà profondément endormie.

Le lendemain Mhamed Berrahoui fut dirigé sur

15.

Bugeaudville et y arriva sans encombre. Peu après, il fut mené au commandant supérieur qui venait de recevoir la lettre d'Astaire et tenait à interroger ce prisonnier important. Il se rappelait vaguement le nom du Marocain, mais sans pouvoir préciser où ni dans quelles circonstances il l'avait connu. Il fut étonné de l'attitude de son interlocuteur, qui souriait en lui faisant des réponses vagues.

— Coquin, lui dit-il, je te ferai bâtonner, si tu as l'air d'oublier que je suis le commandant et le maître ici.

— Oh! je le sais, répondit Mhamed en souriant, il y a longtemps que je te connais, aussi bien que la *roumya*, la femme de l'officier, — tu sais?

La physionomie de M. Parenteau se rembrunissait : il se rappelait maintenant. Mais l'autre n'avait pas de preuve contre lui; d'un ton froid, il reprit :

— Je ne sais ce que tu veux dire.

— Eh bien, voilà l'histoire que tu as oubliée. J'ai été chercher par ton ordre la femme chez elle, en lui apportant un papier. Elle a lu et m'a suivi du côté du bordj de Si-Yahia, où Yagoub, ton chaouch, m'attendait. Malheureusement il s'est montré trop tôt : elle a pris peur, a appelé, et un spahi (que Chitân le confonde!) me l'a retirée des mains...

— Mensonge que tout cela, fit le commandant supérieur. Où est la preuve de ce que tu avances?

— Et la lettre que j'ai portée à la jeune femme! J'ai gardé ce papier, il pourra m'être utile devant le tribunal. Oh! mais tranquillise-toi, fit-il en voyant un

geste de M. Parenteau. Je ne l'ai pas sur moi! Il est
en lieu sûr, maintenant.

Le commandant supérieur se promena avec agitation dans son cabinet, se reprochant amèrement son
imprudence et se voyant déjà dénoncé devant le conseil de guerre. Quel scandale!

— Je te ferai mettre en liberté, dit-il avec effort,
mais à une condition, c'est que tu quitteras l'Algérie.

— Je le jure, dit solennellement Berrakoui, dont les
yeux étincelèrent de joie.

Puis il s'inclina humblement devant le capitaine
Parenteau et garda une attitude modeste en traversant la cour de la Redoute : mais une fois dans sa
cellule, il se détendit et dansa longtemps, avec des
gestes maniaques, pour tomber enfin lassé, mais sans
avoir épuisé toute la joie qui lui remplissait le cœur.

XIV

REVUE D'INSPECTION

Les spahis en grande tenue — autant du moins qu'ils ont pu réunir leurs effets réglementaires, dispersés ou vendus — sont rangés à cheval devant le bureau arabe. A côté d'eux, les *khialas*, cavaliers d'escorte, essayent de les imiter en inclinant gauchement leurs fusils à deux coups, appuyés sur leur cuisse droite. Par devant trois caïds, dont le manteau écarlate contraste avec le burnous garance des spahis. Encore en avant d'eux, l'Algha, le *Caïd des caïds*, impassible et fièrement campé sur sa selle d'apparat, en velours violet brodé d'or. A coté de lui, Henri Astaire, le sabre au poing, raide au poste, attend impatiemment l'arrivée du général.

Et tout en regardant avec anxiété si rien ne point à l'horizon, il se rappelle les derniers jours écoulés, et ce voyage en tribu, où tout semblait aller si bien, quand l'ordre lui est venu de rentrer pour assister à l'inspection générale. Il avait fallu prendre une détermination. Suzanne, qui ne pouvait ni ne voulait rester

en arrière, avait décidé qu'elle ferait d'une traite les
quatre-vingts kilomètres qui les séparaient de la Senia :
c'est là que la veille il l'avait laissée, courbaturée et
rendue de fatigue, mais heureuse d'avoir pu donner
cette preuve d'affection à son amant. Ah ! quand cette
maudite inspection serait terminée, comme il se dépê-
cherait de repartir pour aller la retrouver.

Mais quelle attente mortelle ! Une heure s'est déjà
écoulée, et rien n'apparaît sur la route d'El-Biodh,
indiquée par une légère échancrure de l'alfa à l'horizon. Et l'officier mordille sa moustache d'un air
impatient et lance un regard furieux aux spahis et
aux khialas qui arrêtent brusquement leurs plaisanteries devant ce coup d'œil gros de menaces. Derrière
eux, sur le seuil de la Maison-des-Hôtes, le Caïd-Dhiaf,
en grande tenue, cause avec Zitouni, le chaouc du
bureau, dont la figure noire fraîchement frottée
d'huile resplendit au soleil comme une botte soigneusement cirée.

Et le général qui n'arrive pas !

Les yeux se fatiguent à regarder devant eux — à
travers le tremblement continuel de l'atmosphère
échauffée — le sol rougeâtre et caillouteux où crois-
sent de maigres graminées, les marabouts d'une
blancheur crue, se détachant sur l'azur clair du ciel
ou sur le fond vert grisâtre de la plaine, et, de loin
en loin, des tentes noires de spahis ou de goumiers. A
gauche, se dessinent des gorges profondes, affreuse-
ment ravinées, tordues, tourmentées par l'action des
eaux, tandis qu'à droite du vieil olivier crispé, à

l'ombre dense, des jujubiers épineux et d'un vert pomme doux à l'œil, mêlés à des haies de figuiers de Barbarie, qui luisent au soleil, s'étendent vers la Redoute.

De ce côté aussi, une foule d'indigènes venus du fond du cercle pour faire honneur ou présenter des réclamations au *djininar*, qui arrive d'Oran et qui est pour eux le représentant de Dieu sur la terre.

Pas un cri dans l'air. Seulement le grésillement continu que font entendre les criardes cigales qui sillonnent l'air de temps en temps et viennent se heurter contre les chevaux, subitement effarouchés. Puis, de fois à autre, des bouffées d'une chanson très lointaine, dite dans un ravin par quelque alfatier espagnol.

Et, sur toute cette scène, une chaleur lourde qui crevasse le sol et tord les brins d'herbe comme l'haleine d'un brasier. La sueur perle sur tous ces visages bronzés et immobiles sous un ciel de feu.

Les idées de Henri Astaire prennent un autre cours. Il songe à Mhamed Berrahouï, ce Marocain mystérieux qu'Abdelhakem a reconnu pour avoir enlevé Suzanne, que l'agha dénonce comme assassin, et qu'enfin lui-même a arrêté comme voleur. Comment se fait-il alors que le commandant supérieur ait repris l'enquête et annoncé le matin même au lieutenant qu'il croyait le Marocain innocent? « Si vous le lâchez, a répondu l'adjoint de bureau arabe, je ferai aujourd'hui une réclamation au général. Je le crois coupable de bien des choses dont je n'ai pas parlé dans l'instruction de l'affaire. » Et alors M. Parenteau, se troublant visi-

blement, a répondu : « Je verrai. » Astaire en est
sûr maintenant, Mhamed Berrahoui n'agissait pas
pour son propre compte, mais pour celui du commandant supérieur. Et malgré sa force sur lui-même,
il ne peut s'empêcher de grincer des dents à la pensée
de son impuissance. Comment, en effet, réclamer
contre cette tentative de rapt? A-t-il le droit d'avoir
une maîtresse? Est-ce que son corps, son âme, ses
pensées n'appartiennent pas à l'État, qui le paye en
conséquence : deux cent sept francs par mois! Il se
promet bien de faire payer à ce Mhamed Berrahoui
toutes les inquiétudes de ces derniers temps; car, il le
sent bien, le commandant supérieur n'osera pas dé-
clarer innocent son complice, — dans la crainte d'un
esclandre dans une occasion aussi importante.

Et toujours le général qui n'arrive pas!

Enfin, deux spahis apparaissent dans l'échancrure
de l'alfa. C'est la tête de l'escorte. On voit apparaître,
les uns après les autres, les cavaliers qui font partie
du cortège; le général avec son immense couvre-
nuque, les officiers en grande tenue qui l'accompagnent, le commandant supérieur et le chef de bureau
arabe en tenue de capitaine d'infanterie, qu'ils ne
portent jamais d'habitude; les chasseurs d'Afrique,
des caïds au manteau flamboyant, les indigènes en
burnous d'une éclatante blancheur.

Le lieutenant s'est redressé : « Immobiles, vous
autres! » Et la recommandation est répétée en arabe
par le brigadier de spahis. Tous retiennent leur respiration, pendant que le général passe devant eux,

sévère, les toisant de ses yeux clignotants. Il est parti,
— enfin ! — faisant un signe de satisfaction à l'adjoint, dont la figure s'illumine, et qui oublie un moment
la longueur de la corvée, les impatiences de l'heure
précédente et même ses rêves amoureux. La petite
troupe se joint au cortège du général et se dirige avec
lui vers la Redoute.

Le brigadier de spahis, placé auprès du commandant supérieur, lui a demandé sans doute quelque
faveur, car celui-ci s'est approché à son tour du général qui lui a répondu avec un sourire. Aussitôt toute
l'escorte indigène frémit et part avec des cris de joie :
la fantasia est permise ; on peut faire parler la poudre.
Et elle parle, en effet. Les cavaliers vont par quatre,
serrés les uns contre les autres, volant à fond de train,
et lâchant leurs coups de feu en arrivant auprès du
général. On voit passer comme des tourbillons les
chevaux affolés, les cafetans de soie éclatante, les
burnous empourprés. Les coups de fusil tirés en l'air;
les armes brandies, l'odeur de la poudre, tout enfin
est grand, sauvage, éperdu.

Le général s'est arrêté un moment devant ce tableau
familier qui l'émeut cependant. Ses narines palpitent,
il s'est redressé, — un peu de sa jeunesse envolée lui
est revenue. Mais cela ne dure qu'un instant. Il continue sa marche vers la Redoute où la compagnie
d'infanterie l'attend, rangée en bataille, où les officiers sont rassemblés en grande tenue de service,
pour la visite de corps. La revue passée, les officiers
reçus et congédiés, le général reçoit les réclamations

16

des indigènes, qui se pressent contre la petite porte de
son appartement. Ils sont là bruyants, parlant avec
volubilité, s'efforçant de passer tous à la fois, malgré
les observations de Zitouni et de Yagoub, le chaouch
du commandant supérieur, malgré les coups de matrak des spahis préposés à la garde du lieu sacré.

Zétouni, grave et digne dans ses vêtements mar-
rons, destinés aux grandes cérémonies, ne se laisse
attendrir par aucune considération, — même pécu-
niaire, — en faveur de ses coreligionnaires. Debout
auprès de la porte, il ne fait aucun mouvement en
dehors de ses fonctions d'huissier, si ce n'est pourtant
pour regarder ses pieds, revêtus par extraordinaire
de chaussettes de grosse laine, qui brillent de toute
leur splendeur dans les larges *sebatts* arabes.

Est-ce orgueil, surprise de se voir mis si richement?
Non. Car Zitouni réprime de temps à autre une con-
traction douloureuse, attestant sur son noir visage la
gêne que lui cause le manque d'habitude. Il saisit
avec empressement les occasions de sortir que lui
offre le capitaine Mollet en l'envoyant clopin-clopant
à la recherche de tel ou tel de ses administrés. Et
alors, ôtant précipitamment ses chaussettes, il se sent
avec béatitude débarrassé de ces instruments de tor-
ture. Hélas! ce bonheur est de courte durée. Il lui
faut presque aussitôt se rechausser et retourner à son
poste, esclave du devoir et d'une coquetterie mal
placée.

Enfin, la séance s'achève. Le général expédie les
derniers réclamants qui l'appellent *Bouïa* (mon père)

et parlent tous à la fois. Il a même un mot drôle :
« Je suis votre père, il est vrai, mais il faut convenir
d'une chose, c'est que j'ai des enfants bien tapageurs. »
La phrase, dite en arabe, égaye les indigènes qui la
répètent à l'envi, et finissent à se tenir plus cois.

Le général se lève en regardant sa montre et pousse
un soupir d'allègement. On peut aller manger la *dhiffa*
des caïds, à l'ombre, derrière la Redoute. Et les officiers, qui bâillaient pendant la séance, emboîtent le
pas avec satisfaction.

— Pas trop tôt, murmure le capitaine Mollet, mon
estomac marque au moins déjeuner et quart.

Là encore, près de la tente d'apparat destinée au
général, sont les mêmes réclameurs, mais cette fois,
ils ne songent qu'à revoir le « Sultan cavalier », à
le saluer encore une fois. La toile de la guittoun,
que l'agha a prêtée pour cette circonstance, est
décorée intérieurement de mains symboliques, rouges
et jaunes : les bords en sont relevés pour laisser
entrer l'air, et les convives prennent place autour de
la table, servie à l'européenne. L'agha est le seul
indigène admis, et l'on voit qu'il sent tout l'honneur
qui lui est fait.

Au moment d'entrer, Astaire s'approche du commandant supérieur, qui paraît préoccupé. « Eh bien,
mon capitaine, lui demande-t-il, voulez-vous toujours
mettre Mhamed Berrahoui en liberté ?

— Non, répondit M. Parenteau d'un air bourru,
j'ai réfléchi. Vous continuerez l'instruction.

Astaire s'incline sans mot dire. Le général s'extasie

sur un énorme bouquet placé sur la table, et comme il demande quel est l'auteur de cette attention, on lui nomme la mère Plansson.

Elle est sur le seuil de la tente, la vieille cantinière, pour réciter un compliment de circonstance, et Astaire ne peut retenir un tressaillement nerveux en reconnaissant la complice de l'enlèvement de Suzanne.

Le grand chef, qui revient à Bugeaudville pour la première fois depuis vingt ans, regarde avec une stupeur marquée l'ancienne jolie femme, qui suivait jadis son régiment, et, dit-on, n'était pas trop cruelle pour les officiers, et il hésite à la reconnaître dans cette petite vieille ridée, émaciée, à la bouche torse, aux yeux rougis.

Astaire rit en dedans en analysant le visage du général, et se rappelant les expressions emphatiques et à coup sûr exagérées des lettres adressées au « diadème des fêtes », à « la plus belle des créatures ». Quant au vieux militaire, pour la première fois sans doute depuis longtemps, il réfléchit aux blessures irrémédiables que nous fait le Temps, ce tueur d'hommes... Mais ce n'est qu'une impression fugitive. Il trouve un mot famillier, une poignée de main, et quelque chose de plus durable qu'un souvenir pour la mère Plansson; la vieille femme sourit de sa bouche édentée, salue et regagne tant bien que mal sa cahute.

La dhiffa est apportée. Une longue suite de marmites et de corbeilles escortent un énorme mouton rôti qui déborde du plat de bois, et sont rangées devant la tente. Zitouni les surveille avec dignité et,

secondé par son ami Yagoub, les apporte lui-même
sur la table, non sans faire de violentes grimaces à
chaque pas. Astaire s'en amuse et explique la cause
de ses contorsions au capitaine Mollet, qui rit en
dedans, mais sans perdre de vue le général et sans
cesser d'incliner la tête en forme d'assentiment, chaque
fois que le grand chef émet quelque réflexion.

La bonne chère a chassé les idées noires du cerveau du général. Il se souvient de sa jeunesse, mais
pour n'en ressasser que les côtés gais ou glorieux. Il
raconte qu'il était jeune sous-lieutenant, sortant de
l'École, quand il a reçu le baptême du feu, « précisément tout près d'ici ». Il se lève et montre quelques
jujubiers qui bordent un ravin :

— Tenez, le camp était là.

Et il narre quelques épisodes de cette guerre sans
merci où le sommeil n'était pas assuré. Des indigènes
se glissant entièrement nus dans le camp, la nuit,
pour assassiner des hommes isolés ou désentraver sour-
noisement les chevaux et leur attacher au pied une
corde que tiraient doucement en dehors des complices
adroits. Et puis de sanglantes aventures : « Ici, près
de ce rocher blanc, a été assassiné et mutilé un tringlot
qui allait chercher du bois ; là-bas, dans le fond de
ce r'dir, ont disparu successivement trois sentinelles,
qu'on n'a jamais retrouvées. »

Avec ces souvenirs, un peu de jeunesse revient au
vieux soldat. Ses traits affaissés reprennent de la fer-
meté, ses yeux s'animent ; le commandant supérieur
hasarde d'un air cauteleux quelques fines louanges ;

16.

le capitaine Mollet continue d'approuver, et les jeunes
gens restent émerveillés, suspendus aux lèvres du
conteur.

La dhiffa s'achève ; l'agha fait apporter le café et le
thé, — celui-ci, contenu dans un samovar de Samar-
kand, objet de l'admiration des Arabes : Il lui vient de
son père qui a acheté cet ustensile à Alexandrie, en
revenant de pèlerinage.

Le général se lève, chacun l'accompagne jusqu'à
son appartement. Arrivé là :

— Quelqu'un de vous, messieurs, a-t-il quelque
chose à me dire ?

Le commandant supérieur jette un regard inquiet
sur Astaire, mais celui-ci ne bouge pas.

Paulin se nomme et lui parle en particulier.

— Oui, je sais. Bons états de service. Je m'occu-
perai de vous.

Puis, pressé de faire la sieste, le général annonce
qu'il achèvera le travail d'inspection avec le commandant supérieur. Jusqu'à présent il est très satisfait et il remercie ces messieurs... Et pendant ce petit
speech, les yeux du général restent braqués sur le
capitaine Mollet, qui ne se sent pas de joie d'avoir
attiré l'attention du grand chef.

Ouf ! la corvée est finie. Les officiers se dessan-
glent et respirent à l'aise, une fois qu'ils sont débar-
rassés de cette gêne inaccoutumée. Mais plus satisfait
encore est Zitouni, qui ôte triomphalement ses chaussettes et les met dans son capuchon, pour regagner sa
tente, tout en pestant, à part lui, contre les exigences

de notre civilisation. Quant à ses souliers, il les porte
à la main, et c'est avec volupté qu'il semble poser sur
le sol pierreux ses pieds ankylosés. C'est même pour
le capitaine Mollet l'occasion d'un affreux *à peu près :*
il se penche vers Astaire et lui dit, d'un air mystérieux, en lui montrant le chaouch :

Chaussez le naturel, il revient sans sabots!

Le lieutenant, tiré de sa rêverie, lève les yeux sur
le chef de bureau et se sent pris, en le regardant, d'une
irrésistible envie de rire, l'unique mèche de cheveux
de M. Mollet, cédant aux émotions diverses de la journée et à la chaleur qui a fait fondre le cosmétique, ne
s'applique plus sur la tête du capitaine et retombe sur
son épaule; le reste du crâne est complètement dégarni et fait un piteux contraste avec cette longue et
mince crinière. Les autres officiers s'aperçoivent du
ridicule du chef de bureau, — comme s'en est sans
doute aperçu le général, — et le *blaguent* de leur
mieux. Et le capitaine Mollet, rouge de honte, après
quelques gauches essais pour faire rentrer dans l'ordre la malheureuse mèche, prend le parti de s'enfuir,
jurant mais un peu tard...

XV

FIN DU VOYAGE

Astaire avait obtenu, aussitôt après l'inspection générale, d'aller continuer sa tournée. Suzanne, remise de ses fatigues, repartit avec joie. Ce n'était pas sans une certaine terreur qu'elle envisageait le terme de ce voyage ; Henri s'en irait tous les jours au bureau, loin d'elle, tandis qu'en tribu il ne la quittait pas. Puis elle était fière des progrès qu'elle avait accomplis en équitation. Mettant à profit les conseils du lieutenant, elle se tenait très passablement à cheval et ne craignait pas d'aborder les grandes allures. C'était pour elle une sensation enivrante que celle de cette vitesse qui l'emportait, de l'air qui frôlait rapidement son visage, de ce balancement doux qu'on ressent au galop, et cette sensation était rendue plus vive encore par le sentiment du danger couru et par l'admiration des indigènes.

La crânerie de la jeune femme étonnait ceux-ci au plus haut point et les forçait à applaudir ses prouesses journalières. Abdelhakem surtout était ravi et il disait souvent à Astaire :

— Mon liotenant, ta madame, il est un bon garçon;
il n'a bas beur. Bon garçon bezzef.

Bon garçon était le terme le plus élogieux que pût
employer le vieux spahi; *gougnafier* était le pôle
opposé de ses appréciations.

Ce jour-là, les deux amants suivaient une route
alfatière qui longeait une petite rivière coulant avec
bruit sur un lit de roches vives entre d'épaisses haies
de lauriers en fleur. Un indigène à pied, qui depuis
une heure entretenait une conversation intéressante
avec Mohammed-Ould-Oaudouz, se maintenait à hauteur des chevaux, courant quand ils trottaient, marchant de son pas relevé quand ils allaient moins vite, et
tenant toujours son matrak horizontalement derrière
son cou, de ses deux mains élevées, pour faciliter le
jeu des poumons. De loin en loin, des groupes d'alfatiers, le petit bâton pendant au poignet gauche par
une lanière de cuir, arrachaient le sparte qu'ils botte-
laient ensuite, et plaçaient sur leurs petits ânes à
couvertures multicolores.

Astaire était forcé de s'arrêter de temps à autre
pour aller s'assurer de l'état des champs voisins.
Comme dans ce canton il n'avait pas plu avant les
semailles, la charrue arabe, sorte de bois grossier,
n'avait pas entamé suffisamment le terrain : l'année
ayant continué à être sèche, bien peu de grains avaient
pu germer entre les larges plaques des palmiers-nains
que les indigènes se gardaient d'arracher. L'adjoint de
bureau arabe prenait note de tout cela, afin de demander une exemption d'impôts pour les propriétaires.

Ils arrivèrent ainsi au chantier de Draer-Beinet. La guittoun était dressée sous des figuiers épais qui trempaient leur feuillage dans une source. C'est là que la dhiffa fut servie, au grand étonnement des esparteros qui vinrent regarder l'officier de bureau arabe et sa maîtresse déjeunant à la mode indigène avec un vieux caïd. Le commis du chantier arriva à son tour, et dans une sorte de patois mi-français, mi-espagnol, invita l'officier et sa femme à aller « casser la croûte chez lui ». Astaire promit seulement d'aller visiter le « santiel » dans l'après-midi.

Il fut très étonné de voir les Arabes rester à l'écart au moment du déjeuner, au lieu de se précipiter sur les plats à peine desservis comme ils le faisaient d'habitude. Abdelhakem, interrogé, répondit que le jeûne arabe, le *Ramdhâne*, était commencé et que « ces bougris d'ibiciles ils ni mangiraient rien jisqu'à la nouit ». C'est une terrible pénitence, qui commence depuis le *sepaur*, moment « où l'on peut distinguer un fil blanc d'un fil noir », jusqu'au crépuscule du soir. Les indigènes dorment pour la plupart toute la journée, pour ne pas endurer les tourments de la faim et surtout de la soif, jusqu'à ce que l'heure de rompre le jeûne soit arrivée. Mais Abdelhakem était au-dessus de ces préjugés et il se moquait volontiers des privations que ses coreligionnaires s'imposaient par fanatisme.

Le temps était clair et un peu de brise rafraîchissait l'atmosphère. Astaire et Suzanne suivirent le petit ruisseau qui partait de la source et coulait vers la rivière sous un joli bouquet de tamarins à fleurs roses. La lumière filtrait à travers les branches finement découpées, tombait verte sur la jeune femme et la faisait paraître encore plus jolie. A chaque instant, le lieutenant s'arrêtait et l'étreignait avec passion, avec une furie de baisers qu'elle lui rendait à demi pâmée. Elle fut longue, cette promenade amoureuse sous les tamarins en fleur, et ce n'est que longtemps après qu'ils arrivèrent au chantier.

Un bruit de guitares, des chansons joyeuses leur firent hâter le pas, dans le dédale de gourbis sordides, faits de branches d'arbre et de bottes d'alfa. Dans la maison principale, la *cantine*, un grand nombre de personnes étaient réunies, hommes et femmes, buvant, chantant, dansant même, au son de la guitare et de battements de mains cadencés. Cette foule s'ouvrit pour laisser passer le couple français. Mais, à peine entrée, Suzanne poussa un faible cri.

— Regarde, dit-elle à Astaire, en lui montrant un coin de la salle : un enfant mort !

Effectivement, sur une couchette formée de deux troncs d'arbres réunis par un lacis de cordes d'alfa, un enfant de quatre ans à peu près, livide, les narines pincées, gisait sur le dos.

Le commis du chantier déposa la guitare qu'il grattait et se répandit en protestations de joie en voyant entrer le lieutenant. La fête fut un moment interrompue, et on s'empressa d'apporter aux nouveaux venus les quarts de fer-blanc et l'anisette d'Espagne tirée d'un grand tonneau placé derrière le comptoir. Astaire vérifia les registres du chantier, opération obligatoire pour les officiers de bureau arabe, et ce n'est qu'après avoir accompli ce devoir qu'il put s'entretenir avec le commis et avec Suzanne.

La fête avait repris son cours. Au centre d'un cercle d'alfatiers, à foulards rouges ou noirs, la cigarette aux lèvres, un *mozo* andalous en petite veste, chapeau à pompons, et ceinture sombre, dansait en faisant cliqueter les grelots d'argent de son gilet. En face de lui, une *joven* s'inclinait, se balançait, bondissait et faisait jaser ses postizas. Pendant ce temps, les vieux rêvaient et causaient du pays absent, de la chère Espagne. Des jeunes filles, aux foulards de soie, frémissaient, crispant leurs mains sur leurs castagnettes cachées et attendant leur tour. Un guitarrero, qui remplaçait le commis du chantier, grattait son instrument avec fureur, pendant que des alfatiers à mine farouche chantaient et indiquaient la cadence des séguidilles en frappant dans leurs mains.

Une fois cette danse terminée, un homme demanda la *Malaguena* et amena une petite fille de huit ans, sans doute la sienne, costumée en Madrilène avec la jupe courte à volants, des fleurs rouges dans les cheveux, la mantille rejetée en arrière et encadrant bien la tête fine et pâle. Aux premières notes chantées par un vieil improvisateur, l'enfant bondit, les postizas à la main, s'agita, se baissa, se cabra, se pencha, sourit avec des mines lascives, s'avança, pirouetta, recula, s'agenouilla, se redressa et s'élança encore

17

pressamment, faisant claquer toujours ses castagnettes avec une précision admirable.

Suzanne regardait cette scène avec de grands yeux
émerveillés. A la longue, le souvenir de l'enfant mort
lui revint et l'obséda. Elle était stupéfaite de cette
joie à côté d'un cadavre, et elle croyait superstitieusement qu'un malheur allait punir ce sacrilège.

— Allons-nous-en, dit-elle à Astaire. J'ai besoin de
prendre l'air.

Ils sortirent; et, comme le commis les accompagnaient :

— Quel est donc cet enfant? demanda l'officier.

— C'est le mien, mon lieutenant, répondit le commis.
Il est mort hier, à l'âge de quatre ans. Il avait joué
au soleil et...

— Comment ! fit avec vivacité l'adjoint de bureau
arabe. Vous vous réjouissez dans un pareil moment?

L'Espagnol parut surpris de l'étonnement d'Astaire,
et un léger embarras parut sur son visage.

— Chez nous, répondit-il, quand un enfant meurt
avant l'âge de raison, on se réjouit, car on est sûr
qu'il est sauvé. Sa chère âme est au ciel, maintenant.

L'adjoint lui rit au nez et s'éloigna. Mais, au fond,
il était indigné et se demandait quelle longue suite de
superstitions avaient pu abêtir à ce point et pervertir
l'âme de ces hommes. Quant à Suzanne, elle garda de
cette scène un étonnement triste qui ne se dissipa
point facilement, et elle en conçut une aversion irrai-
sonnée pour les Espagnols. Au contraire, elle éprouvait une grande curiosité à l'endroit des Arabes.

Leurs vêtements flottants, à la majestueuse ampleur, lui paraissaient les plus beaux du monde quand ils étaient blancs . Malheureusement il fallait souvent les regarder de loin : car leur teinte isabelle ne réjouissait pas plus l'œil que l'odorat, bien que les Arabes les lavassent souvent aux moindres ruisseaux, les pétrissant de leurs pieds et les faisant sécher ensuite aux buissons voisins. Ce que Suzanne aimait dans les indigènes c'était cette simplicité à faire des choses difficiles, à supporter de grandes intempéries ou de lourdes fatigues sans paraître s'en apercevoir, à affronter le ridicule sans le craindre, simplicité de mœurs qui lui causait souvent des surprises désopilantes; par exemple, quand elle voyait quelque vieil Arabe, aux yeux bordés de koheul et à la barbe blanche rougie de henné, nettoyer gravement un os du mouton de la dhiffa, le bourrer de tabac marocain, horriblement fort, et le fumer gravement, à la façon d'une pipe.

Astaire aimait cette curiosité et avait encouragé chez Abdelhakem la manie de traduire tous les récits curieux qu'il entendait faire aux indigènes pendant le voyage. Et il y en avait d'épiques ou bien de singulièrement embellis par l'imagination orientale.

Une fois, dans un douar entouré de broussailles, au pied d'une montagne plantée de jeunes pins d'Alep d'un vert étrange, adorablement velouté, un vieil indigène, qui ne fumait pas, celui-là, parce qu'il se disait marabout, racontait :

— Dans ma jeunesse, mon douar était déjà installé

ici. A une certaine époque, il disparut plusieurs moutons, sans qu'on pût savoir qui les avait enlevés ; il
n'y avait pas de traces de voleurs, ni d'animaux
féroces dans les environs. Puis, ces vols cessèrent, et
une grande puanteur se répandit dans le campement,
mais si forte et s'accroissant de jour en jour dans de
telles proportions qu'il fut question, après de vaines
recherches, de transporter le douar ailleurs. A ce
moment, je découvris par hasard, dans un fourré où
personne n'avait pénétré, le cadavre d'un serpent
énorme. Nous le traînâmes au milieu du douar : il
mesurait douze brassées et était gros comme un arbre.
Les cornes d'une chèvre dont là tête fut retrouvée
entière dans son corps lui traversaient l'estomac.
Nous en conclûmes que c'était là notre voleur et que
la chèvre lui avait moins réussi que les moutons.

Ailleurs, le caïd El-Hafnaoui, un grand chasseur
devant l'Éternel, qui caressait toujours deux ou trois
slouguis couverts de grandes estafilades — coups de
griffes de panthères — disait après une dhiffa :

— C'est dans ce ravin là-bas que j'ai vu une fois
un terrible combat. Je revenais d'El-Bahri et j'étais
pressé d'arriver au douar, quand, en traversant l'Oued,
je le vis descendre par une bande de sangliers affolés.
Je jugeai qu'ils étaient poursuivis par quelque bête
féroce et je montai sur le talus de l'autre côté de la
rivière pour voir ce que c'était. Un énorme sanglier
passa, et derrière lui, gagnant chaque fois du terrain,
un lion faisait des bonds énormes pour le rattraper.
Le sanglier, se sentant serré de trop près, s'accula à

un rocher, et se prépara à vendre chèrement sa vie.

« Le lion s'était arrêté et rampait vers son adversaire à la façon des chats. Lorsqu'il se crut à bonne
distance, il s'élança sur le sanglier en poussant un
rugissement si épouvantable que mon cheval faillit me
renverser. Je rassurai ma monture et regardai : le
lion avait dépassé le sanglier qui portait sur le dos une
large éraflure. Mais le seigneur à la grosse tête avait
dû aussi être touché ; car il grondait sourdement, et
le terrain autour de lui portait des traces de sang.

« Ce combat dura près d'une heure. Le lion rampait
longtemps, puis bondissait comme l'éclair au-dessus
de son adversaire, enlevant chaque fois avec sa patte
de larges lambeaux du dos du sanglier, mais celui-
ci se servait aussi de ses crochets et faisait de temps
à autre au lion de terribles blessures. A la fin, le lion
se jeta sur le solitaire qu'il croyait suffisamment
affaibli. Mal lui en prit, sans doute ; il poussa un
grand cri de douleur et disparut dans le fourré, en
laissant une large traînée de sang

Le sanglier, tombé à l'endroit où il s'était si bien
défendu, râlait ; pensez donc, il avait l'épaule arrachée
et une blessure allant jusqu'au cœur. Son ennemi devait
être bien touché aussi, car les défenses du solitaire
étaient pleines de sang et entourées presque jusqu'en
haut d'un bourrelet de poil et de chair serré comme une
corde. Le lendemain, je revins avec quelques amis
et nous suivîmes les traces du lion : il gisait mort,
à moins de deux portées de fusil de là, le ventre
ouvert en vingt endroits.

Ce. qui ajoutait une saveur extrême à ces récits, c'était la manière dont Abdelhakem les traduisait dans son *sabir* burlesque. Ainsi, ne connaissant pas les équivalents français du mot *hallouf* qui, en arabe, veut dire à la fois sanglier et cochon, il appelait le premier *hallouf militaire*, par opposition au second qu'il nommait dédaigneusement *hallouf cibil*.

Un jour, les deux amants se trouvaient près des limites du cercle, du côté de Sidi-Chaïb, quand un accident bizarre survint à Suzanne. Après la dhiffa, comme elle faisait la sieste avec Henri sur un sapin placé à l'ombre d'un tremble épais, après avoir ôté ses bottines et les lourds *temags* qui la gênaient, elle fut piquée par une de ces guêpes si nombreuses et si importunes en Algérie, qui viennent jusque dans la main disputer aux convives les morceaux de viande ou de fruits. La douleur fut extrêmement vive, et, bien que Suzanne mît aussitôt un peu d'eau sur son pied, il ne laissa pas d'enfler d'une façon inquiétante. Avec cela il était impossible de s'arrêter plus longtemps en cet endroit, loin du douar et de sources où l'on pût s'alimenter. La jeune femme fit la vaillante et monta à cheval. Tout le long de la route elle affecta de plaisanter avec son amant, mais en arrivant à l'étape, deux heures après, elle s'aperçut qu'elle ne pouvait plus marcher.

Ce furent deux ou trois jours de mortelles inquiétudes pour Astaire. La jambe de Suzanne enflait toujours ; il n'était plus question de continuer le voyage : la jeune femme passait son temps à baigner son pied

dans une petite rivière ombreuse qui coulait près de
là, sur un lit de cailloux arrondis.

Elle se désolait d'arrêter la tournée de son amant,
et dissuadait celui-ci d'écrire à Chartier. Astaire hésitait d'ailleurs à prendre ce parti, étant alors à quatre-
vingts kilomètres de Bugeaudville. Il se disait à la
fin : « Si demain elle ne va pas mieux, je prierai le
docteur de venir le plus vite possible. » Fort heureusement le mieux se déclara, et Suzanne put se rechausser et continuer sa route.

Maintenant, ils se rapprochaient de Bugeaudville
et parcouraient la région la plus montagneuse du
cercle. C'étaient à chaque instant des gorges profondes,
de hautes falaises rouges, taillées à pic, des plaines
fertilisées par de petits cours d'eau bordés de thuyas.
De loin en loin, des jardins de figuiers de Barbarie
luisaient au soleil comme des plaques de métal. De
blanches koubbas se montraient aussi, et Suzanne
éprouvait un plaisir d'enfant à y entrer : c'était toujours la même porte basse bordée de carreaux de
faïence bleuâtre, la même salle sans fenêtres, ayant,
sous le dôme, un talus grossièrement maçonné : le
tombeau du saint. Dans des ravins sauvages, des
chacals, des renards dorés, reconnaissables à l'extrémité blanche de leur queue, s'arrêtaient sur la cime
des rochers pour regarder passer les voyageurs, et de
grands charognards blancs et noirs, planant à des
hauteurs impossibles, semblaient immobiles et comme
endormis dans l'azur.

Abdelhakem était toujours le même, heureux de

cette vie qui lui permettait de se bien nourrir sans
bourse délier, — bien plus, de faire payer les
audiences qu'il allait demander au lieutenant pour
des réclameurs invétérés. Astaire, ayant eu par hasard
la preuve de ce dernier fait, admonesta sévèrement
le vieux spahi qui promit solennellement de ne plus
recommencer. Quant à Mohammed-Ould-Gandouz,
il était devenu triste depuis le commencement du
Ramadhan. Ces courses continuelles, exécutées en
pleine chaleur en gardant l'abstinence, le fatiguaient
extrêmement, et c'était avec un air très abattu qu'il
venait demander, en arrivant à la dhiffa du matin,
la permission de dormir « pour oublier qu'il était
soif » ; mais le soir, en arrivant à l'étape, il lui fallait
se plonger le visage dans une pastèque à chair rosé
et fondante, et boire à même pour parvenir à se
désaltérer.

Astaire n'était plus qu'à une trentaine de kilomètres de Bugeaudville, quand il arriva à peu de distance
d'un douar. C'est là, près d'un oued desséché, que la
guittoun avait été préparée. Justement, un orage était
imminent : nuages gris de plomb, tonnerre grondant
sans interruption, électricité répandue à profusion
dans l'atmosphère et tenant ébouriffés les crins des
chevaux, tous symptômes auxquels on ne pouvait se
tromper. Pendant que Henri et Suzanne s'installaient
dans la guittoun, Abdelbakem vint se plaindre à
l'officier de l'absence de tente pour les spahis, ce qui
forcerait ceux-ci à coucher en plein air, par une nuit
d'orage. Astaire appela le fils du caïd, qui était venu

à sa rencontre et lui enjoignit d'aller avec les spahis au douar voisin chercher la *rhaïma* nécessaire, les indigènes devant, aux termes de la loi, fournir le logement aussi bien que la nourriture aux officiers en tournée et à leur suite.

Maintenant, les coups de tonnerre se précipitaient, ressemblant à des décharges d'artillerie. Suzanne était tremblante et énervée.

Henri alluma la bougie et se mit à lire avec elle un livre qui indignait et attendrissait tour à tour la jeune femme; étendu sur le matelas, il prenait plaisir à sentir les mèches folles de ses cheveux blonds frôler ses joues et frissonnait à leur contact. Un crépitement retentit sur les parois de la tente : c'était l'averse qui commençait. En même temps s'élevait de partout cette bonne odeur de terre mouillée qu'on aime tant à respirer, l'été. En même temps aussi, on entendait un bruit de voix irritées : c'étaient le fils du caïd et les spahis qui revenaient du douar, trempés et furieux. Ils contèrent avec indignation qu'on leur avait refusé la tente et qu'on les avait même insultés.

Astaire fut étrangement surpris à ce récit. C'était la première fois qu'il voyait des indigènes résister à ses ordres. Il fallait agir et vivement. Il laissa Suzanne sous la garde de Mohammed-Ould-Gandouz et partit au galop, sous la pluie.

Pour aller plus vite, il avait pris le cheval tout sellé du spahi, et se sentait mal à l'aise sur le harnachement arabe : les autres cavaliers le suivaient en désordre. C'est ainsi qu'il arriva au douar.

La *djemaa* semblait en révolution : une vive discussion avait lieu entre les anciens de la tribu. C'est à peine si l'on s'interrompit pour aller au-devant du lieutenant. Celui-ci demandait d'une voix irritée :

— Où est le chef de douar?

Personne ne répondit. Le caïd désigna un homme qui se dissimulait dans la foule. Astaire poussa son cheval sur lui et l'empoignant rudement par son capuchon :

— C'est toi le chef de douar?

— Oui, sidi.

— Pourquoi as-tu refusé une tente à mes hommes ?

— Il n'y en avait pas de reste, sidi.

— Abdelhakem, cria le lieutenant, désigne cinq hommes du douar pour enlever la tente de ce coquin et la porter à notre campement. Et cogne dessus s'ils ont l'air de résister.

Abdelhakem, le matrak à la main, se conformait avec ardeur aux ordres de son chef. Le ton décidé de l'officier de bureau arabe avait suffi pour calmer les discussions et pour tout faire rentrer dans l'ordre. La tente fut enlevée en un clin d'œil. Puis Astaire se fit désigner ceux qui avaient insulté les spahis. On en trouva trois, qui furent emmenés au campement avec le chef de douar. Là, sous la pluie battante, ils furent entravés à la même corde que les chevaux, les mains solidement attachées derrière le dos : après quoi, Abdelhakem leur souhaita ironiquement de bons rêves pour la nuit.

Astaire rentra dans la tente et trouva Suzanne très

alarmée, s'imaginant que son amant était tombé dans un guet-apens, comme elle avait entendu conter que cela était arrivé plusieurs fois. Les consolations que Mohammed-Ould-Gandouz lui prodiguait en arabe la touchaient peu et l'arrivée de Henri put seule la rassurer.

La nuit se passa au milieu du fracas de l'orage, de la lueur des éclairs qu'on apercevait à travers les minces parois de la tente, du crépitement monotone de l'eau sur la toile, du mugissement de l'oued maintenant plein d'eau. Astaire eut peine à s'endormir : il se demandait toujours à propos de quoi le douar s'était mutiné contre lui, mais sans pouvoir en trouver la raison : en tous cas, avant de fermer les yeux, il eut soin de placer son revolver près de lui pour être prêt à tout événement.

Le lendemain, la pluie avait cessé et le ciel était limpide, d'un bleu très lavé et doux à l'œil. Les quatre prisonniers se séchaient tant bien que mal. Sans doute la fraîcheur de la nuit les avait ramenés à des idées plus calmes, et Abdelhakem avait dû les menacer de terribles punitions, car ils protestèrent de leur dévouement à l'officier de bureau arabe et le supplièrent de leur pardonner. Astaire les jugea suffisamment punis et les congédia après une sévère admonestation. Peu de temps après, un spahi venu de Bugeaudville lui apportait une lettre de Paulin : c'était un curieux produit d'un esprit incohérent :

« Mon cher camarade,

« Dépêchez-vous de rentrer. On commence à trouver votre absence longue. Le commandar s'est troublé
hier, quand il a su que vous n'étiez pas encore de
retour.

« Rien de bien nouveau ici. Le capitaine Mollet s'est
fait tondre. Il pleut à chaque instant. Le ciel rit et
pleure, dit oui, dit non et, somme toute, boude le
plus souvent. On ne sait ce qu'on doit faire et une
promenade commencée en canne finit en parapluie.
Mais c'est un bonheur pour les cultivateurs : les
Arabes aux pieds jaunes poussent des cris de joie, les
arbres vont pleurer longtemps.

« Notre temps se passe aussi bien qu'il soit possible
de le passer dans un pays sans arbres, sans maisons,
sans habitants. Mais vous savez, je suis philosophe,
je fais de l'arabe, je dors, je fume, je rêve un peu
et j'arrive à la fin de ma journée.

« Peu de mutations. Brunet est en permission à El
Biodh. Je voudrais bien l'accompagner. Mais, vous
savez, il y a des gens qui *veulent bien et qui ne peu-
vtent pas*. J'ai été, il y a trois jours, à l'Oued-Debah
pour un incendie de forêt. Superbe, mon cher. Un
incendie en étagère de quatre cents hectares : un bû-
cher haut de trois cents mètres semblant escalader le
ciel. Ça n'a duré qu'un jour, heureusement.

« Mais assez bavardé. Rentrez vite : personne ne se
doute de votre escapade. Rappelez-moi au bon sou-

venir de M_{lle} Linier. Je vous *lacère* cordialement, —
jusqu'à notre prochaine *revoyure.*

« Bien à vous,

« PAULIN. »

A cette lettre était joint un *post-scriptum.*

« *P.-S.* — Je rouvre mon épître. Grandes nouvelles :
trois tribus du cercle de Sefissef sont révoltées. On
craint que les nôtres n'en fassent autant. Ainsi
dépêchez-vous, car on organise une colonne. Adieu,
il est tard, je vais me plonger dans *les bras de l'or-
fèvre,* comme dit le capitaine Mollet. »

— Je comprends maintenant la scène d'hier, pensa
le lieutenant.

Et sans rien montrer à Suzanne des inquiétudes qui
l'agitaient, il donna tous les ordres nécessaires pour
rentrer à Bugeaudville dans la journée.

XVI

RETOUR

— Vache à lait.

— Vache en tas.

— Va la traire.

— A Bel-Abbès.

— Andouilla.

— Sale mek.

Ce dialogue burlesque était celui qu'échangeaient Paulin et Astaire en se revoyant au retour de celui-ci. C'est la parodie généralement admise dans les bureaux arabes des formules de politesse indigène :

— *Ouach halek?* (Comment vas-tu?)

— *Ouach enta?* (Comment te portes-tu?)

— *Be krer.* (Bien.)

— *Be krer labès.* (Entièrement bien.)

— *Amdoullah!* (Dieu soit loué!)

— *Nosselmek.* (Je te salue.)

— Eh bien, continua l'interprète en serrant cordialement la main du lieutenant, êtes-vous content de votre voyage?

— Mais oui, répondit Astaire.

Il lui narra les principaux incidents de la tournée, et malgré lui sa voix vibrait profondément en rappelant ces jours où il avait joui de toute la plénitude de son bonheur.

A son tour, Paulin lui raconta ce qui s'était passé de nouveau depuis son départ : le capitaine Mollet parti le matin même pour les Beni-Zid à cause d'une affaire assez compliquée; le capitaine Jaunard, pris de la fièvre et obligé de garder la chambre... Puis, les menus faits du bureau. Le caïd Mansour avait eu son cachet volé; en attendant qu'on lui en donnât un autre, de forme différente, les affaires de la tribu se trouvaient entravées. Le vieux Gaillard, le secrétaire, au moment d'être envoyé en France dans un régiment de ligne, à cause de sa bonne conduite, avait pris une *cuite* et disparu depuis deux jours, de sorte qu'on avait dû le *coller* en prison et le rayer de la liste des partants.

Il était justement là, le vieux zéphyr, à écrire à sa petite table, la tête penchée au-dessus des papiers qu'il noircissait toute la journée. Il se leva en faisant le salut militaire quand le lieutenant vint lui parler.

— Eh bien, Gaillard, vous avez donc fait une sottise? Pourquoi diable n'êtes-vous pas resté sage huit jours de plus? Vous seriez en France maintenant et dans un an vous seriez libéré.

Le vieux soldat secoua sa tête grise, en montrant les quatre *brisques* qui balafraient sa manche :

— Pourquoi faire, mon lieutenant? Je suis trop

vieux. Ma vie est finie, maintenant. Ce n'est pas à cinquante ans qu'on peut recommencer son existence! Qui est-ce qui voudrait m'employer, dans le civil? Pour crever de faim et de misère, autant crever aux *Joyeux*. C'est ce que je me suis dit. Alors... alors... j'ai rengagé.

Astaire sentait que Gaillard n'avait pas tort et murmurait quelques banalités pour le réconforter un peu, car une larme brillait dans ses vieux yeux et sa voix s'altérait visiblement. — Ah! continua-t-il d'un ton de regret amer, si on m'avait toujours parlé comme vous le faites!

Il se rassit, n'en pouvant plus. Astaire s'éloigna très attristé. Paulin dissipa ses idées mélancoliques en achevant de mettre son camarade au courant de ce qui se passait.

A n'en pas douter, on allait avoir une insurrection. Un aventurier indigène, Si-Mabrouk, avait acheté dans une ménagerie d'Europe une lionne apprivoisée, et la montrait dans tous les marchés d'Algérie. Comme il disait beaucoup de prières, était affilié à plusieurs sectes religieuses, cela passa pour un miracle; il ne lui en fallut pas plus pour acquérir un grand renom de sainteté dans les États barbaresques. Il en profita pour s'aboucher à tous les mécontents d'Algérie, aux caïds dégommés, aux tribus frappées par la responsabilité collective. Quand il crut le moment venu, il donna le signal de la révolte en attaquant un receveur qui portait de l'argent à Sefissef : la faible escorte qui accompagnait ce fonctionnaire fut anéantie,

18

le payeur tué, la caisse enlevée. Ce succès détermina la
défection de trois tribus. On connaît la rapidité d'infor-
mation des Arabes : quelques signes échangés de loin,
avec un pan de burnous agité, des cris portés par le
vent, leur servent de télégraphe.

En deux jours, toute l'Algérie indigène était au
courant de ce qui se passait ; seulement l'attitude des
populations ne permettait pas encore de préjuger
l'avenir.

Bugeaudville était en proie à une grande animation ;
l'annonce de l'insurrection nouvelle troublait les uns,
charmait les autres, n'était indifférente à personne.
Les officiers attendaient avec impatience le moment
de partir. Quelques-uns des *mercantis* du village
commençaient à doubler la quantité de leurs denrées,
des liquides surtout, en prévision des colonnes. D'autres songeaient à se retirer dans la Redoute, comme
en 1871, et se rappelaient y avoir été organisés en
dortoir pendant deux mois. Tous les jours des con-
vois de chameaux ou de lourdes charrettes attelées de
sept ou huit mules apportaient des vivres, des munitions qui s'empilaient dans de grandes tentes d'administration au milieu de la Redoute. Puis il y avait le
va-et-vient d'officiers étrangers à la garnison, qui se
rendaient dans des postes éloignés, et on les recevait
avec cette camaraderie, cette prévenance fraternelle
particulières à l'armée d'Afrique.

A travers cette cohue, circulait le curé de Bugeaudville, l'abbé Ercole, celui qui semblait prendre à tâche
de justifier l'axiome de Paulin : « L'Algérie est une terre

déshéritée sous le rapport de la religion et des vins fins.
On n'y expédie que des produits inférieurs ou frela-
tés. » Une sorte de casquette sur la tête, la pipe à la
bouche, la soutane retroussée autour des reins et laissant voir son pantalon gris, le curé promenait partout
sa trogne enluminée, son nez aux splendides nuances
de coucher de soleil empourpré, demandait ardem-
ment si l'on partirait bientôt en colonne, attendu
qu'il « commençait à s'embêter dans cette boîte-là ».
Paulin ne lui ménageait pas les quolibets, en repré-
saille des coups de poing que l'abbé Ercole aimait à
lui asséner à l'improviste ou des cailloux qu'il lui
lançait chaque fois qu'il le voyait passer.

Brunet était revenu d'El-Biodh encore plus enragé
contre l'Algérie. Il est vrai qu'une foule de mésaven-
tures lui étaient arrivées en route. Aussi fallait-il l'entendre maugréer à la journée, affirmant qu'il n'irait
plus à El Biodh et désirant ardemmnnt le jour où il
s'embarquerait *pour France* — comme on dit en Algérie.

Quant à Chartier, il ne sortait plus de chez lui : il
avait meublé sa chambre à l'arabe et passait ses journées avec Martinotti, vêtu seulement d'une gandoura,
fumant des pipes de *kif*, buvant du cognac et frappant sur la peau tendue d'une *derbouka* en nasillant
des chansons arabes. Ils prétendaient s'amuser
extrêmement ainsi.

Astaire écoutait avec étonnement tous ces racontars. Les trois semaines qu'il avait passées en tribu
avec Suzanne l'avaient rendu si pleinement heureux,

qu'à peine il se souvenait du reste du monde. Et
maintenant il ressentait une sorte de colère à se
retrouver au milieu de ces petitesses et de ces misères. Que tout cela lui semblait donc mesquin auprès
des sublimes élans de passion qu'il avait goûtés, des
superbes aspects de la nature qu'il avait contemplés
et compris !

Un beau matin Astaire apprit une nouvelle qui ne
le surprit que médiocrement. Mhamed Berrahoui
s'était évadé. La prison indigène était pourtant un
bâtiment solide, n'ayant qu'une étroite lucarne garnie d'une grille, à une assez grande hauteur au-dessus
du fossé de la Redoute ; de plus il était gardé par un
petit poste de quatre hommes. La veille au soir, le
commandant supérieur s'était enfermé avec le Marocain, dans le but, disait-il, d'en obtenir des aveux
avant son prochain départ pour le conseil de guerre
d'Oran.

Il avait passé là près de deux heures, et, le matin,
la sentinelle aperçut une corde à nœud se balançant
à un des barreaux de la lucarne. L'éveil fut donné,
mais trop tard : le prisonnier était parti. La grille
de fer avait été limée. Mais une chose parut toujours
inexplicable : le prisonnier n'avait certainement pu
atteindre cette lucarne, placée à plus de deux mètres
au-dessus du sol, sans l'aide d'une autre personne.

Le commandant supérieur fut de cet avis, et fit défé-
rer au conseil de guerre les quatre hommes du poste,
soupçonnés de complicité d'évasion. Le pauvre Gaillard était un de ceux-là. En passant devant Astaire le

jour où on l'emmena à Oran, il s'arrêta et lui dit, les larmes aux yeux :

— Est-ce que vous me croyez coupable, vous, mon lieutenant?

Astaire secoua la tête et Gaillard reprit avec animation :

— Je sais bien qui c'est, qui a fait sauver cet arbi. Mais, si je le disais, on ne me croirait pas!...

— Allons, bon courage, fit l'adjoint de bureau arabe; je sais bien que ce n'est pas vous...

Gaillard fit un geste de désespoir et continua son chemin, entraîné par les soldats de l'escorte. Il savait bien ce qui l'attendait au conseil de guerre. Ses camarades et lui furent en effet condamnés à cinq ans de travaux publics pour complicité dans l'évasion d'un prisonnier dangereux.

Une des conséquences du départ du capitaine Mollet avait été son remplacement momentané par Astaire dans les audiences de la justice de paix, en qualité de ministère public. Ces audiences étaient remarquables, surtout quand il s'agissait d'un différend entre un Européen et un Arabe. L'indigène, peu au fait de cette forme de justice, et n'ayant aucune notion du temps, manquait plusieurs audiences, et enfin, sévèrement admonesté par son caïd, arrivait trois jours d'avance, et les passait accroupi à la porte du bureau, pour s'entendre ensuite condamner par le commandant supérieur, juge de paix du cercle du Bugeaudville.

C'est dans ces séances qu'il était dans son beau, le

capitaine Parenteau, lorsque des colons venaient lui
exposer leurs litiges. Il trouvait toujours l'occasion
de glisser un petit discours sur la fainéantise et l'ivrognerie qui étaient la cause de toutes les dissensions.
Les parties ahuries écoutaient ce verbiage et quand
elles s'avisaient de protester, le commandant supérieur
les condamnait à une forte amende, pour « manque
de respect à la justice ».

Un jour, au sortir d'une de ces audiences, Astaire
avait été « prendre un verre » au cercle avec l'interprète. Le père Courcy y était déjà, buvant à petites gorgées le premier des *mélé-cass* qu'il s'octroyait chaque
après-midi — tout en relisant le mandat de solde
qu'il venait de recevoir. Il salua les deux jeunes gens
et remit son précieux papier dans sa poche. Un convoi de chameaux entrait dans la Redoute, et ces animaux effarés, à la vue des maisons, se bousculaient et
se pressaient gauchement sous le bâton de leurs conducteurs. Alors on parla de la guerre, des colonnes
que l'on formait, de leur destination probable, et
Astaire disait qu'il faudrait prendre Figuig si l'on
voulait couper court à toutes les insurrections, quand
l'attention de Paulin fut distraite par l'arrivée sautil-
lante d'un corbeau.

— Hé, monsieur Courcy, s'écria-t-il, voilà Coco!

Coco était le pensionnaire de la ménagerie Courcy
et le bonhomme était très fier de son dressage. Aussi
se mit-il à appeler l'oiseau : « Coco, Coco! » Le corbeau avait sauté sur la table; puis, de là, sur un
doigt du garde général, et, enfin, sur son épaule. Le

père Courcy rayonnait. Le volatile se mit à descendre
le long de la manche en regardant autour de lui d'un
air curieux, puis brusquement, apercevant un bout de
papier dans la poche du bonhomme, il l'enleva délica-
tement et s'envola à quelques pas.

— Mon mandat ! s'écria le garde général.

Un fou rire s'empara de Paulin et d'Astaire.

Le père Courcy appelait : « Coco ! Coco ! » donnant
à sa voix des inflexions caressantes. Mais la maudite
bête penchait la tête, regardait en dessous d'un air
ironique, et tenait toujours au bec le précieux papier,
sans vouloir le lâcher, ni accourir aux appels réitérés
de son maître. Quand on voulut le prendre, ce fut bien
pis; il s'envolait à chaque pas, puis enfin il s'élança
sur le toit du cercle. Le père Courcy était désolé;
l'interprète, pour accroître ses inquiétudes, lui assura
que, si ce mandat était perdu, on ne pourrait le remplacer avant quatre ou cinq mois. Justement le
corbeau posait à ce moment le papier sous sa patte
et y donnait d'un air satisfait de joyeux coups de
bec.

La fureur du garde général ne connut plus de
bornes. Il alla chercher son fusil, courant autant que
son gros ventre le lui permettait, et mit en joue le
corbeau; l'oiseau s'envola comme s'il eût deviné le
sort qui l'attendait. Mais le mandat était sauvé, bien
qu'il fût en assez mauvais état. Et le père Courcy, en
le remettant dans sa poche, jura solennellement de
ne plus élever de corbeaux.

Les rires n'avaient pas encore tout à fait cessé,

quand le capitaine Parenteau entra, une dépêche jaune
à la main.

— Ah! monsieur Astaire, dit-il d'un air épanoui,
j'ai une excellente nouvelle à vous annoncer, moi.
Vous partez demain avec le goum pour la colonne de
Sidi-Mansour... Et moi, je ne tarderai pas à vous y
rejoindre.

Et il donna des détails : tant d'étapes, telle manière
de toucher des vivres et des munitions... Astaire
l'écoutait la mort dans l'âme. Il éprouvait un déchire-
ment atroce à l'idée de quitter Suzanne pour des
mois, peut-être, et de la laisser abandonnée dans ce
pays qui n'était pas le sien. Il ne fallait pas en effet
songer à l'envoyer à El Biodh. En même temps il cons-
tatait avec stupeur l'étendue de son amour : cette
nouvelle, qui l'aurait rempli de joie autrefois, l'at-
terrait maintenant.

Le commandant supérieur savourait cruellement
toutes ces douleurs qu'il devinait, et c'est avec un
éclair de joie railleuse dans ses yeux clignotants qu'il
se sépara du jeune officier en lui souhaitant bonne
chance.

Ce jour-là, Suzanne était à sa fenêtre et regardait
le cimetière arabe situé à une centaine de mètres de
la maison. Ses pensées, tristes à ce moment, aimaient
ce coin de terre désolé, sans verdure, où parmi les
cailloux s'élevaient des pierres disposées à la tête et
aux pieds des cadavres, tous tournés vers l'Orient.

Un enterrement avait lieu. Un cortège nombreux et
confus arrivait en nasillant sur tous les tons des

formules sacrées et des versets mélancoliques du
Coran. Le cadavre était enveloppé simplement d'un
haïk et porté sur une civière. Et, bien que d'habitude
les Orientaux ne se dépêchent jamais, ils allaient très
vite, comme pressés de se débarrasser de ce cadavre.

Les quatre porteurs se relayaient très souvent, car
tous voulaient participer aux indulgences accordées
à cette fatigue. Des femmes voilées suivaient à une
grande distance, pleurant et criant sur un mode très
aigu. La fosse était creusée d'avance, en forme de
·caveau.

Le cadavre, après avoir fait une courte station dans
une petite maison destinée au lavage des corps, fut
déposé près du trou. Le prêtre musulman dit à haute
voix le *fatcha,* la prière sacrée, que les assistants
écoutaient, les yeux fixés sur leurs mains ouvertes,
comme sur un livre, en répétant par intervalles :
Amin! Amin! Quelques colons se haussaient pour
regarder par-dessus les assistants. Au-dessus de cette
scène, un ciel tourmenté laissait ruisseler des rayons
livides par une déchirure des nuages. Les fossoyeurs
descendirent dans le caveau le corps raidi, qu'ils
manœuvrèrent tout d'une pièce; autour de la fosse,
les Arabes, accroupis, disaient un chant doux et triste.
Puis, le trou une fois rebouché et couvert d'épines
maintenues avec de grosses pierres, à cause des
hyènes, la foule s'écoula, tumultueuse et insouciante,
laissant le cimetière plus désert et plus morne qu'auparavant.

Suzanne avait déjà vu plusieurs fois de ces scènes,

19

mais aucune ne l'avait frappée à ce point. La nuit
tombait, et la jeune femme n'avait pas le courage
d'allumer sa lampe. Quand Astaire entra, il trouva sa
maîtresse attristée et comme sous l'impression d'un
malheur prochain. Le cœur brisé, le lieutenant s'assit
dans l'ombre, à côté de celle qu'il aimait, et ils restèrent longtemps ainsi, n'osant se parler, prévoyant
que leur vie allait s'endeuiller, et se sentant sans force
pour secouer l'engourdissement qui pesait sur eux.

XVII

EN COLONNE

Sidi-Mansour était un chantier d'alfa peu éloigné
du Chott-el-Gharbi. Il devait son nom à la koubba
d'un santon enterré près de là. Une immense plaine
verdâtre à faibles ondulations, une foule de trous circulaires percés dans le sol et servant de puits, et une
trentaine de baraques installées par la compagnie
anglaise qui avait loué ces steppes pour les exploiter.
Enfin, une sorte de ferme à demi achevée où logeait
M. Géron le représentant de cette compagnie : voilà
ce que nos troupes trouvèrent à leur arrivée à Sidi-
Mansour.

Un type curieux, ce M. Géron, le type de l'homme
qui veut parvenir à la fortune par tous les moyens
et malgré tous les obstacles. Encore simple garde
d'alfa trois ans auparavant, il avait employé ses
économies à fournir la caution nécessaire pour être
commis de chantier : ses ressources se décuplèrent
rapidement. Quand la Compagnie anglaise songea
à exploiter les environs de Sidi-Mansour, Géron se

présenta; grâce à sa réputation d'intelligence et d'activité, il obtint l'entreprise de trois chantiers considérables. Il avait envie de faire fortune. Il paya l'alfa 3 fr. 25 le quintal à ses ouvriers et le compta 3 fr. 50 à la compagnie; comme la production des trois centres d'exploitation montait à deux mille quintaux par jour, il se faisait cinq cents francs de bénéfices illicites. Si l'on y joint les fournitures de toute sorte qu'il vendait — Dieu sait à quel prix — aux ouvriers qu'il employait, et les articles de sellerie, de quincaillerie et même les armes que les Arabes lui achetaient, on se rendra compte de la rapide fortune de cet homme peu scrupuleux.

Malheureusement, le soulèvement des tribus environnantes vint mettre obstacle à ce rapide essor. Les insurgés, en fuyant vers le sud, brûlaient et tuaient tout sur leur passage. Le bruit s'en répandit rapidement, et, un beau jour, tous les ouvriers de Géron, pris de panique, vinrent lui réclamer leur compte, en annonçant l'intention de ne pas rester une heure de plus dans un endroit aussi exposé. L'entrepreneur essaya vainement de rassurer cette multitude affolée qui partit dans la nuit, n'ayant pour se guider que les reflets lointains des incendies allumés par les révoltés.

Géron resta presque abandonné, avec quatre domestiques européens, et trois indigènes, dans une ferme dont les portes n'étaient pas encore placées, dont les murs n'étaient pas même achevés.

Il ne pouvait partir, abandonner, à la rapacité des douars voisins, les énormes approvisionnements en

grains, en huile et en vêtements qu'il avait amassés
là et qui constituaient presque toute sa fortune.
Allons! cela valait bien la peine que l'on risquât sa
vie pour les conserver! et malgré les défaillances morales des Européens, les frayeurs intéressées des
indigènes, le manque de moyens matériels de défense,
Géron résolut de tenir tête au péril et de mourir s'il
le fallait, plutôt que de retomber dans la misère.

Outre un lefaucheux, il avait dans son magasin
une demi-douzaine de fusils rouillés : il les fit nettoyer. La poudre ne manquait pas; on fondit grossièrement des balles, et on remplaça les capsules
absentes par des bouts phosphorés d'allumettes chi-
miques. En même temps, de véritables retranchements formés de sacs de grains étaient élevés devant
les portes et aux endroits où les murs manquaient.
Ceci fait, après avoir prévenu le préfet d'Oran de sa
détermination, Géron attendit l'ennemi.

Ils passèrent là de mortelles journées, ces quelques
hommes perdus dans le désert, guettant toujours
l'horizon pour voir si personne, amis ou ennemis,
n'apparaissait, ne se dissimulant pas qu'ils pourraient
tout au plus résister une demi-journée et se disant
avec angoisse que si on les attaquait ils seraient irré-
vocablement perdus. Les domestiques indigènes dis-
parurent, allant peut-être avertir les dissidents de la
faiblesse de la garnison et de l'importance du poste;
leur départ inattendu redoubla les transes de Géron
et de ses auxiliaires. Enfin, au bout de huit jours, la
Providence se manifesta sous la forme d'un bataillon

19.

de tirailleurs qui vint relever de leur faction les infortunés Européens. On devine la joie de ceux-ci à l'arrivée de leurs libérateurs. Géron se reprit alors à respirer : sa fortune était sauvée.

Au moment où Astaire arriva avec son goum, Sidi-Mansour avait subi de profondes modifications : des tentes blanches et des baraques improvisées dominaient les puits et donnaient de loin au camp l'aspect d'une ville arabe étagée sur le flanc de la colline. Peu à peu l'industrie des soldats avait tiré parti du peu de ressources qu'offrait le pays. Le camp de l'infanterie s'étendait en face des *sokrars*, abrités sous des gourbis de feuillage, entre des chameaux accroupis et ruminant paisiblement l'alfa de la veille, et des chevaux à la corde tournant leur croupe au vent. Les tentes avaient été d'abord entourées de murs en pierre sèche, puis des hommes plus industrieux s'étaient fabriqué des gourbis : de tous côtés s'élevaient des maisons, habitations de gardes, cuisines ou chambres d'officiers.

Des jardins avaient même été faits : — jardins de plaisance, avec jets d'eau au milieu et sentiers bordés de thym et de minuscules pins d'Alep, ou potagers remplis de légumes qui attestaient la fertilité de ce sol qu'on négligeait de coloniser. Pour faire tous ces changements, fortifier la koubba et construire deux petites redoutes placées à droite et à gauche du camp, il avait suffi de deux mois aux troupiers inoccupés.

La manière de construire ces maisons était assez originale : les soldats avaient pris pour matériaux des

pierres trouvées dans le terrain même, et malheureusement fort tendres ou fort petites, ou de larges
cubes obtenus en foulant de la terre dans des moules
de bois, et séchés ensuite au soleil. Le fer-blanc des
toits et des cheminées provenait de boîtes de conserves découpées et ressoudées. Les planches étaient
fournies par les baraques de la compagnie anglaise
qui n'avait pas réclamé en songeant qu'elle retrou-
verait un village au lieu d'une trentaine d'abris, et
avait laissé les troupiers *se débrouiller* à leur aise.

Le jour où Henri arriva à Sidi-Mansour, tous les
officiers du camp vinrent à sa rencontre, et lui sou-
haitèrent avec cordialité la bienvenue. Et, derrière
lui, les goumiers, le sabre derrière l'épaule, le fusil
rouillé posé horizontalement sur le devant de la selle,
firent cabrer leurs chevaux pour étonner les *tirail-
lours*, les *nases* qui leur adressaient de loin des quolibets arabes ou des saluts amicaux.

Tout de suite, on s'empara d'Astaire pour l'inviter
à se rafraîchir, et le conduire au commandant de
Gournis, sous les ordres de qui la colonne était placée.
C'était un homme jeune encore : il reçut Astaire avec
bienveillance, désigna l'emplacement du goum, à
côté d'un peloton de chasseurs d'Afrique, arrivé la
veille, et, sans préambule, lui annonça qu'il fallait se
préparer à partir pour le lendemain. Une portion de
la colonne était placée sous les ordres du capitaine
Parenteau, sur le point d'arriver d'un moment à
l'autre. On devait se rendre à huit jours de marche
de là, au-devant des Beni-Zid dissidents qui deman-

daient à rentrer, et se voyaient retenus par les Hamyarres marocains de l'autre côté de la frontière. M. de Gournis avait une certaine amertume dans la voix en disant qu'on plaçait une partie de ses troupes sous les ordres d'un officier des affaires indigènes.

Henri Astaire exprima au commandant toute la joie qu'il éprouvait à la nouvelle d'aller à l'ennemi et le regret — réellement sincère — de ne pas l'avoir pour chef en cette circonstance ; et cela le fit regarder d'un assez bon air par l'officier supérieur.

Le soir, une petite réception fut donnée en l'honneur d'Astaire et du départ prochain de la colonne. Les popotes des différentes compagnies s'étaient réunies à cet effet dans la grande tente qui servait de salle à manger pour l'état-major. Le sol de l'habitation était fort ingénieusement creusé d'un mètre, ce qui la rendait plus grande ; le piquet central reposait sur un pilier de maçonnerie couronné d'une corbeille de fleurs ; le pourtour était blanchi à la chaux ; enfin un escalier correspondait à chacune des deux ouvertures de la tente. Un lustre original en découpures de boîtes à conserves éclairait les tables.

La petite fête fut très gaie. L'entrain du prochain départ déridait tous les visages : un vague espoir de bataille et d'avancement, la certitude de rompre avec la monotonie de l'existence en station et de voir des pays nouveaux donnaient un air de joie à ces physionomies si différentes. La légère contrainte causée par la présence du commandant de Gournis et du capitaine Parenteau, arrivé à l'heure de l'absinthe, disparut quand les deux chefs quittèrent la tente pour aller s'occuper des dernières dispositions relatives au départ. Alors retentirent les chansons lestes, les refrains qu'on pouvait lancer à pleins poumons, les improvisations drôles où l'armée raillait l'armée, comme dans les anciens triomphes de Rome.

Un vieux lieutenant qui pouvait plisser son front et rentrer ses lèvres de façon à avoir l'air absolument *ganache*, imitait un général de division passant pour la première fois la revue des troupes placées sous ses ordres et adressant à leurs colonels de curieuses âneries. Et le chœur joyeux imitait la musique de chaque corps jouant lorsque le général arrivait à la hauteur, et jusqu'aux coups de canon tirés en grande cérémonie : c'étaient de grandes gamelles qui faisaient les canons.

Une autre imitation eut du succès : le *Réveil au camp* :

LE CHŒUR, *chantant la diane :*

> N'y a que trois lieues d'Alger
> A la Maison-Carrée :
> Les Cirapatas font ça dans la journée,
> Sans se fatiguer,
> Sans se reposer,
> Et sans abîmer
> Leurs jolis souliers...

VOIX DES DORMEURS. — Ah ! n. d. D. ! Y a pas moyen de rester tranquille, ici !

VOIX D'UNE ORDONNANCE. — Mon lieutenant... mon lieutenant, voilà le réveil.

Voix de l'officier. — Laisse-moi tranquille, animal !

Chœur des chameaux. — Glou-glou, glou-glou, glou-rrrâ, glou-glou, glou-glou, glou-rrrâ !...

Un trompette, *chantant le réveil de la cavalerie :*

> Cochon d'soldats,
> Lave ta g...e dans les draps !
> Prenant les pieds
> Pour essuyer la tête,
> Prenant la tête
> Pour essuyer les pieds !

Chœur des chameaux. — Glou-glou, glou-glou, glou-glou, glou-rrrâ, glou-glou, glou-glou, glou-glou, glou-rrrâ !...

Voix d'un capitaine. — Où est donc l'officier chargé du convoi. C't'étonnant... Plus de zèle, plus de discipline...

Voix de l'officier. — Passe-moi mes bottes, nom d. D. Je crois qu'il est temps.

Un sous-lieutenant proposa un *Guindal :* on accueillit cette idée avec transport et il commença aussitôt la bizarre cérémonie. Au commandement : *Assis !* tout le monde se trouva à sa place et le vacarme cessa comme par enchantement. Puis le sous-lieutenant placé au haut bout de la table fit prendre le *Guindal* dans la main droite ; et chacun saisit son verre, rempli au préalable, pour obéir aux commandements suivants :

— *Reposez Guindal !* (On replaçait le verre de punch

sur la table, non sans soupir de la part de quelques-
uns.)

— *Saluez Guindal !*

— *Guindal dans la main gauche.*

— *Guindal à hauteur de la gargoulette.* (« On devait
porter d'un air satisfait à hauteur et à cinq centi-
mètres de la bouche », disait le règlement).

— *Reposez Guindal !* (Ce commandement faisait
naître de sourds murmures de protestation.)

— *Saluez Guindal !*

— *Saluez encore.*

— *Un ban de la main droite en l'honneur de Guindal.*
(Les mains : Tra-ta-ta-ta-ta, tra-ta-ta-ta-ta-ta, tra-ta-
ta-ta-ta-tra !)

— *Un ban de la main droite et du pied gauche.*

— *Un ban de la main droite et des deux pieds.* (On
s'écrasait bien quelques orteils, mais cela ne dimi-
nuait pas l'entrain : au contraire.

— *Guindal dans la main droite.*

— *Debout !*

— *Guindal à la hauteur de la gargoulette.*

— *Saluez Guindal.*

— *Videz...* continuait le sous-lieutenant. Je n'ai pas
achevé le commandement. Attendez donc, numéro
trois. Autant, pour le numéro cinq. — *Videz...
Guindal !*

Et le punch si convoité fut enfin absorbé à la joie
et aux rires des assistants. C'est ainsi que se termina
la réception : il fallait prendre un peu de repos, le

réveil devant avoir lieu à deux heures et demie du matin, une heure après.

Le lendemain, commença pour Astaire l'existence de colonne, qu'il ne connaissait jusqu'alors que de réputation ; le réveil sonnant au milieu de la nuit et retentissant douloureusement aux oreilles des dormeurs fatigués ; — les beuglements des chameaux au moment où on les chargeait, à la lueur de feux de broussailles, qui illuminaient le camp de reflets fantastiquement rougeâtres ; — une vague pénombre où s'agitaient des soldats affairés, nimbés de loin en loin par l'éclair de quelque brasier, pour se replonger ensuite dans la nuit plus épaisse ; — les tentes s'abattant à grands renforts de jurements et d'ordres précipités ; — les sonneries de *sac au dos*, et enfin du *départ* venant régulariser ce tumulte, cette confusion.

Et la colonne cheminait dans la nuit étoilée qui laissait apercevoir confusément de longues files de soldats ou de bêtes de somme, marchant avec un bruit caractéristique d'objets en fer heurtés les uns contre les autres. Peu à peu les ténèbres se dissipaient. Une lueur violette qui tournait bientôt à l'orange montait au levant ; le soleil rouge jaillissait à l'horizon, et, dans une lueur fantastique qui dorait la poussière soulevée par la colonne, on voyait des ombres glorieusement auréolées, cheminant lentement à travers l'alfa, et lançant de temps à autre l'éclair de l'acier frappé par la lumière.

Et la marche continuait ainsi, silencieuse et ponctuée par les pauses régulières que l'on faisait toutes les cinquante minutes, dans une grande plaine uniformément plate, bordée au loin par les lignes en dents de scie de deux chaînes de montagnes violettes.

La chaleur, que l'on avait d'abord accueillie avec joie, après l'engourdissement de la nuit, devenait plus forte. Les quelques lazzis échangés par les hommes s'apaisaient, et ils continuaient à marcher péniblement à travers les touffes d'alfa irrégulièrement disposées, n'ayant d'autre spectacle qu'une ombre portée très courte sur le sol sablonneux et une plaine infinie où se perdaient leurs regards fatigués à la longue par le tremblement continuel de l'atmosphère échauffée.

Vers dix heures arrivait la grande halte. Les soldats harassés se faisaient tant bien que mal des abris avec leurs manteaux et leurs fusils et essayaient de dormir pour échapper à la lourde chaleur qui les enveloppait. Mais cette halte était de courte durée. Il fallait bientôt se remettre en route pour arriver à l'étape avant la nuit.

Aux approches du campement, les tirailleurs *se dévissaient*, suivant l'expression militaire : ils commençaient à arracher tout en marchant les touffes de thym ou de *guettaf*, qui devaient servir le soir à faire bouillir la soupe. D'autres, si on avait trouvé en route de l'eau potable, en portaient pendant des heures les marmites pleines, pour pouvoir se confectionner à l'arrivée un potage réconfortant. Alors un soldat indigène se mettait à chanter pour ranimer les courages abattus :

20

> C'est tribol qui gagne, qui gagne,
> C'est tribol qui gagne bâbord.

Un autre se plaçait à côté de lui et répondait :

> C'est bâbord qui gagne, qui gagne,
> C'est bâbord qui gagne tribol.

Bientôt toute la compagnie se trouvait partagée en deux fractions affirmant tantôt la supériorité de tribol et tantôt celle de bâbord. Et, dans ces esprits naïfs, il se faisait on ne sait quelles suppositions au sujet du tribol, et surtout du bâbord qui était pour eux le vapeur, le bateau venant de France et du pays encore plus lointain, et marchant par un sortilège inconnu, à l'encontre du vent.

Astaire, à la tête de ses cavaliers, libre de toute responsabilité, pouvait prêter son attention à ce qui l'entourait. Les goumiers ne souffraient pas de la fatigue : ils plaisantaient, chantaient de bizarres mélopées, ou reprenaient en chœur les vers dits par l'un d'eux. Les airs arabes, qui se rapprochent de nos chants d'église, plaisent par leur uniformité et savent bercer la fatigue, — de même que l'esprit lassé se repose plus volontiers sur des arabesques sans signification, que sur des tableaux ayant un sens bien défini. Quand le goum se taisait et paraissait s'endormir, un indigène nommé Lakhdar portait à ses lèvres une petite flûte de roseau et lui faisait bourdonner un air national : ses compagnons s'animaient aussitôt, et les chevaux même en marchaient d'un meilleur pas.

Astaire suivait avec intérêt ce spectacle et assistait souvent à d'autres scènes bien curieuses. Il voyait les tirailleurs éclopés, peu habitués encore aux godillots civilisés, retirer leurs souliers et leurs guêtres, pour achever allégrement la route pieds nus et chaussures sous le bras. N'était-il pas risible ce grand *negro* qui avait été se montrer au médecin, et qui, reconnu malade et exempt de sac, ne cessait de répéter :

— Moi *merid* (malade). Le *bardat* (sac) macache merid. Pourquoi lui sur mulet et moi macache?

Astaire allait voir aussi son ordonnance : plutôt que de marcher à pied avec ses lourdes bottes, Bernard avait demandé à monter sur un chameau... Mais le tangage qu'il subissait sur le « vaisseau du désert » l'affadit bientôt et il s'en suivit un désastre... Pourtant le tringlo tint bon, et resta toute la journée un peu pâle, mais résolu, sur son étrange monture.

On arrivait à l'étape et rapidement on dressait le camp. Puis les grand'gardes placées, les menus ordres donnés, on se réunissait à l'absinthe. C'est la bonne heure de la journée, celle où, fatigué, l'on vient de faire sa toilette et de changer de vêtements, et où l'on cause allégrement à la fraîcheur qui va toujours en augmentant.

Le dîner se préparait, tant bien que mal — heureux encore si l'on ne trouvait pas trop de sable criant sous la dent au fond des verres et des assiettes, et si l'eau qu'on buvait n'était pas trop magnésienne et féconde en surprises douloureuses! La nuit tom-

bait : il eût été bon de se promener à cette fraîcheur,
de rêver ou de lire un auteur ami, mais il fallait songer au réveil du lendemain et se hâter de jouir du peu
de sommeil que l'on pouvait goûter. Les officiers
regagnaient leurs tentes que l'éclairage intérieur faisait ressembler à d'énormes lanternes vénitiennes ; et
le clairon de garde sonnant l'*extinction des feux*, remplissait bientôt la nuit d'un refrain traînant et mélan-
colique.

La nouveauté de cette vie avait occupé d'abord les
pensées d'Astaire et l'avait empêché de trop songer à
Suzanne. Mais les longues heures passées à cheval à
sasser et ressasser des rêveries favorites lui ramenait
fatalement le souvenir de celle qu'il aimait. Que
faisait-elle à ce moment, à Bugeaudville? Sans doute
elle se désolait de l'absence de son amant. N'était-
elle pas en butte à des persécutions que les jolies
femmes ne peuvent guère éviter? Le chagrin ne
l'avait-il pas rendue malade? Quel avenir serait
réservé à leurs amours? Toutes questions auxquelles
le jeune officier ne pouvait répondre ; et ses inquiétudes s'en accroissaient autant. Et c'est une terrible
chose d'être éloigné de ce qu'on aime ! mais c'en est
une plus terrible encore de ne pas en recevoir de
nouvelles. Le souvenir du bonheur qu'Astaire avait
goûté avec Suzanne dans les tribus lui revenait, toujours plus saisissant, lui faisant maudire cette fatalité
qui lui ôtait brutalement sa maîtresse, sans qu'il pût
prévoir à quelle date finirait cette séparation.

Il se rappelait bien le jour où il avait quitté la jeune

femme, quels efforts il avait dû faire sur lui-même
pour la rassurer, et affecter près d'elle une gaieté et
une confiance qu'il était loin d'avoir! et, quand il était
parti, le joli visage affligé de sa maîtresse, le regardant passer à cheval et lui disant encore une fois
adieu, en s'inquiétant peu si les âmes charitables du
village le regardaient! Ce sont là des choses qui ne
s'oublient guère.

Et comme l'esprit humain est ainsi fait, qu'aux circonstances les plus tristes il mêle des souvenirs bur-
lesques, Astaire ne pouvait s'empêcher de sourire en
se rappelant au milieu de ces amertumes, la figure.
bizarrement effarée de Nathan, au moment où il avait
appris le départ des *joyeux* en colonne.

Malgré tous les conseils, il avait fait crédit à ces
soldats peu scrupuleux, en se contentant, dans son
ignorance du français, de faire écrire par chacun son
nom et le chiffre de sa dette sur un registre *ad hoc*.
Or, Astaire et Paulin, en consultant le précieux cahier,
n'y avaient trouvé que des inscriptions dérisoires au
haut de chaque page :

AUJOURD'HUI

J'ai bu six absinthes. . . . 0 90

Ou bien :

ZUT POUR CEUX QUI FONT CRÉDIT

Une bouteille de vin. . . . 1 »
Fromage et pain. 0 45
Deux tournées. 2 20

20.

Le pauvre Nathan en avait été pour ses frais. L'interprète affirmait, il est vrai, que le juif était tellement voleur qu'il devait gagner à la combinaison : mais c'est une chose qui n'a jamais été entièrement prouvée.

XVIII

Les lettres de Suzanne se faisaient de plus en plus
rares, grâce au manque de courriers et au désordre
qui régnait à ce moment dans le service postal : il
arrivait quelquefois des sacs entiers de lettres adressées à des colonnes différentes, et c'était une déception
de plus ajoutée à tant d'autres. Le lieutenant, pour
échapper aux inquiétudes qui l'assiégeaient, tournait
son activité vers son service. C'est alors qu'il connut
des préoccupations plus graves, et s'y retrempa.

Le capitaine Parenteau, commandant une colonne
pour la première fois, croyait bonnement que la
science de la guerre peut s'acquérir dans un cabinet
et qu'il en savait assez pour mener à bien la mission
qu'on lui avait confiée. Dans sa précipitation à vouloir arriver au point désigné, il rudoya les guides, en
renvoya même quelques-uns, et s'aventura sans précautions suffisantes dans une contrée nouvelle pour
lui aussi bien que pour les militaires placés sous ses
ordres.

Tout alla bien d'abord, il ne faisait pas trop chaud.
L'eau, sans être saine ni très abondante, existait aux
points désignés pour les haltes. Les soldats, habitués à ces misères, prenaient leur mal en patience en
vrais Africains.

Le troisième jour, on devait aller à Bir-Sebek, une
étape fort longue, sans qu'on pût savoir exactement
la distance qu'on avait à parcourir ; les espions avaient
prévenu le capitaine Parenteau que l'eau serait sans
doute impotable et qu'il ferait bien d'en emporter une
provision avec lui. C'est ce qu'il fit, du reste, et il dé-
ploya sa colonne sur un front considérable pour que
l'on pût découvrir les *r'dirs* s'il y en avait.

Ce jour-là, la température était accablante. Un ciel
d'un gris de plomb où luisait un disque rouge. Le
siroco soufflait sans relâche en bouffées brûlantes,
apportant du sud des nuages de sable embrasé. On
éprouvait une oppression bizarre, due sans doute à
la tension électrique de l'atmosphère aussi bien qu'à
la chaleur énorme qui régnait. Les tirailleurs s'avançaient lentement, le fusil posé horizontalement sur le
sac, essuyant, tout en marchant, leurs rudes visages
bronzés, baignés de sueur, s'arrêtant parfois pour
vider le petit bidon hélas ! trop vite épuisé ; les chan-
teurs n'avaient trouvé aucun écho et avaient été bien
vite réduits au silence.

Le peloton de chasseurs d'Afrique et les goumiers
étaient déployés à droite et à gauche de la colonne.
Astaire tâchait d'échapper à ses tristesses en obser-
vant tout ce qui l'entourait : les traces en forme de

cœur laissées par le pied mignon des gazelles, les
gerboises qui passaient effarouchées entre les jambes
des chevaux, les figures des cavaliers indigènes qui
marchaient près de lui. Et il ne pouvait s'empêcher
de sourire en retrouvant chez plusieurs d'entre ceux-
ci le profil et la vague physionomie des chameaux
— de même que chez les paysans berrichons on remarque beaucoup de visages moutonniers et que les Nor-
mands ressemblent souvent aux magnifiques bœufs
de leurs pâturages.

Vers les neuf heures, on signala un grand r'dir sur
la rive gauche de la colonne, à trois kilomètres envi-
ron. Mais le commandant supérieur, se croyant près
d'arriver à Bir-Sebek, donna l'ordre de continuer la
route. D'après les renseignements qu'il avait pris, il
croyait trouver ce puits au pied de petites, collines
qu'on apercevait à peu de distance.

Malheureusement, ces indications étaient fausses.
Il n'y avait pas de puits auprès des collines. Il fallut
les franchir, et, de leur sommet, un goumier montra
dans la plaine un bouquet de tamarins éloigné d'une
douzaine de kilomètres. C'était Bir-Sebek. On marchait depuis trois heures du matin : il en était onze.

Les hommes étaient éreintés. Le plus ancien capitaine se rendit auprès de M. Parenteau et lui expliqua
la situation. Le commandant supérieur comprit qu'en
ce moment on ne pouvait en faire davantage. Il donna
l'ordre de s'arrêter et de distribuer aux compagnies
la moitié des tonnelets d'eau et les rations de vivres.
Les tirailleurs devaient se remettre en marche à

quatre heures de l'après-midi. Quant à la cavalarie,
elle allait continuer avec le commandant jusqu'à Bir-
Sebeck.

Astaire poursuivit donc sa route. La chaleur devenait écrasante. M. Parenteau, soucieux, marchait en
avant de tous ; il se heurtait pour la première fois à
des difficultés qu'il n'aurait pas soupçonnées.

Les chasseurs d'Afrique ne soufflaient plus mot :
quant aux goumiers, ils sommeillaient sur leurs selles
ou devisaient joyeusement en donnant un éclatant
démenti à ceux qui vantent la gravité orientale, vieux
cliché à reléguer à côté de l'hospitalité de l'Écosse,
et hélas !... de la politesse française. Les Arabes nous
paraissent graves à cause de leur démarche généralement lente, de leurs vêtements majestueux, et surtout parce qu'ils ne se donnent guère de mouvement
mal à propos. Mais les indigènes aiment, au contraire, beaucoup à parler, et goûtent parfaitement
les plaisanteries qu'ils échangent continuellement.

Bir-Sebeck est un puits fort profond, dont la construction remonte aux Romains. Il fallut ajouter les
unes aux autres douze cordes à fourrage pour atteindre l'eau, ce qui indiquait une profondeur d'une
soixantaine de mètres. Le seau qu'on retira répan-
dait une odeur fétide. Quelques hommes voulurent
goûter à cette eau, malgré les larves de moustiques
qui y grouillaient, mais ils durent la rejeter avec
dégoût : plusieurs même furent malades de cet essai.
Il fallait renoncer à utiliser le puits.

On dressa tristement les tentes. Le commandant,

assis à l'ombre maigre d'un tamarin, sentait renaître
toutes ses perplexités. Fallait-il attendre là l'infanterie? Mais elle n'aurait pas trop de son eau pour
faire l'étape du lendemain, une courte étape, il est
vrai, mais qui ne pouvait s'accomplir avec des
bidons vides. Il valait encore mieux faire repartir la
cavalerie aussitôt la fraîcheur venue, franchir les
douze ou quatorze kilomètres qui séparaient Bir-
Sebek de l'Oued-Tarfaoui, et attendre l'infanterie
dans cet endroit où l'on devait trouver de l'eau en
abondance. C'est à ce projet que s'arrêta le commandant.

On repartit à quatre heures, le ventre creux. Les
chasseurs devaient bien avoir avec eux leurs vivres
de réserve, mais, à l'exception de la viande de con-
serve, il y avait *bel âge* qu'ils les avaient consommés.
Ils se consolaient en songeant qu'à l'Oued-Tarfaoui ils
trouveraient de l'eau, de quoi apaiser la soif qui les
torturait depuis le matin. Il y avait du « *tabac* » pour
y arriver, mais après ils se reposeraient.

Il n'y avait qu'un goumier qui connût le pays ; les
Arabes du cercle de Bugeaudville n'allaient guère
dans cette contrée, fréquemment parcourue par des
tribus de la frontière qui étaient habituées à piller in-
distinctement amis et ennemis, Algériens et Marocains. Et c'étaient toujours les mêmes ondulations
semées de *methnen* et d'épineux *chork el-beul*, qui se
succédaient à perte de vue. La nuit tomba; en même
temps s'arrêta le siroco, qui soufflait sans relâche
depuis le matin; cela donna un peu de détente aux

corps fatigués. Des chasseurs se mirent à chanter :. ils approchaient du terme de leurs fatigues.

Cependant, la route était plus longue que le commandant supérieur ne l'avait cru. S'il demandait au guide où se trouvait l'Oued-Tarfaoui, l'indigène se contentait de montrer du menton, avec un geste intraduisible, un point de l'horizon, en lançant un simple mot : « Hâk ! » (Là-bas!)

Quant à chercher à savoir la distance qui le séparait de la rivière, c'était peine perdue. « L'Oued est-il loin? — *Chouya* (un peu), » répondait l'Arabe. Et on ne pouvait le sortir de là.

Enfin, vers onze heures, le goumier se départit de son mutisme et désigna à une centaine de mètres en avant de lui un ravin vers lequel on descendait : « L'Oued-Tarfaoui ! » Abdelhakem, toujours empressé, partit en avant pour remplir un bidon destiné aux officiers.

— Eh bien, lui cria gaîment Astaire en arrivant au bord du ravin, y a-t-il beaucoup d'eau?

— Y en a bas, mon liotenant, répondit le spahi d'un ton navré.

Les chants se turent tout à coup. Pas d'eau! Il y avait là de quoi « se faire sauter le caisson ». On avait bien souffert jusqu'alors, mais on était soutenu par l'espérance. Tandis que, maintenant, il était impossible d'aller plus loin. Chacun mit pied à terre, en désordre, et se coucha à côté de sa monture. Les chevaux ne songeaient pas à s'enfuir : depuis trente heures ils n'avaient rien bu, et ils avaient fait au moins soixante-dix kilomètres.

M. Parenteau était aussi étendu sur le sable avec le sentiment écrasant de sa responsabilité, et de plus une souffrance poignante, la soif, qu'il n'avait pas voulu encore avouer, par respect humain, et qu'il avait peut-être été seul à ne pas calmer, pendant cette fatale journée.

Le goumier s'était trompé. Ce n'était point là l'Oued-Tarfaoui, mais un de ses affluents. A coup sûr, on était encore éloigné de la rivière : il fallait attendre le jour pour la chercher de nouveau. Les chasseurs, mourant de soif, se livraient à d'amères récriminations : c'était encore un tour de s... bureau ! Pendant qu'ils « s'esquintaient » ainsi à courir après des oueds imaginaires, les « nases » buvaient tranquillement l'eau du convoi et faisaient la soupe, c'était « tonnerrement » embêtant tout de même, n'est-ce pas ?

Astaire comprit le danger qu'on courait à laisser ces hommes discourir pendant des heures, sans espérance de voir s'améliorer leur situation. Il alla trouver M. Parenteau, oubliant en cette circonstance tout ce que le commandant supérieur lui avait fait.

— Mon capitaine, lui dit-il, voulez-vous me permettre de remonter un peu ce ravin ? Peut-être y trouverai-je quelque r'dir...

— Oui, oui, allez ! répondit le pauvre commandant supérieur, dont les idées n'étaient plus bien nettes.

Astaire appela les hommes de bonne volonté. Neuf ou dix seulement lui répondirent. Les autres étaient abrutis par la souffrance. Il fallut guider les chevaux qui trébuchaient de fatigue à travers les roches glis-

santes formant le fond du ravin. De temps en temps
on apercevait dans l'obscurité quelques cavités plus
noires que l'ombre ambiante, et l'on mettait pied à
terre pour sentir à tâtons si elle était à sec. Mais tous
ces r'dirs ne contenaient que de la boue : l'eau qu'ils
avaient reçue était maintenant évaporée.

To à coup, Abdelhakem, qui marchait le premier,
s'arrêta brusquement sur une pente glissante : les
cavaliers qui le suivaient en file indienne durent
l'imiter, tant bien que mal.

— Ah ! mon liotenant, dit le brave spahi, ji crois
qu'y en aura un grand trou devant moi.

Il mit pied à terre et abandonna son cheval pour
aller reconnaître la route.

— Y en a di l'eau, mon liotenant.

De l'eau ! de l'eau ! Il faut avoir enduré la soif pour
comprendre ce que ce mot renferme de sens magique.
Tous les cavaliers s'étaient jetés en bas de leurs montures, et, à plat ventre sur le sable, humaient à longs
traits l'eau, l'eau délicieuse, disputant à la fin la place
à leurs chevaux qui s'avançaient au risque de les
écraser, avec de joyeux hennissements. Il fallut empêcher les animaux de boire, et, comme le r'dir était
grand, on emplit les bidons qu'on avait apportés.
Cette provision était réservée aux camarades. On
repartit en chantant pour l'endroit où on les avait
laissés. Ces airs joyeux arrivèrent aux désespérés et
leur firent comprendre la vérité. Ils accoururent au-
devant de leurs sauveurs avec des paroles inquiètes,
craignant encore de se tromper. Et tandis qu'ils se

désaltéraient, Astaire porta un bidon au commandant supérieur. Celui-ci n'avait pas bougé : il restait la face tournée contre terre.

— Voilà de l'eau, lui cria le lieutenant.

M. Parenteau n'avait pas l'air de comprendre. Astaire lui mit sans façon le goulot dans la bouche et y versa le précieux liquide. Les mains du commandant supérieur se crispèrent autour de la manche du jeune homme, comme s'il eût craint de le voir disparaître et il but longuement.

— Ah ! merci, fit-il avec une sorte de sanglot.

. Il resta quelque temps la tête entre les mains, puis, brusquement, le sentiment de la situation lui revint :

— Et les hommes, ont-ils bu ? demanda-t-il d'une voix inquiète.

Astaire le rassura à cet égard. Le commandant supérieur lui serra convulsivement la main, puis se leva et se promena dans le camp, en proie à une joie qu'il ne pouvait dissimuler. Pendant longtemps, il avait cru aux plus graves complications : maintenant tout était sauvé. Les hommes avaient établi une chaîne jusqu'au fameux r'dir et remplissaient leurs bidons et leurs marmites ; d'autres allumaient du feu et ouvraient les boîtes de conserves. La nuit se passa ainsi, et le lendemain la cavalerie repartit joyeusement pour l'Oued-Tarfaoui. Cette fois, il fut facile à trouver. Il y coulait beaucoup d'eau : malheureusement, elle était salée. Il fallut pourtant s'en contenter.

. Le reste de la colonne rejoignit dans la journée. Les animaux trouvèrent l'eau si fort à leur goût, que

plusieurs *ministres* se tuèrent dans les profonds ravins
qui aboutissent à la rivière, dans leur précipitation à
vouloir étancher une soif de quarante-huit heures.
D'autres mulets burent si gloutonnement, malgré
toutes les précautions prises, qu'ils restèrent dans
l'oued. C'était fàcheux, mais on avait pu craindre un
instant de plus grands malheurs.

Pendant le séjour fait auprès de l'Oued-Tarfaoui,
le capitaine Parenteau évita de se rencontrer avec
Astaire. Il semblait que la reconnaissance qu'il lui
devait fût trop lourde à porter.

Deux jours après, la colonne atteignait Tagouraïa,
où elle devait rencontrer la tribu des Beni-Zid. Vers
deux heures de l'après-midi, une troupe nombreuse
fut signalée à l'horizon. Les officiers montèrent à
cheval avec quelques chasseurs d'Afrique et allèrent
au devant des ex-dissidents. Astaire n'avait naturellement pas voulu manquer à ce spectacle, qui valait
la peine d'être vu.

A mesure qu'il avançait, il discernait, disséminés
dans la plaine, des groupes de chameaux porteurs de
palanquins, des ânes conduits par des femmes, de
petits enfants grouillant au milieu de ce fouillis vivant.
Et, de-ci, de-là, les burnous rouges des spahis, ou les
haïks blancs des goumiers passaient, emportés par
le galop des chevaux ; c'étaient des cavaliers qui
portaient des ordres, aggloméraient cette cohue,
pressaient les retardataires.

Les officiers longèrent les groupes de chameaux
qui ne portaient pas grand'chose, après les pillages

successifs qu'avaient éprouvés les Beni-Zid. Les palanquins étaient rares et dépourvus en grande partie des
riches tapis qui les ornent d'habitude chez les tribus
sahariennes. La plupart de ces *atatiches* n'avaient
même conservé que les cerceaux de bois ornés de
plumes d'autruche roussies par le soleil, qui en formaient la carcasse. Les Beni-Zid semblaient honteux
de leur dénûment et du singulier résultat d'une révolte
de trois mois.

Cependant, cette foule s'était partagée en deux
files en approchant du camp. A deux kilomètres de
Tagouraïa, elles s'arrêtèrent ; on fit coucher les chameaux qui glapissaient, les hommes déchargèrent les
tentes, les femmes creusèrent le sol et y enfoncèrent
des piquets, les enfants aidèrent de leur mieux, se
firent bousculer et poussèrent des cris aigus... En un
clin d'œil, le campement fut établi sur un immense
cercle d'un kilomètre de diamètre, et les bergers poussèrent les chameaux vers le pâturage.

Ce fut alors que le caïd et les notables se rendirent
dans la tente où se trouvaient le capitaine Parenteau,
Astaire et les autres officiers de la colonne... Ils firent
humblement leur soumission, et le commandant supérieur leur représenta sévèrement leur légèreté à
abandonner un territoire où ils vivaient heureux,
pour suivre la fortune d'un agitateur sans force ni
talent : il leur rappela les tromperies qu'ils avaient
subies, les pertes de toute sorte qu'ils avaient éprouvées,
et il termina en leur rappelant que si la France voulait bien leur pardonner pour cette fois, elle se mon-

21.

trerait moins généreuse au cas où ils retomberaient
dans la même faute...

Comme la colonne ne possédait pas d'interprète,
Abdelhakem en tenait lieu. Il était très fier de ses
nouvelles fonctions, admonestait véhémentement ses
compatriotes, et le commandant supérieur, malgré sa
morgue officielle, eut plus d'une fois peine à retenir
un sourire en entendant les « bougris d'béciles » dont
le brave spahi émaillait ses phrases arabes, et les
« qui vos êtes! » qui suivaient, à d'assez longs intervalles, les effets oratoires d'Abdelhakem.

XIX

RAPPROCHEMENT

Cependant Si-Mabrouk, l'homme à la lionne, après avoir vu réussir ses premières tentatives contre notre domination, commençait à essuyer échec sur échec. Les partisans qu'il avait recrutés au commencement, avec une rapidité facilement expliquée par la crédulité musulmane, s'égrenaient autour de lui. Rançonnés partout sur leur passage, privés d'une partie des troupeaux et de la totalité des terres qui les faisaient vivre, les nouveaux dissidents trouvaient bien amer le pain de l'exil et réclamaient de Si-Mabrouk l'accomplissement de ses promesses.

Les indigènes hésitants qui étaient restés chez eux et attendaient, pour combattre les Français, l'arrivée d'un envoyé de Dieu, ne reconnaissaient pas en Si-Mabrouk ce Mahdi tant espéré qui doit voir les balles s'aplatir sur ses vêtements. Il en résultait de grandes vacillations dans les entreprises de l'homme à la lionne, et celui-ci commençait à trouver son entreprise plus ardue qu'il ne l'avait supposé dans le principe.

L'insurrection ayant perdu son élan, les moins
exaltés commençaient à réfléchir, à voir que les promesses merveilleuses qu'on leur avait faites n'étaient
que des mensonges, et faisaient tout doucement leur
soumission. Les émissaires des Français travaillaient
activement, et tous les jours de nouvelles fractions de
tribus rentraient dans le devoir. Le mouvement entrait
dans une phase décroissante.

La défection des Beni-Zid avait enlevé un fort
appoint aux révoltés; ils se bornaient maintenant à
tenter de rares coups de main sur le territoire resté
fidèle. Le rôle de nos soldats avait également changé.
Il ne s'agissait plus de courir sus aux dissidents, de
chercher à leur livrer combat et à leur infliger des
pertes sérieuses, mais bien d'occuper les points d'eau
et d'attendre au passage ces ennemis insaisissables.

La colonne de Gournis s'était reformée à Sidi-
Mansour, et le capitaine Parenteau était rentré à
Bugeaudville, ce qui inquiétait fort Astaire, peu enclin
à croire à la reconnaissance du commandant supérieur. Les troupes, devenues stationnaires, commençaient seulement à se refaire des fatigues de l'été :
après les longues marches dans le sable ou les plaines
d'alfa, les journées où l'eau était rationnée et n'était
employée qu'à la cuisine, les nuits de sommeil rare
passées à la dure et sans changer de vêtements sous
les tentes ébranlées par le vent, les maigres repas
d'éternel biscuit arrosé d'eau amère ou magnésienne,
les privations de légumes, de viande fraîche, et surtout de tabac, les soldats jouissaient d'un bien-être

relatif dans les abris qu'ils s'étaient construits et
retrouvaient avec bonheur le pain de munition, la
soupe, et le petit vin cher des *mercantis* du camp.

Le rôle d'Astaire se bornait maintenant à régler
les quelques rapports de la colonne avec les tribus du
voisinage et à installer de petits postes de goumiers
dans tous les points suspects ; et c'était chose curieuse
que de voir revenir tous les dix jours ces indigènes
avec leurs maigres chevaux *chabirés* et saignant aux
flancs. Ils rapportaient chaque fois de bizarres produits de razzia, chameaux égarés, bêtes de somme ou
de selle abandonnées pour maladie, bestiaux perdus
qu'ils avaient trouvés sur le chemin et qui se refai-
saient au camp, en attendant qu'on pût les vendre.
L'officier de bureau arabe riait souvent de cette infir-
merie vétérinaire qui entourait les tentes de ses
hommes, mais il les laissait profiter de leurs prises :
elles ne lésaient personne et servaient à encourager le
zèle de ces utiles auxiliaires.

Dans cette inaction, Astaire sentait ses ennuis et
ses inquiétudes lui revenir en foule. Suzanne, qu'il
avait laissée à El-Biodh, lui écrivait des lettres de
plus en plus affolées. Il lui arrivait maintenant de
croire que Henri voulait cette séparation, qu'il était
heureux de la garder loin de lui. D'autres fois au
contraire, émue par les bruits de guerre qui lui arrivaient, la jeune femme croyait son amant en danger,
blessé peut-être comme à son arrivée à Bugeaudville.
Elle lui disait toutes les chimères, toutes les craintes
qu'elle concevait à la suite du retour de M. Parenteau,

bien qu'il n'eût pas encore renouvelé ses tentatives de
séduction, et à toutes les douleurs d'Astaire se joi-
gnaient celles dont sa maîtresse souffrait loin de lui.

Cette situation était intolérable, Astaire prit un
parti hardi, celui de faire venir Suzanne à Sidi-Mansour. Le voyage serait long, mais relativement facile
si on parvenait à s'entendre avec M. Géron. Celui-ci
consentit volontiers à un arrangement qui devait
arrondir sa bourse, et il fut convenu qu'au premier
convoi une charrette serait réservée à la jeune femme
et aménagée en conséquence.

Quels battements de cœur pour Astaire quand la
longue file de voitures fut signalée à l'horizon. Par
un fatal contretemps, le commandant de Gournis
faisait aux officiers de la colonne, au haut de la colline
qui domine le camp, une conférence sur la mise en
état de défense de Sidi-Mansour. L'adjoint de bureau
arabe ne l'écoutait guère : les yeux fixés sur l'immense
plaine où grossissaient les points noirs qu'on avait
signalés, il sentait son cœur voler au-devant de ce
convoi désiré. Des doutes et des craintes l'assaillaient
maintenant. Suzanne avait-elle consenti à ce voyage?

Si elle était là, peut-être le convoi arriverait avant la
nuit, et la jeune femme serait obligée de descendre de
charrette devant la foule oisive des soldats, qui signa-
leraient sa présence à tout le camp... Qui sait ce que
penserait le commandant en apprenant l'imprudence
commise par le lieutenant?... Et Astaire portait tour
à tour sur M. de Gournis, sur le convoi et sur le crépuscule qui s'obscurcissait en brume lilas et rose ; on

entendait déjà le bruit des roues, le tintement des grelots, les jurons et le claquement des fouets des charretiers. Enfin le commandant congédia les officiers subalternes qui gagnèrent leurs popotes, l'heure étant venue, et le lieutenant put reprendre sa liberté.

La nuit était tombée tout à fait. Astaire pressa le pas et courut au-devant du convoi. Il rencontra M. Géron qui le conduisit à Suzanne. La charrette où elle se trouvait s'arrêta, et la jeune femme tomba dans les bras de son amant.

— Oh! Henri, dit-elle en l'embrassant, nous ne nous séparerons jamais plus. J'ai trop souffert loin de toi!

Ils s'éloignèrent rapidement pour cacher aux étrangers leur émotion : il y avait deux mois qu'ils ne s'étaient vus, deux mois pendant lesquels ils avaient constamment songé l'un à l'autre, se désolant à chaque retard de courrier, imaginant les malheurs les plus invraisemblables, désespérant de voir jamais arriver le terme de cette cruelle séparation. Mais maintenant ils étaient réunis, et leurs baisers scandaient des phrases interrompues, hachées, où se manifestait leur trouble, l'émotion délicieuse de se revoir et de retrouver leur amour toujours aussi grand que par le passé.

Ils arrivèrent ainsi à une petite maison construite sur la lisière du camp, dans sa partie la plus déserte. Cette habitation était l'œuvre d'Astaire, et il en était fier. Il interrompit les effusions naïves de Bernard qui, lui aussi, était heureux du retour de

Suzanne, pour montrer à sa maîtresse tous les détails
du logis. Il se composait d'une seule chambre, fort
petite, formée de planches solides, assemblées et revêtues d'alfa à l'extérieur, pour l'isoler aussi bien de la
chaleur que du froid. Le lit était un grand tiroir
plein d'herbe desséchée, recouvert d'un matelas épais
et formant en dessous une sorte de soupente où se
cachaient les provisions et les objets encombrants du
ménage.

Des planches avaient été disposées le long des murs,
servant les unes de tables, les autres de supports pour
les effets, dissimulés derrière des couvertures arabes.
Des bancs, une grande peau d'antilope clouée à la
paroi qui faisait face au lit, complétaient cet ameu-
blement primitif. Enfin une porte à fermeture naïve
— *tirez la bobinette, la chevillette cherra* — un volet
fermant l'ouverture qui servait de fenêtre, donnaient,
celle-ci sur le camp, celle-là sur une espèce de vesti-
bule en planches revêtues d'alfa destiné à parer le
vent et à arrêter les regards indiscrets.

Suzanne, bien que ne partageant pas absolument
l'admiration d'Astaire pour son œuvre, ressentait une
profonde gratitude pour cet amour qui se manifestait
dans les plus petits détails. D'ailleurs, la maison avait
l'air gai, ce soir-là, et semblait illuminée par le
rayonnement intérieur des deux amoureux. C'est à
peine si Suzanne fit attention à l'air fier avec lequel
Bernard servit un dîner exotique : un potage aux
gangas, une omelette *d'un* œuf d'autruche, un pâté de
lièvre, un cuissot de gazelle. Sa main ne quittait

guère celle d'Astaire, et les deux amants se dévoraient des yeux, attendant avec impatience que le dîner fût terminé, pour que l'heure du tête-à-tête commençât enfin.

Après les effusions des premiers jours, les heures passées à se rappeler les douleurs de la séparation et à s'en consoler dans la félicité présente, Astaire commença une existence de Robinson que Suzanne partageait gaîment. Ils méditaient des changements, des améliorations dans l'économie de la petite maison, et les appliquaient tour à tour, aidés de Bernard et d'Abdelhakem qui se martelait les doigts avec conviction et était le premier à en rire. Ils avaient aussi agrandi l'enclos qui se trouvait derrière la maison et l'avaient transformé en un jardin où poussaient quelques fleurs — et, pour joindre l'utile à l'agréable, des radis et des laitues.

Comme le temps se refroidissait aux approches de l'hiver, une cheminée formée de briques crues fut maçonnée dans la chambre et un feu clair y brilla tous les soirs. Enfin Astaire s'aperçut que le volet était insuffisant à laisser passer la lumière dans la journée : le froid entrait en même temps. Il obvia à cet inconvénient à l'aide de deux petits jours pratiqués dans les murs, et il y incrusta, faute de vitres, des bouteilles sciées et superposées. Pour les couper, on se servait du procédé mis en usage depuis longtemps par nos troupiers : en entourant le litre de deux courroies très rapprochées, en y insérant de la ficelle à fouet, à laquelle on imprimait un mouvement de va-et-vient,

22

jusqu'à ce que le verre échauffé pût se fendre circulairement, à peine plongé dans l'eau froide. A Sidi-Mansour, les soldats se fabriquaient ainsi des verres à boire, des vitres, et jusqu'à des lanternes.

La petite maison était située à l'écart : Suzanne ne sortait guère que pour aller dans « son jardin ». Sa présence passa donc inaperçue dans le camp, ou si quelques officiers la soupçonnèrent, ils se gardèrent d'en souffler mot, de peur de causer à Astaire un préjudice quelconque. Cette existence calme n'était guère troublée que par de menus incidents, dont Suzanne s'effrayait souvent, dans la peur que lui causait l'insurrection.

Une nuit, entre autres, elle réveilla Astaire : — « Écoute! » dit-elle. Le lieutenant prêta l'oreille. Il faisait grand vent, la petite maison tremblait et l'on entendait à travers les plaintes aiguës de la bise un frou-frou singulier qui correspondait aux trépidations des planches. En même temps retentissaient dans l'orage les cris de veille des hommes de garde qui se numérotaient : « Sentinelles, prenez garde à vous. Un! — Sentinelles, prenez garde à vous. Deux! » Ces exclamations se répétaient tristement dans la nuit. — « J'ai peur, » dit Suzanne avec un tremblement justifié par l'isolement de la maison. Et Astaire, réveillé à l'improviste, écoutait ce frou-frou inexplicable et sentait un léger frisson lui courir sur la nuque. Il essaya de rassurer sa maîtresse.

— Bah! lui dit-il, ce doit être la couverture placée en dehors de la porte, qui est secouée par le vent.

— Non, répondit la jeune femme, ce n'est pas de ce côté... Si c'étaient les Arabes?

— Nous allons bien voir, dit Astaire en sautant à bas du lit.

Il entr'ouvrit le volet avec précaution pendant que Suzanne, reprise de ses terreurs, lui disait à demi-voix : « N'y va pas! je t'en prie. » Au dehors, il put distinguer, à la hauteur de la fenêtre, une forme vague qui se mouvait dans l'obscurité. Le frottement était devenu plus distinct. Astaire écarquilla ses yeux et poussa un juron.

— Veux-tu t'en aller, sale bête! exclama-t-il en envoyant un formidable coup de poing à l'intrus.

Et un chameau famélique qui se grattait contre la maison, tout en dévorant l'alfa qui la recouvrait, partit au trot en se gargarisant. Suzanne eut peine à se remettre de son effroi ; mais elle se répandit en éclats de rire sans fin, aussitôt qu'elle apprit la vérité.

Les grandes pluies d'automne commencèrent un jour à tomber, et avec elles beaucoup des fragiles abris élevés par les soldats. Astaire, avec un sourire satisfait, contemplait sa solide baraque recouverte d'alfa sur toutes ses faces, et s'applaudissait de son invention, tout en écoutant le tapage continu sur la terre mouillée. La pluie n'avait pas cessé à la nuit, et le lieutenant remarqua avec chagrin deux ou trois gouttières dans le plafond de la maison. Leur bruit ne fit que s'accroître et empêcha Astaire de dormir. Il restait immobile, de peur d'éveiller Suzanne, quand un nouveau clapotement le fit tressaillir : il y avait une gouttière au-dessus du lit.

Il fallait allumer, chercher tous les plats de la maison pour se préserver de l'envahissement : mais les voies d'eau se multipliaient; maintenant que l'alfa de la toiture était complètement imbibé, il opérait à la façon d'une éponge sur les joints des planches et laissait filtrer son trop-plein. La pluie tombait sans interruption, aussi bien dans la chambre qu'au dehors, Astaire maudissait son inexpérience, cause de tout le mal : impossible de déplacer le lit, ni de trouver un coin habitable dans la maison, impossible aussi à cette heure avancée d'aller chercher un asile ailleurs. Il fallut attacher une couverture sur une ficelle tendue au-dessus du lit, et attendre sous cette tente improvisée que l'aube vînt mettre un terme à cette longue et cruelle nuit.

Vers le matin, il était de toute impossibilité de rester dans le lit : les deux amants passèrent en grelottant leurs vêtements les moins humides, et coururent se réfugier dans la tente d'Astaire, dressée à la hâte. La pluie ne cessa que dans l'après-midi et l'officier de bureau arabe put seulement alors enlever la malencontreuse couverture d'alfa et la remplacer par des toiles de tente clouées sur la toiture. Cette réforme réussit et la petite maison put affronter les orages fréquents de cette époque de l'année.

Ces épreuves ne refroidissaient pas la tendresse des deux amoureux; c'était, au contraire, une sorte de piment destiné à leur faire trouver plus savoureuse la félicité qu'ils goûtaient dans ce tête-à-tête presque continuel. Des incidents venaient aussi égayer leur petite maison, entre autres, deux visites de Paulin qui profitait de ce qu'on l'envoyait en tribu pour venir voir ses amis et se « rincer l'œil », comme il disait, au spectacle de leur bonheur. Abdelhakem, de son côté, était à la recherche de ce qui pouvait faire plaisir à Suzanne et lui apportait, de temps en temps, des perdrix, des outardes blessées, qui formèrent à la longue une petite basse-cour assez originale : ou bien c'étaient des jujubes sauvages, secs et bruns, ramassés aux buissons voisins, ou une pastèque rapportée à grand'peine de quelque jardin très éloigné.

Astaire allait aussi chasser dans l'alfa avec quatre ou cinq slouguis qu'il s'était procurés dans les environs. Quelques officiers montés, le caïd du goum, des spahis ou des cavaliers du Maghzen l'accompagnaient, des rabatteurs à pied venaient aussi. Tout ce monde s'espaçait et marchait sur un rang, sondant du regard chaque touffe d'herbe qui pouvait offrir un abri à quelque lièvre. Lorsqu'il en partait un, tous les cavaliers s'ébranlaient à la fois dans une course folle, franchissant les buissons et les fossés, escaladant des pentes rapides, les uns à la poursuite de l'animal, d'autres, au contraire, gagnant du terrain à droite et à gauche pour prévenir les feintes qu'il pouvait faire. Et leurs cris d'excitation : *Hà hou, hà hou,* mettaient les slouguis sur la piste.

Le lièvre perdant du terrain commençait des cro-

22.

chets qui faisaient *bouler* les chiens emportés par leur
élan et forçaient presque les cavaliers, lancés au galop
dans des directions différentes, à se rencontrer. Souvent on perdait de vue l'animal après une de ses
voltes; les lévriers le cherchaient en bondissant, il
fallait se mettre à sa recherche, pour le retrouver
quelquefois blotti derrière une touffe d'herbe : « Hâ
hou, hâ hou! »

Les slouguis revenaient sur la piste et cette fois ne
perdaient plus de vue leur proie.

Ils tentaient des efforts désespérés pour franchir la
distance qui les séparait du lièvre, mais n'attrapaient
souvent qu'une poignée de poil. Enfin, la malheureuse bête est prise : un des cavaliers mettait précipitamment pied à terre, courait l'arracher au slougui
vainqueur qui se pavanait, sa proie aux dents, lui
ouvrait la gorge, et l'on recommençait sur de nouveaux frais.

Des incidents venaient souvent égayer cette chasse.
Un rat partant subitement entre les pieds des chevaux
mettait tout le monde en l'air, bêtes et gens. Et quand
on s'apercevait de l'erreur, c'étaient des rires sans fin.
Ou bien un cheval s'abattait dans la poursuite trop
rapide, son cavalier se relevait un peu moulu, et honteux surtout des moqueries envoyées à son adresse.
Il arrivait aussi que le lièvre effaré se réfugiait dans
le premier trou venu. On attendait les rabatteurs qui,
à force de coups de baguette et de piétinements, le
faisaient sortir de son asile. Sa brusque fuite surprenait toujours les chasseurs, et souvent les slouguis le

perdaient de vue, dans la confusion que produisait ce départ inopiné.

La vie monotone que Suzanne menait au camp était quelquefois émaillée de menus faits moins désagréables que l'aventure du chameau et celle de l'inondation. Une fois, Abdelhakem avait eu l'idée de faire renouveler l'alfa sur lequel couchaient les goumiers, et de brûler l'ancien, qui était plein de vermine. Un brasier énorme illumina le camp et donna aux spectateurs l'impression d'un incendie. Des hommes vêtus de blanc passaient dans son reflet et se teintaient de rose. D'autres, exécutant à la lettre la consigne du vieux spahi, dépouillaient de leurs vêtements leurs torses cuivrés et passaient dans la flamme les haïks flottants et les lourds burnous en poil de chameau. Henri et Suzanne restèrent longtemps sur le seuil de leur maisonnette, captivés par ce spectacle bizarre.

La foule s'accrut, et des personnages détachés de l'obscurité franchirent, avec de grands éclats de rire, le brasier comme font les Espagnols d'Afrique à la Saint-Jean d'été; de nouveaux personnages émergeaient à chaque instant d'un vague fouillis grisâtre, apparaissaient en pleine lumière, puis se replongeaient dans l'ombre dense. Peu à peu l'alfa se consuma, et il ne resta plus qu'un amas de brindilles rouges, projetant de rapides lueurs sur les groupes assis et se terminant en gerbes d'étincelles qui se perdaient dans la nuit épaissie.

Une autre fois, des goumiers vinrent chercher Astaire et sa maîtresse pour leur montrer un tour d'Ab-

delhakem; ils les conduisirent à peu de distance de
la maisonnette, au milieu d'un cercle formé d'indigènes. Là, devant une place vide, où le sable était
parfaitement égalisé, se tenait agenouillé Mohammed-
Ould Gandouz. A l'arrivée du jeune couple, le spahi
cria en se penchant vers le sol :

— Sâ, — Abdelhakem, — ha !

— Brisent, cria une voix faible qui paraissait venir
des entrailles de la terre et qu'on reconnut pour celle
de l'interpellé. Il faisait un beau clair de lune, ce qui
ajoutait au fantastique de cette scène.

Suzanne devenait pâle en entendant ce cri de tré-
passé. Quant à Astaire, il fut vivement surpris et se
demanda où le vieil indigène avait pu se cacher pour
parler ainsi à travers une couche énorme de terrain.
Mohammed continuait, employant les seuls mots de
français qu'il eût pu apprendre.

— Toi, soit ?

— *Bezzef*, répondit la voix de revenant.

— *Techrob-el-ma ?* (boiras-tu de l'eau).

— *Makannche !*

— *Techrob*, l'absinthe ?

— Tout de suite !

Et la terre s'agita ; on vit poindre la tête joyeuse
du vieux bouffon : il avait creusé une fosse dans le
sable et s'y était fait enterrer à fleur de terre, la tête
couverte de son haïk, après s'être ménagé dans le sol
un conduit respiratoire : il parlait dans ses mains
rapprochées, de manière à étouffer le son. C'était un
tour bien connu des indigènes ; mais Astaire ne l'avait

jamais vu exécuter. Il ne ménagea pas ses compliments au spahi, et Suzanne, maintenant rassurée et
riant de sa frayeur, s'y joignit volontiers.

Astaire continuait à s'occuper des indigènes des
environs de Sidi-Mansour. C'est à ce propos qu'il
eut avec M. Géron un démêlé assez important. Il s'a-
gissait de terres cultivées appartenant à des indigènes,
et confisquées par l'ex-chef de chantier, sous prétexte
qu'elles appartenaient au territoire alfatier de la compagnie qu'il représentait. Sur la réclamation des
intéressés, Astaire vérifia les plans de concession et
donna raison aux Arabes. M. Géron, qui était présent,
tenta vainement de faire revenir le jeune officier sur
sa décision.

— Vous ne vous rappelez donc pas, lui demanda-
t-il, le service que je vous ai rendu en amenant ici
votre maîtresse?

— Je vous l'ai assez payé, ce service, répondit sèchement Astaire. Je ne vous dois rien. Et d'ailleurs,
je ne vois pas ce que ce souvenir vient faire ici.
Croyez-vous m'empêcher de faire mon devoir en cette
circonstance?

— Je m'en garderais bien, riposta Géron. Il faut
savoir ce que cela vous rapportera.

Et, depuis ce jour, il affecta de passer devant Astaire et Suzanne sans les saluer ; le lieutenant ne fit
que rire de l'impudence du *mercanti*, et son dépit,
qu'il montra, n'amena pas un nuage dans l'azur des
deux amoureux.

XX

HIVER

Ainsi s'écoulait, calme et paisible, l'existence des deux amoureux. Leur intérieur de Robinsons s'améliorait : le petit jardin prenait bonne tournure, les légumes poussaient, la maison était achevée et bien chaude, et une réserve de bois à brûler établie en prévision de l'hiver, qu'Astaire ne voyait pas arriver sans appréhension. Dans un pays où le bois est rare et les communications difficiles, à l'altitude des Hauts-Plateaux, on comprend facilement ces craintes. C'est à ce moment que M. de Gournis reçut l'ordre de faire rentrer le lieutenant Astaire à Bugeaudville — et en fit part à celui-ci.

Abdelhakem était présent lorsque la nouvelle en arriva, et la joie du vieux spahi en apprenant qu'il allait retrouver « son femme », contrasta singulièrement avec la tristesse des deux amoureux. Ce fut pour eux un coup de foudre. Ils étaient si bien en leur tête-à-tête dans cette maisonnette étroite où ils avaient passé des heures exquises, qu'ils croyaient naïve-

ment à l'éternité de ce bonheur — comme si le bonheur était de ce monde! Plus un logis est petit, et
plus on s'y habitue : des souvenirs s'attachent à
chacun de ses détails, des pensées y sont nées et y
ont grandi — à plus forte raison encore quand on l'a
élevé soi-même, qu'on l'a patiemment augmenté, em-
belli pendant des mois. C'étaient des étrangers qui
allaient s'emparer de tout cela et profaner de leurs
regards railleurs ce nid où deux cœurs sincères avaient
battu à l'unisson... Toutes ces idées attristaient Henri
et faisaient pleurer Suzanne.

D'autres pensées assombrissaient encore le lieutenant. Il avait l'ordre de se rendre à El-Biodh et d'y
attendre le convoi qui en partait chaque mois pour
Bugeaudville. C'étaient de longs déplacements, que
l'hiver allait rendre plus difficiles encore à supporter.
Puis la rentrée dans son ancien poste ne lui souriait
guère, le capitaine Parenteau ayant oublié depuis
longtemps ce qu'il devait à son subordonné. Si Astaire s'était écouté, il aurait demandé à rentrer en
France, mais cela lui était-il permis en temps de
guerre? On aurait pu croire à une lâcheté... D'ailleurs,
il lui restait une ressource; il allait passer adjoint de
deuxième classe d'un moment à l'autre : sans doute
il serait envoyé dans un poste préférable à celui de
Bugeaudville.

Les préparatifs de départ furent courts, et deux
jours après, le jeune couple se mit en route.

Singulier voyage que celui-là, commencé après les
poignées de main et les promesses de s'écrire, qui

toujours accompagnent le séparations d'officiers, et cette sensation d'indifférence invincible qui perce à travers toutes ces protestations. Un de perdu, dix de retrouvés ! Astaire pourtant conservait un bon souvenir de ses amis les tirailleurs. Il marcha longtemps pensif à côté de la charrette d'alfa sur laquelle était juchée Suzanne. C'était le seul moyen de transport qu'on eût trouvé ; M. Géron, après avoir promis une monture, avait tout à coup déclaré la veille que l'animal était malade et dans l'impossibilité de faire la route. Et Suzanne, pour qui c'était une fête depuis longtemps de se rendre à cheval à Bugeaudville, boudait un peu sur ses bottes d'herbes, qui oscillaient à chaque cahot.

Le soleil se levait à peine, faisant briller l'épaisse couche de gelée cristallisée sur les brins de verdure. Peu à peu, à mesure que le jour croissait, une brume épaisse se formait ; et, phénomène curieux, un pâle arc-en-ciel se montrait à l'ouest, embrassant près d'un quart de l'horizon. Ce brouillard, excessivement froid, ne disparut que deux heures après, et pendant ce temps il fallut s'arrêter souvent et brûler bien des touffes d'alfa pour se dégourdir les mains et surtout les pieds, insensibilisés par le contact des étriers.

Suzanne, quoique abondamment pourvue de couvertures, était aussi transie et se chauffait avec plaisir : les plantes, arrangées naturellement en cercle, prenaient facilement feu, grâce aux dépouilles grises et sèches des années précédentes ; la flamme s'élevait tandis qu'on voyait les tiges vertes siffler et se tordre.

23

En un instant, la chaleur vivifiante se répandit autour du brasier, parmi les sept personnes du convoi : Astaire, Suzanne, Bernard, deux spahis et deux charretiers.

Ces courtes haltes devinrent moins fréquentes à mesure que le soleil montait à l'horizon. Mais le voyage fatiguait horriblement la jolie Bretonne. Le mouvement de tangage et de roulis de la charrette, les grincements des essieux à chaque cahot lui donnaient le mal de mer. Avec cela, Bernard, en sa qualité de « tringlot », n'avait pas de monture : il avait grimpé aussi sur la voiture, mais s'y trouvait bien, grâce à son apprentissage à dos de chameau ; il chantait des chansons gaies auxquelles sa voix creuse et psalmodiante donnait fatalement des inflexions lugubres.

La jeune femme, n'en pouvant plus, descendit de charrette et annonça son intention de marcher à pied, plutôt que de rester sur cette machine incommode. Astaire lui fit prendre son cheval et monta celui d'Abdelhakem ; et, pendant que le vieux spahi s'installait à côté de Bernard, de façon à pouvoir y dormir, le jeune couple partit en avant, revivifié par la chaleur du soleil, maintenant assez chaud ; les deux amants étaient joyeux de se retrouver ensemble, de pouvoir se parler et se regarder sans être gênés par les coups d'œil curieux de leurs compagnons de route.

La route se poursuivit ainsi à travers des plaines interminables semées d'alfa ou de thym ; enfin, le soir, apparurent quelques fermes, sentinelles avancées de

la civilisation ; les champs se multiplièrent, et brusquement les voyageurs se trouvèrent sur la partie des
Hauts-Plateaux qui domine El-Biodh.

A deux cents mètres en contre-bas s'étendait la ville,
et plus loin le Tell avec des chaînes de montagnes
lilas courant dans tous les sens. De hautes falaises
rouges taillées à pic, une petite rivière courant à
travers des rochers, des jardins aux arbres dépouillés
qui laissaient entrevoir des maisonnettes blanchâtres,
des fumées montant en volutes et formant une buée
grise au-dessus de la vallée, quelques lumières scin-
tillant de-ci de-là, voilà ce qu'on apercevait dans le
crépuscule grandissant. Suzanne s'absorba longtemps,
songeuse, devant ce spectacle grandiose : bien que
connaissant El-Biodh elle n'avait jamais vu la ville
sous cet aspect. Et ce ne fut qu'à la nuit tombée, lorsque tous les détails de ce panorama eurent disparu
noyés dans l'obscurité, que les amoureux descendirent
dans El-Biodh, le cœur serré par un sentiment indéfinissable de mélancolie.

La ville était plongée dans une ombre que perçaient
de loin en loin de rares lumières. Le couple amoureux
erra longtemps dans un dédale de rues malpropres,
avant de retrouver le chemin qu'il fallait suivre pour
se rendre à l'hôtel. Et toujours cette mélancolie
mystérieuse s'appesantissait sur eux et leur faisait
croire qu'ils avaient laissé leur bonheur dans la petite
maison de Sidi-Mansour. Cette tristesse s'accrut à
l'annonce de deux fâcheuses nouvelles. Le convoi annoncé ne partirait qu'au bout de presque un mois ;

c'était un mois d'incertitude et de malaise à passer dans une installation précaire.

Enfin, Astaire était nommé adjoint de 2ᵉ classe, mais maintenu à Bugeaudville, « sur la demande du commandant supérieur de ce cercle ». Il se demanda longtemps si le capitaine Parenteau était animé de bonnes intentions ou s'il voulait conserver toujours Suzanne sous la main... Mais dans l'incertitude des motifs qui dirigeaient son chef, il cacha ses inquiétudes à sa maîtresse, et se prépara au nouveau voyage qu'ils devaient entreprendre pour aller à Bugeaudville. La diligence qui faisait autrefois le service jusqu'à ce poste ne marchait plus, à cause du peu de sécurité des routes. Il fallait donc trouver un cheval pour la jeune femme, car il ne pouvait être question de ne pas l'emmener.

Ce fut seulement près d'un mois après son arrivée de Sidi-Mansour, qu'Astaire put se mettre en route pour Bugeaudville. La veille du départ, les *sokrars* ou chameliers du convoi vinrent à grand bruit prendre au magasin d'administration le chargement de leurs animaux, se disputant avec acharnement les colis les moins lourds, jusqu'à ce qu'un spahi fût venu rétablir l'ordre en leur caressant les reins de son matrak. Enfin ce tumulte s'apaisa, les caisses furent placées dans les *tellis* — sacs de poils de chèvre et de chameau tissés ensemble — et rangées le long des murs du magasin, de façon à pouvoir être facilement enlevées au point du jour.

Le convoi s'ébranla le matin de bonne heure. Il

faisait un temps gris et triste. Les chameaux marchaient en troupe confuse, poussés par les « zah! »
impératifs et les cris aigus des sokrars. Astaire les
suivait avec Suzanne : la jeune femme, habillée en
homme, montait un cheval loué à El-Biodh. Emmi-
touflée comme elle l'était dans ses burnous, on pouvait aisément s'y tromper. Il y avait avec eux Paulin
qui revenait de France et avait été bien surpris et
bien heureux de les retrouver, faisant le même chemin que lui. Une charrette dite « d'expérience » suivait le convoi; comme on allait suivant une direction
dans laquelle aucune route n'avait encore été tracée,
on voulait voir si l'on pouvait y faire passer les voitures. Enfin, des convalescents et un gendarme conduisant un prisonnier militaire, marchaient aussi
derrière les chameaux.

Ils montèrent lentement la pente qui menait aux
Hauts-Plateaux. Au sommet soufflait une bise glaciale
et continuelle. Il fallut marcher toute la première
étape, vingt-cinq kilomètres, dans ce froid aigu qui
pénétrait jusqu'aux os; on s'arrêtait de temps en temps
pour brûler des herbes sèches et tâcher de se réchauffer.
Suzanne faisait la courageuse et raillait Henri de sa
mine transie. Il était préoccupé.

Ce voyage de cent et quelques kilomètres en plein
hiver l'effrayait pour sa maîtresse. Les Hauts-Plateaux
ont entre El-Biodh et Bugeaudeville, une altitude qui
varie de douze à quatorze cents mètres. Il en résulte
que le froid y est considérable à certaines époques de
l'année.

23.

Suzanne avait, par moments, de violentes quintes de toux qui inquiétaient Astaire.

L'officier de bureau arabe s'en voulait maintenant d'avoir obéi aux désirs de la jeune femme.

Il aurait mieux valu la laisser dans la ville et attendre la bonne saison, ou choisir un autre convoi pour la faire venir. Mais le cœur du lieutenant se serrait à la pensée de rester si longtemps sans elle et de lui faire entreprendre seule un si long voyage. D'ailleurs Suzanne n'aurait pas consenti à rester ; et enfin il était trop tard pour reculer...

On arriva à Tebaga vers midi. Un caravansérail ruiné, une petite auberge tenue par un Espagnol, c'étaient là toute les ressources que l'on pouvait trouver. Le convoi s'installa avec force rauquements de la part des chameaux que l'on déchargeait avant de les amener aux pâturages et force vociférations de la part des sokrars qui frappaient leurs bêtes et des spahis qui frappaient les sokrars ; Paulin, Astaire et Suzanne entrèrent à l'auberge. Ils mangèrent dans une horrible petite pièce à fenêtres sans carreaux, à porte sans serrures où le froid s'engouffrait malgré un feu de racines humide fumant dans la cheminée. Un nouveau personnage se présenta et fut aussitôt invité ; c'était le lieutenant Maizot, qui commandait un peloton de chasseurs d'Afrique, l'escorte du convoi. Il était fort gai et trouva le moyen de plaisanter sur l'hiver, la fumée et la mauvaise cuisine : il fut convenu que pendant la route on vivrait en popote, et Paulin accepta les fonctions de préposé aux vivres.

Astaire s'occupa de faire dresser sa tente. Le pauvre Bernard, à demi gelé, s'en tirait fort mal : et pourtant il fallait se dépêcher. La neige commençait à tomber. Enfin, avec l'aide d'Abdelhakem, la fragile maison de toile fut dressée : on releva de la terre le long des bords, et Suzanne put y entrer et être du moins à l'abri des courants d'air. Mais le froid était décidément trop vif : la jeune fille dut faire « un feu de sous-lieutenant » en se couchant grelottante sous des couvertures épaisses qui la ranimèrent un peu.

La neige continua de tomber avec une lenteur lugubre, implacable. La plaine immense blanchissait, avec des détails noirs qui s'enlevaient en vigueur, de loin en loin. Une tristesse intense se dégageait de ce tableau. Les paysages d'Afrique, avec leurs grandes lignes monotones et imposantes, ont besoin d'un soleil éclatant, d'un azur immaculé pour pallier leur austérité : que le soleil vienne à se cacher, l'azur à disparaître, et l'on est tout surpris de se sentir envahi par une mélancolie inexplicable et troublante. On éprouve un malaise vague à ne plus reconnaître ces plaines arides et désolées, où manquent l'aspect vaporeux d'arbres lointains, le contour d'une ferme à cheminée fumante, pour corriger le sentiment d'espaces infinis, ennemis de l'homme.

Le lendemain matin, le réveil sonna avant le jour.

Les soldats attendaient ce moment avec impatience; n'ayant pu dormir à cause du froid, ils avaient passé la nuit à battre la semelle et à se chauffer autour de maigres feux de thym et de menues brindilles à peu près sèches. Suzanne sortit de la tente. Sous le ciel gris de plomb, la plaine prenait un éclat singulier qui fatiguait les yeux : tout était recouvert d'une immense couche de neige, et un brouillard épais remplissait l'air. Des brasiers mouraient tristement, pendant que les cavaliers paquetaient leurs chevaux et ramassaient leurs armes éparses dans la neige : des sokrars encapuchonnés chargeaient les chameaux, couverts encore du givre de la nuit et ressemblant avec leur nez busqué et leur crâne poudré à des caricatures de marquis de l'ancien régime.

Des files d'animaux se perdaient dans le brouillard, où résonnaient de temps en temps des voix rendues grêles par le froid. Les dernières tentes s'abattaient, raidies par la gelée, et on devait les porter près des feux pour pouvoir les rouler, pleines de boue, de « bengali » comme disent les troupiers. Suzanne ressentait la tristesse indicible de ce spectacle.

— Comme tu vas souffrir, ma pauvre enfant, murmura Astaire en lisant dans ses yeux un sentiment d'amertume qu'elle ne s'avouait pas à elle-même.

La jeune femme secoua la tête et regarda son amant avec un sentiment de tendresse, d'adoration infinie : elle était honteuse d'avoir été un instant découragée.

— Je suis bien heureuse de souffrir avec toi... Du moins, je ne te quitte pas, et tu m'aimeras peut-être davantage... Mais tu ne me quitteras plus, Henri ?

— Non, je te le jure, tu sais bien que c'est impossible, répondit le lieutenant avec un expressif serrement de main et un regard qui disait tout son attendrissement et toute sa reconnaissance pour l'affection de Suzanne.

Ils montèrent à cheval, bientôt rejoints par Maizot, qui arrivait avec une inépuisable provision d'anecdotes de toutes sortes.

— Vous savez Balleron, cet Espagnol de l'auberge ? Eh bien, c'est un ancien tirailleur. Il était dans ce pays-ci, depuis longtemps, parlait bien l'arabe. Un beau jour, il s'engagea sous le nom de Mohammed ben Lakhdar ; cela lui fut facile, puisque les indigènes n'ont jamais de papiers : il était bon militaire, fut nommé sergent et médaillé. Actuellement il est retraité et n'est plus Arabe que lorsqu'il se fait payer sa pension...

Maizot donnait aussi de curieux renseignements sur le pays qu'on traversait.

— C'est à Aïm-Tounga, où nous arriverons demain, que les Beni-Zid ont fait défection. Le lieutenant qui commandait le bordj avait reçu l'ordre de les surveiller, d'autant plus qu'à trois kilomètres de la redoute se trouvaient leurs silos de réserve. Le caïd, qui a été tué plus tard, à Naama, faisait beaucoup d'amitiés à l'officier et venait tous les jours le voir. Une fois même il l'invita à une grande dhiffa. Le lieutenant y alla, déjeuna fort bien et fit la sieste. Comme il se réveillait un sergent lui arriva hors d'haleine : « Mon lieutenant, vous savez qu'on vide les silos ? — Pas possible ! » L'officier y courut et vit les derniers chameaux qui partaient avec leur chargement. Il y avait là plus de cinquante mille quintaux de grains, et les Beni-Zid ne se seraient pas révoltés s'ils avait dû laisser de telles richesses derrière eux.

La route se poursuivait ainsi dans la neige, qui se convertissait derrière le convoi en une boue grasse et jaunâtre. Les chameaux glissaient à chaque pas et leurs pieds gélatineux souffraient de cette froidure. Beaucoup d'entre eux boitaient et restaient en arrière. Maizot les faisait décharger, et l'on mettait leurs *tellis* sur d'autres animaux. Mais cela ne suffisait pas encore. Le *bach-hamar* — chef des chameliers — vint avertir le lieutenant que deux de ses bêtes ne pouvaient plus marcher, qu'il fallait les abandonner.

— Qu'on les tue, répondit l'officier de chasseurs d'Afrique.

Et comme Suzanne se récriait sur sa cruauté, Maizot lui fit remarquer que tout chameau perdu était remboursé deux cents francs par l'État, qu'il fût mort ou vivant; qu'il valait donc mieux tuer les animaux malades afin d'ôter aux indigènes l'envie de les laisser en arrière pour se les faire payer et venir les chercher plus tard.

Pendant ce temps, on se préparait à égorger les deux chameaux, deux bêtes maigres et dégingandées, qui arrivaient péniblement sur leurs pieds endoloris, outrant le balancement de leurs corps et l'effarement calme de leurs têtes osseuses. Leurs sokrars les faisaient agenouiller avec la syllabe habituelle « khi », et une fois leur long cou étendu sur le sol, un indigène y enfonçait son couteau à raser, auquel il imprimait un mouvement circulaire, et c'était fini. Le sang coulait, lentement d'abord, puis en jets plus rapides, convertissant la neige avoisinante en nappe rose. Le chameau tressaillait un peu, crispait ses membres et mourait sans pousser une plainte, bêtement, comme il avait vécu. Suzanne avait d'abord assisté avec répugnance à ce spectacle, ayant horreur de voir tuer un animal, fût-ce un poulet. Plus tard, elle s'étonna de se trouver calme et presque indifférente devant la mort d'un être qui semblait si peu tenir à la vie.

La température rigoureuse qu'il faisait augmenta encore le lendemain : la neige tomba en abondance pendant la nuit. Suzanne commençait à en souffrir sérieusement. Elle passait des heures au bivouac à se pelotonner sur elle-même, pâle et claquant des dents près des feux où l'alfa entassé brûlait rapidement et s'éteignait presque aussitôt, sans pouvoir chasser ce froid qui la pénétrait jusqu'à le moelle et abattait, malgré tout, son courage. Astaire s'ingéniait vainement à calmer les souffrances de sa maîtresse ; et il fallait un refus énergique de celle-ci pour qu'il ne se dépouillât point de son burnous, afin de l'en couvrir.

C'était tout ce qu'il pouvait faire dans ce convoi ou manquaient les objets les plus indispensables, parmi ces quelques hommes éprouvés par les rigueurs inaccoutumées du climat. Il y avait là des convalescents sortis à peine de l'hôpital d'El-Biodh : vêtus de mauvais vêtements, ils marchaient péniblement pendant toute l'étape, se faisaient ensuite un trou dans la neige, pour la nuit, et s'y abritaient faute de tente. Les seuls heureux du convoi étaient le gendarme et son prisonnier; après une méfiance réciproque de deux journées, ils étaient parvenus à s'entendre. Le premier fournissait les vivres, le second faisait la cuisine. Après quoi ils dormaient fraternellement serrés l'un contre l'autre, sous une bâche qui leur servait d'abri.

Le troisième jour, la neige était encore tombée. La charrette d'*expérience* s'enfonçait par moments jusqu'au moyeu dans les dunes de sable ou dans des fondrières; et, quoiqu'elle fût vide, ce n'était pas trop de six mules attelées pour la sortir de là à grand renfort de jurons et de coups de fouet. Les mules marchaient très lentement. A chaque instant les cordes des bâts, rongées par l'humidité, se rompaient, et il fallait que les hommes recommençassent les chargements, de leurs doigts raidis de froid.

Ce jour-là, il fallut tuer une quinzaine de chameaux. Paulin plaisanta et se dit très content, en qualité de chef de popote : la viande ainsi ne manquerait pas. Maizot se récria très fort. Manger du chameau, est-ce que cela se pouvait? Vainement l'interprète lui montra les indigènes qui enlevaient de grands lambeaux de chair des animaux égorgés, et affirma même en avoir goûté.

— Ce doit être une viande horrible, protesta Maizot : ça doit avoir un goût atroce.

— Mais, puisque je vous dis que non, répondait l'interprète...

— Oh! vous dites ça par pose, vous n'avez pas voulu vous l'avouer. Peut-être même n'en avez-vous pas mangé...

Maizot une fois parti, Paulin monta un petit complot : Il s'agissait de faire goûter du chameau à l'entêté. Quoique la situation ne fût pas gaie, Astaire et Suzanne rirent beaucoup de ce projet, et ils y entrèrent de tout leur cœur. Abdelhakem, bien stylé, alla couper un morceau de bosse au premier chameau que l'on tua, et le remit à l'ordonnance de l'interprète.

Pour le servir, on attendit le dîner avec impatience, parce que les déjeuners étaient toujours froids et se composaient généralement de jambon et de pain dur. Enfin, apparut un ragoût, devant lequel Suzanne ne put retenir un sourire. L'officier de chasseurs d'Afrique s'en aperçut.

— Ah! çà, dit-il, j'espère bien que ce n'est pas du chameau, ça!

Les assistants partirent d'un immense éclat de rire, qui ne laissa aucun doute à Maizot.

— Parbleu, fit-il en reposant le plat sur la table, si vous croyez qu'on peut s'y tromper! Regardez si ça ressemble à du bœuf!

Et malgré Paulin et Astaire qui déclaraient le ragoût très bon, il s'obstina à n'y pas toucher.

En sortant de table, l'officier de bureau arabe exprima à l'interprète ses regrets de ce que la plaisanterie n'eût pas mieux réussi. Paulin le laissait dire en riant ; puis, brusquement :

— Mais, vous ne savez pas? Ce qu'il y a de plus drôle dans l'affaire, c'est que c'était de la viande de bœuf...

— Comment, de bœuf?

24

—Hé oui. Le chameau est en train de mariner et Maizot qui ne craindra plus rien demain, « n'y coupera pas », n'ayez crainte.

La chose arriva comme l'interprète l'avait prévu. Au dîner suivant, Maizot trouva « le bœuf » très bon et en redemanda même.

C'en était trop. Paulin se tordait littéralement, et il fut longtemps avant de pouvoir expliquer à l'officier de chasseurs d'Afrique, fort penaud, le tour que lui jouaient ses préjugés...

C'est ce jour-là que le convoi devait arriver à Bugeaudville. Comme il atteignait la passe étroite qui précède la porte, au delà de la Senia, un spahi du bureau arabe apporta une lettre du commandant supérieur : la neige était trop haute dans le défilé pour qu'on s'y engageât ce soir-là. Il fallait attendre au lendemain. Encore une nuit de souffrance, à moins d'une lieue de Bugeaudville! Mais les ordres étaient formels. Il fallait obéir. Cette dernière soirée, Astaire la passa dans une sorte de ferme abandonnée où des branches mouillées et brûlées sur le sol formaient une fumée épaisse, préférable après tout à la bise glaciale du dehors.

Et le lendemain, par un pâle soleil qui essayait de percer son enveloppe de nuages et ne parvenait pas à faire fondre la neige, le convoi serpentait dans le défilé, entre des pentes ardues et toutes blanches, et après deux heures de route Suzanne arrivait à la maison de Nathan et s'y évanouissait, comme une femme ordinaire, de fatigue et de froid.

XXI

A BUGEAUDVILLE

Le juif avait eu bien des tribulations pendant l'absence d'Astaire. La semaine précédente, les *joyeux* lui avaient *chapardé* un tonneau d'absinthe, et, malgré réclamations et recherches, on n'avait pu mettre la main sur l'objet dérobé jusqu'à ce qu'un jour, un officier, curieux de voir toujours un va-et-vient de soldats auprès d'un puits abandonné aux environs de la Redoute, eut la curiosité d'en goûter l'eau, qu'il trouva mélangée d'absinthe : on avait jeté le tonneau au fond du puits. Les exclamations indignées et les grimaces comiques de Nathan en racontant ce vol, ou les autres friponneries dont il avait été victime, amusaient, au plus haut point Suzanne, et la jeune femme, toute à ses gazelles qu'elle avait retrouvées chez le juif, et aux joies tranquilles du *home*, oubliait bien vite les mauvais jours du voyage.

Astaire, en arrivant alla se présenter au capitaine Mollet. Il lui demanda de ses nouvelles, et l'autre lui répondit gaîment :

— Comme vous voyez, *ca vate* bien. Toujours du même tonneau. Il n'y a que l'*alfa qui commence à manquer sur les Hauts-Plateaux*...

Et il passait la main sur son crâne dégarni, qui avait maintenant le poli de l'ivoire depuis que son propriétaire ne ramenait plus. Astaire risqua un à-peu-près :

— Que voulez-vous, mon capitaine : un grand auteur, a dit, je crois :

« Les cheveux tombent, le crâne reste... le coiffeur s'évanouit. »

— Bien, bien, mon ami. Ah ! très joli. Vais prendre ça en note.

Et il inscrivit la réponse d'Astaire sur un carnet graisseux bourré jusqu'aux bords de calembours, d'énigmes, de bons mots et d'anecdotes. C'était le répertoire du capitaine.

— Et maintenant, ajouta-t-il en tendant la main à son adjoint, allez vite voir le commmandant supérieur : il serait furieux s'il pouvait soupçonner — tiens : soup-çon-ner ! — que vous m'avez fait une visite avant de vous rendre chez lui.

Astaire, en le quittant, l'entendit qui s'écriait :

— Soupçonner ! on peut faire un mot avec ça. Hé oui ! j'entends la *soupe sonner*. Oh ! délicieux !

Le lieutenant partit en raillant à part lui l'innocente manie de son chef direct. Il arriva chez le capitaine Parenteau comme celui-ci revenait, avec quatre spahis d'escorte, d'une promenade à cheval autour de la Redoute. Le commandant supérieur, plus pénétré que jamais de son importance, daigna tendre la main à son subordonné avec des phrases à effet

— Vous voilà adjoint de deuxième classe, maintenant. D'autres commandants supérieurs n'y feraient pas attention, mais *moi*, j'ai l'œil sur vous : j'encourage les efforts, dans quelque grade qu'ils se produisent, et si je suis content de vous, je me charge de votre avenir, *moi*.

Astaire, en sortant de chez le capitaine Parenteau, se rendit au cercle, pour voir les autres officiers. C'était toujours la même salle humide et sombre, empestée par la fumée des pipes, encombrée par les cinq ou six personnes qui s'y trouvaient, et par une douzaine de chiens rangés en cercle devant la cheminée et grondant sourdement lorsqu'on voulait s'en approcher. L'entrée d'Astaire fut saluée joyeusement : c'était un incident, et l'on sait qu'ils étaient rares à Bugeaudville. Le jeune officier fut accaparé successivement par tout le monde, même par le père Courcy, qui abandonna un instant sa purée d'absinthe pour aller serrer la main au jeune lieutenant. Mais celui qui lui tint le plus fidèlement compagnie, ce fut Paulin : l'interprète avait pris langue depuis son arrivée et mettait, comme d'habitude, son ami au courant des cancans de Bugeaudville.

— En venant d'El-Biodh, disait-il au lieutenant, j'étais trop refroidi pour causer. Mais ici quel bon feu, voyez donc, ma langue dégèle.

Et il énumérait tous les menus incidents qui

24.

s'étaient passés à Bugeaudville depuis le départ
d'Astaire : la mise en quarantaine de Courcy, qui avait
dressé un procès-verbal en plein cercle à l'adjoint du
génie, coupable d'avoir coupé un jeune chêne-liège
dans la forêt de l'Oued-Delah, pour s'en faire une
canne ; l'entrée à l'hôpital de Martinotti, pour *delirium
tremens,* et l'abrutissement de Chartier, devenu invisible depuis quelque temps.

— Il fume du *kiff* de chanvre indien, ce qu'en
France on appelle haschich, d'un mot qui veut dire
simplement foin en arabe. On met ça dans une petite
pipe. Ce n'est pas mauvais. Mais je n'en fume plus,
heureusement. Figurez-vous qu'après votre départ
d'ici, nous étions restés très peu d'officiers dans la
garnison. Alors, nous nous sommes mis à fumer du
kiff. Nous ne faisions que cela toute la journée, et
jouer de la flûte arabe ou taper sur une *derbouka.* Le
soir, nous nous mettions à table sans appétit, mais
avec une grinche dont on n'a pas idée. Nous
étions quatre à la popote. Si l'un de nous rompait le
silence et se mettait à raconter n'importe quoi, les
trois autres grognaient en chœur : « Qué qu'ça
m'fait ! »

Nous étions réduits à une torpeur incroyable : le
moindre effort d'esprit nous fatiguait. Fort heureusement, je partis en congé. Je ne me rappelle pas bien
mon voyage d'aller. J'arrivai chez moi et mes parents
furent navrés de l'état d'accablement dans lequel
j'étais plongé. Ma mère — la pauvre bonne femme
— montait dans ma chambre : « Eh bien, défais donc

tes malles. » Je les ouvrais sans mot dire, je m'absor-
bais dans la contemplation de quelque objet insigni-
fiant ou je prenais ma derbouka et je tapais dessus en
chantant *Alalya* ou *Dâni-Dân*. On me croyait idiot.
Ça s'est passé petit à petit. J'ai renoncé au kiff et
maintenant je suis presque présentable.

Astaire riait de tout son cœur en écoutant les récits
fantaisistes de son camarade. L'interprète, pour prouver sans doute qu'il était remis dans son assiette,
continuait à passer les officiers en revue.

— Tenez, voilà le capitaine Jaunard, que Mme Parrot a lâché depuis longtemps; il a pris au sérieux
les annonces de la quatrième page des journaux.
Vous savez, ces jeunes filles de dix-huit ans d'une
beauté accomplie, d'une honorabilité parfaite, qui
apporteront un ou deux millions en dot au monsieur sans fortune qu'elles désirent épouser. Il a
écrit à je ne sais plus qui, à Paris; il s'est abonné au
Trait-d'union, journal matrimonial, qui le berce des
plus fallacieuses espérances.

Depuis ce temps, il fait des dettes à El-Biodh, comptant sur la fameuse dot pour les payer.

— Et le père Courcy? interrogea curieusement
Astaire.

— Oh! avant son histoire avec l'adjoint il était
déjà complètement brouillé avec notre chef de bureau.
A ce qu'il paraît l'agha a dernièrement marié sa fille
à un caïd des environs d'El-Biodh. Une noce à tout
casser. Quatre cents moutons égorgés et servis aux
convives. Les officiers de Bugeaudville, invités,

assistèrent au mariage, et le garde général y alla
comme les autres. Il y eut des danseuses venues du
Tell, qui exécutèrent la danse du ventre devant les
spectateurs : à la fin on leur donnait quelque chose.
L'agha était très généreux. Le capitaine Mollet se fen-
dait chaque fois d'un louis : le père Courcy, placé à
côté de lui, ne voulut pas se montrer trop pingre...
Bref, toutes ses économies avaient filé quand il s'aperçut que le capitaine et l'agha avaient agi comme les
grands seigneurs arabes en pareil cas : ils se faisaient
apporter dans la coulisse l'argent qu'ils donnaient
très ostensiblement de façon à « allumer les pontes ».

— Pas possible exclama le lieutenant.

— Mais oui, c'est comme ça. Le père Courcy a
cru à un complot — et d'autant plus qu'à ce moment
est arrivé sa fameuse histoire avec l'adjoint. Heureusement, c'est terminé maintenant.

Auprès des deux interlocuteurs, l'adjoint du génie
racontait avec de grands gestes son dernier voyage à
El-Biodh, les cafés étincelants de lumières, les femmes :
— « Oui, mon cher, des phâmes suaves », et le
théâtre où tout était splendide ; pourtant le ténor,
enrhumé « comme par hasard » s'était trouvé dans
l'impossibilité de chanter : c'était le chef d'orchestre
qui l'avait remplacé en chantant à son piano la cava-
tine des *Cloches de Corneville*, pendant que l'artiste,
réduit à un rôle muet, se contentait de faire les gestes
en se promenant à grands pas sur la scène.

A quelque temps de là, le capitaine Mollet fut
atteint de furoncles qui le rendirent malade. On

regarda généralement cette indisposition comme une punition du ciel, à cause de tous les *clous* dont il avait affligé les officiers de la garnison. Pendant son absence forcée, Astaire dut le remplacer. C'est ainsi qu'il assista à une séance du conseil municipal de Bugeaudville, séance assez originale pour prendre place dans ce récit.

Les huit caïds du cercle, l'adjoint civil, l'interprète et le lieutenant de bureau arabe, faisant fonctions d'adjoint militaire, étaient réunis dans le bureau du commandant supérieur. Un sergent se tenait prêt à écrire le procès-verbal de la séance. Elle fut ouverte par une courte allocution du capitaine Parenteau, qui rappela aux membres du conseil l'objet pour lequel iis-étaient assemblés.

Il s'agissait de déterminer le budget du cercle de Bugeaudville pour l'exercice suivant. Alors le commandant supérieur commença d'une voix lente et monotone l'énumération de toutes les dépenses prévues, s'arrêtant à chaque article pour le faire traduire par l'interprète. Après quoi on demandait l'avis de l'adjoint civil, qui risquait parfois de timides observations, mais finissait toujours par se ranger du côté de l'autorité; enfin on interrogeait les caïds qui répondaient en chœur, conformément aux désirs du petit grand-chef.

Quant à Astaire, ce n'était pas la peine de lui demander son avis — est-ce qu'il ne devait pas être de celui de son supérieur — absolument comme aurait fait le chef du bureau arabe?

Pourtant, le lieutenant ne voulut pas se rendre complice par son silence de certaines mesures qu'il n'approuvait pas; entre autres la création à Bugeaud-ville d'une maison d'école fort chère. Or, il n'y avait en tout dans le village que cinq enfants. Il valait mieux certainement consacrer les ressources communales provenant en grande partie des indigènes, à des travaux d'intérêt général, et attendre, pour créer une maison scolaire, que le nombre des colons fût accru.

A la grande surprise de l'assistance, le lieutenant prit la parole et développa cette thèse. Le commandant supérieur voulait passer outre, mais Astaire, par une nouvelle hardiesse qui ne lui fut jamais pardonnée, demanda la discussion de l'article. Les caïds, consultés, et ne sachant peut-être pas très bien l'opinion du capitaine sur ce sujet, se rangèrent tous de l'avis du lieutenant. Ce fut un échec pour l'autorité. L'interprète, d'un coup d'œil, avertit son ami d'être plus prudent. Mais Astaire voyait son devoir dans cette défense des droits des plus faibles et combattit encore des dépenses affectées à des canaux d'irrigation — M. Tablin prononçait : d'irritation — dans une portion de terrain fort éloignée de Bugeaudville. Ce projet avait pour but de favoriser l'adjoint civil et de payer ainsi sa complaisance en améliorant des champs lui appartenant, et ce, au préjudice d'indigènes riverains depuis longtemps du cours d'eau qu'on voulait détourner.

Là encore le lieutenant obtint gain de cause, au grand mécontentement du capitaine Parenteau, qui ne réussit pas à cacher son dépit. Cet incident mit fin à la séance.

Paulin, une fois dans la rue, partit d'un grand éclat de rire.

— En voilà une comédie ! Et avez-vous entendu la *bœufferie* de Tablin, avec ses canaux d'irritation ? Il est vrai qu'il est moins calé sur la grammaire française que sur le code. Il rendrait des points au capitaine Mollet : est-ce qu'il ne se vantait pas dernièrement d'avoir offert à sa femme une bague ornée d'*hémorroïdes*... Il voulait dire d'émeraudes, le malheureux !

Et comme Astaire restait préoccupé, l'interprète lui reprocha amicalement l'imprudence qu'il avait montrée peu d'instants auparavant.

— Vous avez tort, lui dit-il, de vous mettre en travers de la route suivie par le commandant supérieur. Méfiez-vous de lui ! C'est un homme rancunier.

— Je le sais, répondit le lieutenant. Et c'est de plus un malhonnête homme. J'en ai des preuves. Vous savez, le nouveau caïd des Beni-Zid...

— Ah ! oui, ce berger...

— Précisément... C'est un homme sans notoriété, sans intelligence, sans honorabilité, puisqu'il a fait jadis six mois de prison pour vol... Quand on a dégommé l'ancien caïd, beaucoup de concurrents sont venus se présenter au bureau : mais lui, plus malin, est venu me prendre à part, me dire que j'étais un homme de grande tente, le fils d'un général et que le renom de ma justice s'étendait sur toute la terre...

Je coupai court à toutes ces flagorneries et lui demandai ce qu'il voulait. Il me répondit sans hésiter : « Être caïd. » Et il sortit de dessous son burnous un sac de *douros*. Vous comprenez que je le reçus avec tous les honneurs dus à son rang et à son sexe, et je lui envoyai ma botte droite dans la partie la plus charnue de son individu.

— Pour lui donner de l'avance ? demanda en riant Paulin.

— Probablement. Il se dirigea sans mot dire du côté du commandant supérieur : je le rencontrai une heure après, il avait l'air triomphant. Le lendemain, il fut nommé caïd, au détriment de concurrents qui avaient cent mille raison d'être promus à sa place.

Le lieutenant éprouvait une réelle indignation en racontant cette prouesse du capitaine Parenteau, mais il en voulait encore plus à celui-ci d'avoir cherché à posséder Suzanne. Bien que le commandant se tînt tranquille depuis la tentative d'enlèvement de la jeune femme, Astaire devinait en lui une sourde rancune, qui devait éclater à la première occasion. Mais il ne regrettait pas ce qu'il avait fait, étant de ceux qui ne craignent pas d'énoncer leur opinion, au risque de déplaire aux grands de ce monde : à Bugeaudville, le tout-puissant commandant supérieur passait pour un de ces grands-là.

XXII

JOURS D'ÉPREUVE

Astaire était au bureau quand l'*assase* ou spahi de gardé vint l'avertir que M. Mollet le demandait. Le lieutenant se rendit dans le cabinet de son chef avec une secrète appréhension. En y entrant, il vit le capitaine boutonner son dolman, autant que son obésité le lui permettait : il n'y avait pas à en douter, quelque chose de grave allait se passer.

— Monsieur, dit le chef de bureau avec toute la majesté dont il était capable, le commandant supérieur m'a fait appeler ce matin : j'aurais pu ne pas y aller, puisque je suis malade. Mais le devoir avant tout, n'est-ce pas ? Pour lors, il m'a dit qu'il était très mécontent de vous.

Astaire esquissa un sourire d'acquiescement. Il savait bien, en effet, que le capitaine Parenteau ne pouvait être content de lui.

— Oui, continua M. Mollet après avoir toussé pour se donner de l'assurance, il a appris que vous aviez une femme chez vous...

25

— Il y a longtemps qu'il le sait, interrompit Astaire,
et vous-même...

— Moi, je l'ignorais, protesta le chef de bureau.

— Pourtant, mon capitaine, j'ai eu, ou plutôt nous
avons eu l'honneur de vous recevoir dernièrement,
ma femme et moi.

Le pauvre capitaine suait sang et eau ; il se voyait
déjà compromis, en lutte directe avec le chef auquel
il s'était inféodé.

— N'interprétez pas à votre guise mes actions, dit-
il rageusement à son subordonné. J'ai été chez vous.
J'y ai vu une femme... — une dame, corrigea-t-il en
voyant un mouvement d'Astaire — mais j'ai pu croire
qu'elle était là par hasard... en visite, par exemple.

— Et quand vous nous voyiez, l'été dernier...

— Enfin, il ne s'agit pas de tout ça, fit précipitamment le chef de bureau, le commandant vous met en
demeure de renvoyer cette femme. Il y a justement
un convoi demain. Ça s'arrange à merveille.

— Ah ! vous trouvez ? demanda ironiquement Astaire.

Et il continua avec amertume :

— Ainsi, j'ai une jolie maîtresse qui m'a sauvé la
vie ; elle est sage et ne veut pas avoir le commandant
pour amant ; au lieu de courir après les aubergistes et
les dots problématiques ou de m'abrutir par l'absinthe ou le kiff, je rentre tranquillement chez moi
après avoir fait mon service ; — je suis heureux ; et
l'on vient me dire : Défense d'aimer. Ah ! non, par
exemple. Ce serait trop naïf de ma part de céder.

— Voyons, dit patelinement le gros capitaine, contentez le commandant supérieur : renvoyez-la pour quelque temps. Après, elle reviendra.

— C'est cela, quatre jours en charrette, par cette horrible saison, et se trouver ensuite isolée à El-Biodh, sans famille, sans personne qui vienne protéger une enfant ignorante de la vie ! Est-ce qu'on croit que je consentirai à une pareille lâcheté ?

— Je ne veux pas discuter avec vous, répondit avec suffisance le chef de bureau arabe. Je vous ai communiqué les intentions du commandant supérieur. Pour me faire plaisir, ça ne me fait pas plaisir : mais, vous savez, le galon est le galon. Subséquemment, faites-moi part de votre réponse.

— Eh bien, répondit brusquement Astaire, vous pouvez dire au capitaine Parenteau qu'on ne renvoie pas une femme comme Suzanne ; elle n'est pas faite pour voyager seule, et elle ne quittera Bugeaudville qu'à mon bras et dans peu de temps s'il plaît à Dieu.

— Est-ce votre dernier mot ?

— Oui, mon capitaine.

— C'est bien, vous pouvez vous retirer.

Astaire se garda bien de parler à Suzanne de la bizarre sommation qui lui avait été faite. Devant la jeune femme, il affectait de paraître gai et de causer de choses indifférentes ; mais il sentait en lui des accès de rage sourde en songeant à la lâcheté du commandant, à celle qu'on lui avait demandé de commettre. Et il s'en expliquait à Paulin avec une violence qui faisait hocher la tête à l'interprète.

— Comprenez-vous ça? Il faudra que je demande la permission d'aimer, au rapport. J'ai un cœur et des imbéciles me diront : Il faut l'arracher, ou vous n'êtes pas bon militaire! Ah! mon ancien capitaine avait bien raison quand il disait : La profession d'officier est une de celles qui exigent à l'entrée le plus de connaissances générales, où l'on se sert le moins de ce que l'on sait, où l'on est le moins payé, et où l'on subit le plus d'exigences.

— Vous exagérez, observait Paulin.

— Non, voyez-vous, je suis trop indigné. Qu'on me demande mon temps, ma santé, mon sang, c'est tout naturel, je suis là pour ça : mais ma vie privée, halte-là!...

L'interprète essayait de calmer Astaire, sans pouvoir y parvenir : le lieutenant prévoyait une lutte et s'y jetait aveuglément.

Une idée vint dans la journée à Henri Astaire. Il songea à donner sa démission des affaires indigènes, maintenant qu'il n'était plus en colonne. Parbleu, comment n'y avait-il pas pensé plus tôt. Cela arrangerait tout. Il rédigea sa demande et courut la porter au capitaine Mollet.

— Eh bien! lui demanda celui-ci quand il entra, avez-vous réfléchi à ce que je vous ai dit ce matin?

— Oui, mon capitaine, et je viens vous apporter ma réponse.

Et Astaire tendit au chef de bureau la démission qu'il avait écrite.

— Ah çà! vous êtes fou, fit le gros homme après l'avoir parcourue.

— Nullement, mon capitaine, mais je tiens à ne pas commettre de lâcheté. D'ailleurs j'avais l'intention de partir au printemps...

— Vous vous en repentirez : on ne peut pas faire de pareilles bêtises pour une femme...

— Je sais ce que j'ai à faire, répondit froidement Astaire, et je vous prie de vouloir bien transmettre cette pièce au commandant supérieur.

— Comme vous voudrez, acquiesça enfin le gros homme avec un soupir. Mais c'est bien dommage...

Le convoi partit sans que le jeune officier eût entendu parler des menaces du commandant supérieur. Mais, dans la matinée, le capitaine Mollet fit appeler de nouveau son adjoint :

— Monsieur Astaire, lui dit-il d'un ton sec, je suis chargé de vous demander si vous avez obéi aux ordres du commandant.

— Non, mon capitaine, répondit froidement le lieutenant.

— Je le savais, et je vous ai infligé ce matin quinze jours d'arrêts simples, pour avoir résisté aux ordres de vos chefs, en refusant de renvoyer une femme que vous avez amenée à Bugeaudville...

Astaire s'inclina, la rage dans le cœur.

— Et, poursuivit le chef de bureau arabe, le commandant supérieur a changé cette punition en arrêts de rigueur. Pour faire vos arrêts, vous reprendrez votre chambre de la Redoute.

25.

— Vous savez bien qu'elle est inhabitable, exclama le lieutenant.

— Vos camarades ont des logements semblables et vous n'avez avisé officiellement personne de votre changement de domicile.

— Pourtant vous êtes venu chez moi.

— Je ne m'en rappelle pas, dit le capitaine Mollet en s'échauffant à mesure qu'il parlait; du reste, ne me mêlez pas dans vos affaires. J'ai été trop bon pour vous jusqu'à présent. J'ai failli me compromettre. Le commandant me l'a bien dit. Aussi ni, ni, c'est fini. Je vous serrerai la vis, maintenant.

Le gros homme, affolé par la crainte, tournait au mouton enragé. Astaire s'efforçait de paraître calme; il dit d'une voix mal assurée :

— Me sera-t-il au moins permis de rentrer chez moi pour y prendre les objets les plus indispensables?

— C'est défendu, cria M. Mollet. Vous n'avez qu'un chez vous. Vous allez vous y rendre. Vous ferez apporter ce que vous voudrez par votre ordonnance...

— Et ma démission? demanda Astaire...

— On ne l'accepte pas dans de pareilles conditions. Plus tard, on la transmettra.

— Je demande alors à parler au commandant supérieur.

— Il ne veut pas vous entendre. Vous pouvez lui écrire, si vous voulez.

— Mais c'est une infamie, rugit le lieutenant en s'avançant vers le chef du bureau.

Sans doute Astaire avait à ce moment une physio-

nomie bien terrible, car le capitaine Mollet recula
précipitamment jusque dans sa chambre, où il s'en-
ferma.

De là, il cria à Astaire :

— N'aggravez pas votre situation... Vous ferez mieux
de vous conformer aux ordres du commandant.

Le lieutenant sortit, hors de lui. Ainsi, sa démission
était refusée, et une punition sévère le frappait. Il
était militaire, il devait s'y conformer, quitte à réclamer après. Pour le moment l'essentiel était de voir
le commandant : il fallait le faire revenir sur cette
décision cruelle... Astaire se rendit précipitamment
à la Redoute; en passant devant la maison de Nathan,
il put voir le rideau de la fenêtre s'agiter : c'était
Suzanne qui guettait le retour de son amant, et s'étonnait de le voir aller si vite, sans s'arrêter.

— Pauvre Suzanne, pensa-t-il, comme elle va être
malheureuse !

Cette réflexion le fit se presser davantage. Il arriva
chez le commandant supérieur au moment où celui-ci
s'apprêtait à sortir, derrière Géron qui s'éloignait, et
ne fit pas semblant en passant de reconnaître Astaire.
M. Parenteau fit un mouvement de retraite en apercevant le lieutenant, mais trop tard. Astaire était
déjà entré.

— Que voulez-vous? lui demanda le grand chef en
prenant un air majestueux.

— Je viens vous demander, mon commandant, s'il
est vrai que vous ayez repoussé ma démission.

— Oui, monsieur, j'ai refusé de la transmettre

parce que, si vous l'avez donnée, c'est pour vous soustraire à une punition grave que vous avez méritée.

— Que j'ai méritée? demanda ironiquement Astaire.

— Oui, monsieur, en amenant à deux reprises à
Bugeaudville, et même au camp de Sidi-Mansour (j'ai
une réclamation d'un négociant de ce chantier), une
femme de mauvaise vie.

Le lieutenant pâlit. C'était une nouvelle blessure,
et la plus cruelle.

— Je vous défends d'insulter ma maîtresse, tout
capitaine que vous êtes...

Il s'animait en parlant, et maintenant il suivait pas
à pas le commandant supérieur, qui reculait lentement vers le cabinet du secrétaire.

— Elle vaut mieux que vous, poursuivait Astaire,
et je la garderai par reconnaissance. Car je n'oublie
pas qu'elle m'a sauvé la vie!

« Si ç'avait été une fille, si elle s'était donnée à vous,
vous me laisseriez tranquille. Dites donc le contraire!...
Est-ce que vous croyez que je ne le sais pas, — aussi
bien que l'histoire du Marocain et celle du caïd des
Beni-Zid?...

Le commandant devint livide et bégaya :

— Je ne sais ce que vous voulez dire... Vous êtes
puni, rentrez chez vous.

Il ouvrit la porte du cabinet voisin. Astaire, emporté
par la fureur, n'aperçut pas les secrétaires qui levaient
la tête curieusement en voyant entrer les deux officiers. Il avait pris le bras du commandant supérieur
et lui disait :

— Vous avez insulté ma maîtresse. Si vous êtes un homme, vous m'en rendrez raison.

— Vous avez entendu ces menaces? demanda précipitamment M. Parenteau aux secrétaires qui répondirent affirmativement.

Astaire restait atterré, en comprenant l'étendue de son imprudence. Le commandant supérieur ouvrait pendant ce temps la porte de la rue et appelait deux soldats de garde. C'étaient des *Joyeux*, qui arrivèrent avec leurs armes et attendirent les ordres du capitaine. Il leur prescrivit triomphalement d'emmener le lieutenant dans son logement, de l'autre côté de la rue, et de monter la garde devant sa porte. Astaire les suivit sans mot dire, anéanti, n'ayant plus que la sensation confuse d'un immense effondrement. Il entra dans la chambre humide et sombre qu'il avait habitée autrefois et qui lui était assignée maintenant pour domicile, et tomba sur le petit lit de fer de Bernard, en proie à une crise de nerfs qui mit longtemps à se calmer.

Lorsqu'il revint à lui, il se prit à contempler stupidement la grande chambre à carreaux disjoints, à plâtras maculés, à étais réunis par de grandes toiles d'araignées, meublée seulement de quelques objets appartenant à Bernard : des effets militaires, un fragment de miroir, des images, des boîtes d'allumettes collectionnées avec soin, un bout de bougie planté dans une bouteille... Et dans ce désordre, tressaillant à chaque coup de vent qui précipitait des envolées de poussière dans la salle, un hideux lézard de palmier, à formes antédiluviennes, objet sans doute de distraction pour l'ordonnance, vautrait lentement son corps épineux.

La nuit tombait : on n'entendait que les bruits lointains de la Redoute et, plus rapprochée, la promenade de la sentinelle qui sifflotait l'*Amant d'Amanda*, un air gai et contrastant horriblement avec la situation de l'esprit d'Astaire. Le lieutenant avait froid et frissonnait, sans avoir le courage de bouger pour ramener la circulation dans ses membres engourdis. Tout à coup le souvenir de Suzanne lui revint et le tira de sa torpeur. La jeune femme devait l'attendre depuis longtemps, s'inquiéter de ne pas le voir rentrer. Comment s'était-il laissé abattre au point de l'oublier ? Il alluma la bougie et écrivit au crayon, sur une feuille déchirée de son carnet, une lettre à sa maîtresse.

Il lui racontait ce qui lui était arrivé, sans rien lui cacher, ni sa rage, ni les projets de vengeance qu'il faisait. « J'ai été emporté par la colère, disait-il, et je n'ai pu souffrir qu'on t'insultât, ma bien-aimée. J'en porte la peine. On m'enverra sans doute en prison, à Mers-el-Kebir. Tu y viendras aussi. Si nous ne pouvons nous embrasser, nous pourrons toujours nous voir de loin et nous parler. Ne sera-ce pas déjà beaucoup ? »

Comme il terminait ce billet, Bernard entra, l'air effaré. Il apportait des draps, des couvertures et un panier.

— On m'a dit que mon lieutenant était ici pour

quelque temps, fit-il (il ne voulait pas prononcer le mot de punition), et le capitaine Mollet *il* m'a dit comme ça de venir faire le lit de mon lieutenant. Alors *j'ai* venu. Et j'ai apporté aussi des provisions que madame *elle* m'a données. Ah! il y a aussi une lettre. La voici...

Astaire s'empara avec impatience du billet de Suzanne, tant il avait hâte de savoir comment la jeune femme avait appris et supporté la fatale nouvelle.

L'écriture en était presque illisible, et semée çà et là de grandes taches pâles faites par les larmes qui avaient plu sur le papier.

« Mon cher Henri, on vient de me dire que tu es en prison pour n'avoir pas voulu me quitter... Quel homme infâme que ce capitaine! Mais que tu es bon, toi, et que je t'aime! Vois-tu, depuis que je sais que tu as une sentinelle à ta porte, je ne sais que devenir, je deviens folle. Il y a des moments où j'ai envie de prendre ton revolver et de me tuer : j'ai peur qu'à force de te faire souffrir on ne t'oblige à me quitter. Je suis folle, je te dis. C'est Nathan et Bernard qui m'ont tout raconté. Je t'envoie à dîner. Ne t'afflige pas trop et écris-moi deux fois par jour. Je t'embrasse. A toi pour la vie.

« Ta malheureuse

« SUZANNE. »

Astaire rouvrit sa lettre et y ajouta un post-scriptum :

« Ne crains pas, ma Suzanne, que je vienne jamais
à te quitter. L'amour que j'ai pour toi ne s'en ira pas
en fumée. Je ne pourrais vivre sans toi, et je me
demande comment je vais supporter ton absence.
Mais l'espérance de te revoir me soutiendra. Je
t'écrirai comme tu le demandes.

« HENRI. »

Ce fut une nuit horrible que celle-là. Astaire essayait
vainement de dormir. Son cerveau bouillonnait en
proie à mille pensées confuses : sa punition, la réclamation qu'il comptait faire au général sur le motif
des arrêts qu'on lui avait infligés, sur la façon dont
on l'avait traité, en le faisant conduire comme un
criminel entre deux soldats, et du bataillon d'Afrique
encore ! L'infamie du commandant supérieur, la pla-
titude du capitaine Mollet l'exaspéraient, et il mordait
ses draps pour ne pas pousser des cris de rage à leur
souvenir. Puis arrivait l'éblouissante image de sa
bien-aimée, tantôt radieuse et lui disant des mots
d'amour, et tantôt pleurant sur leur triste destinée...

Le va-et-vient de la sentinelle, les grignotements
des souris qui s'en donnaient à cœur-joie dans cette
masure, venaient à la rescousse pour achever de troubler le repos du pauvre lieutenant.

Il attendit le jour avec impatience, pour avoir des
nouvelles de Suzanne. Mais Bernard, à qui il avait
pourtant recommandé de se dépêcher de venir,
n'arriva qu'assez tard. Voici ce que contenait le
billet qu'il apporta :

« Mon bien cher Henri,

« Il est onze heures, je ne puis dormir, je suis restée
bien longtemps sur la porte, m'imaginant que tu
allais venir; Nathan avait des invités : ils chantaient
et riaient, je les entendais, et cela me causait une
peine, et je ne faisais rien que pleurer. A la fin, je
suis rentrée, en laissant la clé sous la porte, tu sais,
à l'endroit où nous la mettions autrefois, pour que tu
puisses entrer, si tu venais. Je fais tout pour ne pas
pleurer. C'était impossible. Je ne puis vivre sans être
près de toi, c'est une folie que j'ai.

« Quand tu es parti pour la guerre, j'ai été bien
triste, mais moins que maintenant. Alors, du moins,
tu n'étais pas dans cette affreuse maison, tout seul
et sans consolation.

                    « Six heures du matin.

« Hier, Bernard m'a dit qu'il pourrait peut-être me
faire entrer à la Redoute. Je t'en prie, dis-lui qu'il
m'y mène, rien que pour te voir. Je suis à faire pitié.
J'ai tant pleuré que je crois qu'il va me sortir du sang
des yeux : j'ai un mal de tête affreux. Je vais pour
faire une chose, et je ne sais plus ce que je voulais, je
l'ai oublié. Je ne songe plus qu'à me mettre sur le
seuil de la porte et à regarder la Redoute. J'ai demandé
à Bernard si je pouvais voir ta maison : il m'a dit que
non, et cela m'a fait bien de la peine. Aujourd'hui, je
suis encore plus abattue qu'hier. Je crois que je
mourrai de regret, de peine et de douleur. Je t'em-

                                        26

brasse tendrement. Ah! mon bien-aimé, comme tu
souffres pour moi!

« SUZANNE. »

En lisant cette lettre naïve, Astaire était profondément attendri. L'amour n'était donc pas un vain mot,
puisqu'il avait identifié leurs deux âmes si différentes,
et que les douleurs dont il souffrait se répercutaient
à ce point dans le cœur de Suzanne. Il était fier d'être
aimé ainsi et se sentait prêt à braver pour elle de
nouveaux dangers, de nouvelles souffrances. Comme
il se sentait maintenant au-dessus des mesquines
passions du capitaine Parenteau ! Il écrivit à sa maîtresse, en affectant une gaieté qui était loin de lui.

« Tu as tort, ma Suzanne bien-aimée, de tant
t'affliger de ce que j'ai une sentinelle à ma porte :
pour moi, je m'imagine tout bonnement en la voyant
là que je suis maintenant colonel... Il ne faut pas non
plus se rendre malade à force de pleurer. Fais comme
moi : j'ai des livres, je lis, j'écris, je dessine un peu,
et, comme je demeure en face du commandant, je
chante toute la journée pour le faire enrager. Je me
figure que je fais une traversée pour aller dans une
terre promise.

« Le voyage est un peu long, il est vrai, il renferme
quelques heures d'ennui. Mais je dois le faire. Souf-
frons, s'il le faut, en ce moment : le bonheur nous
fera oublier plus tard ce que nous endurons. Pour
moi, je puise mes forces dans mes souvenirs. Il en

est un, surtout, que je me rappelle avec attendrissement : Dra-er-Plesnel, avec ses tamarins à fleurs roses.
Tu te souviens? Après avoir déjeuné avec le vieux
caïd, nous allâmes nous promener sous les arbres au
feuillage vaporeux : comme tu étais jolie et aimante,
ce jour-là! Je ne me plains pas de mon sort actuel,
ma belle adorée, parce que j'ai connu le bonheur, et
que c'est toi qui me l'as donné.

« Tu me demandes à venir dans la Redoute. Je
reconnais là ton affection pour moi, mais parlons
raison, veux-tu? Je suis sûr qu'en ce moment on nous
espionne de tous côtés, on s'imagine que nous allons
faire la folie de nous revoir... Ne nous donnons pas
de torts. La réclamation que j'ai faite pour me dé-
noircir n'en sera que mieux accueillie.

« Au revoir, ma douce et tendre et jolie Suzanne, la
plus aimée de toutes les femmes. Je t'embrasse. Bon
courage. A toi pour toujours.

« HENRI. »

Malgré la gaîté de cette lettre Astaire se trouvait
bien triste et bien seul, une fois qu'il eut rédigé et
envoyé à la poste la réclamation qu'il adressait au
général ; il passa dans une agitation extrême les deux
ou trois premiers jours de sa réclusion. Il se promenait dans sa chambre à la façon des fauves captifs,
essayant d'éteindre par la fatigue les pensées qui le
rongeaient. Puis il tomba dans une sorte de torpeur,
passant des heures couché, non pour dormir, le sommeil l'avait quitté pour longtemps, mais pour lire

en s'efforçant de ne pas penser à sa maîtresse. Il
oubliait souvent sa lecture pour ressentir plus douloureusement le poids de sa disgrâce.

La privation de la liberté lui importait peu. C'était
Suzanne qui lui manquait. Il aurait passé volontiers
six mois en prison si la jeune femme était restée
avec lui. Les souvenirs lui revenaient en foule, ironiquement doux, comme pour mieux lui faire sentir
tout ce qu'il avait perdu : les souvenirs surtout de
son voyage, de tout ce qu'il avait dépensé d'amour
et de caresses en ces moments inoubliables. Dans
cette solitude troublée seulement par de rares bruits
du dehors et par les régulières sonneries du clairon
qui indiquait les heures de la journée, des visions
caressantes venaient troubler le cerveau du jeune
officier comme si ce n'était pas assez de ses douleurs
morales pour l'affoler.

Que de nuits il passa dans la fièvre, cherchant sa
maîtresse sans la trouver, la désirant sans pouvoir
la serrer dans ses bras! Et il lui écrivait, dans ces
moments où il était emporté par le paroxysme de la
passion : « Quelle envie j'ai de t'étreindre et de
savourer la douceur de tes baisers vivifiants! Quels
désirs de me pâmer dans tes bras au milieu des plus
douces délices qu'il soit donné à l'homme de goûter! Avec quelle tendresse nous nous raconterions
nos malheurs passés!... »

Toutes ces tristesses étaient accrues de celles de
Suzanne. La jeune femme était la victime désignée
à une foule de jalousies, d'inimitiés cachées. Beau-

coup de soldats, des colons, des officiers même, vinrent chez Nathan, sous un prétexte futile, cherchant à entrevoir la personne pour laquelle Astaire ne craignait pas de risquer son avenir, et colportant les inventions les plus grotesques, que le vieux juif ne manquait pas de croire sur parole et de rapporter fidèlement à Suzanne Linier.

Un jour, on prétendait que le général avait donné l'ordre de mettre Astaire dans la prison des indigènes, en défendant de lui apporter autre chose que du pain et de l'eau. Ou bien on le faisait partir en colonne, et il fallait que le lieutenant donnât à sa maîtresse de longs raisonnements pour la détromper. Nathan racontait qu'il était passé devant la maison de l'adjoint de bureau arabe, et qu'il avait vu celui-ci très triste, écrivant auprès de la fenêtre.

Alors, Astaire devait rassurer sa maîtresse en affectant des airs de tranquillité qu'au fond il était loin d'avoir.

Des maux plus réels vinrent encore augmenter son chagrin. Dès le lendemain de la mise aux arrêts du jeune officier, le commandant supérieur, qui se promenait souvent devant la maison de Nathan, sans doute dans l'espérance que Suzanne fléchirait devant lui, s'était aperçu que Bernard continuait à faire les commissions de la Bretonne. Il le fit prévenir par l'adjudant qu'il lui infligerait quinze jours de prison s'il le voyait de nouveau entrer chez « cette femme ». L'ordonnance continua de plus belle à faire la navette entre le logis d'Astaire et celui de Mlle Linier, d'autant

26.

plus que depuis la détention du lieutenant il couchait
dans la deuxième chambre de la maison de Nathan.
Pour aller chez Suzanne, il passait par la boutique
du juif. Bien lui en prit d'agir ainsi. Abdelhakem, qui
fut vu entrant chez la jeune femme, fut mis en
prison.

Au commencement, Bernard avait paru s'intéres-
ser au sort de Suzanne et prendre plaisir à braver les
persécutions de l'autorité; mais il se lassa bientôt de
ce rôle et préféra se poser en victime. Il aima mieux
pérorer chez Nathan, se faire payer des « muffées »
par ceux qui étaient curieux de connaître tous les
détails de l'histoire d'Astaire, que de rester chez
Suzanne à écouter ses doléances. Peu à peu, à force
de se dire et de répéter : « C'est grâce à elle que la
maison de mon officier m'est fermée, que lui-même
est puni et forcé d'habiter une ignoble boîte », il en
venait à la haïr. L'affection réelle qu'il portait à
Astaire avait été un peu jalouse de Suzanne et l'amenait à détester celle-ci. Il en vint à reprocher à la
Bretonne de lui donner trop de lettres à porter. Celle-
ci s'en plaignit au lieutenant, qui *lava la tête* à son
ordonnance. Bernard reçut avec soumission la semonce
de son officier, mais fit le soir même une scène à la
jeune femme. « Si c'est comme ça, lui dit-il, il fera
chaud quand vous me reverrez à la maison. » Et en
effet il resta deux jours sans revenir.

Nathan était justement parti pour El-Biodh avec sa
famille, pour passer la fête du Grand-Pardon. Suzanne
resta seule, sans bois pour faire du feu et presque

sans provisions, dans cette chambre froide où le moindre souffle de vent, passant sous la porte mal jointe, soulevait chaque fois des tourbillons de pous-sière ; une pluie épaisse tombait au dehors et des décharges électriques tonnaient à chaque instant dans le ciel assombri. Et la pauvre petite Bretonne se si-gnait superstitieusement à chaque coup de tonnerre, croyant que le ciel voulait la punir de s'être donnée à Astaire, se rappelant les récits terribles qu'on lui avait faits au sujet de la foudre.

Elle passa la nuit en prières au pied de son lit, sentant un délaissement, un vide affreux tout autour d'elle. Le lendemain, elle écrivit à son amant, par l'entremise de Paulin, qui vint lui rendre visite pour la première fois depuis les arrêts d'Astaire :

« Voilà deux jours que je n'ai pas vu l'ordonnance et je n'ai pas de nouvelles de toi. Je n'ai plus de bois pour me chauffer : on dirait que la maison est pleine de neige, il y fait plus froid que quand nous sommes venus d'El-Biodh. Ah ! que je voudrais être près de toi pour que tu me réchauffes. J'ai bien mal à la gorge et à la poitrine. Je souffre beaucoup, mon cher Henri. Tu souffres, toi, mais moi davantage, parce que je sais que tout ce que tu endures, c'est pour moi, et puis j'ai peur de mourir sans t'avoir vu. Il me semble que je vais mourir. Mais mes peines s'envole-raient si je te voyais. Tu te rappelles ma chanson : *Si j'étais petit oiseau !* Ah ! si je l'étais, comme je vole-rais vers toi et comme je te mangerais de baisers !...

« Dans ta dernière lettre tu disais que tu voudrais bien m'apercevoir. C'est ce que j'ai toujours à la pensée. Comment pourrais-je faire pour aller jusqu'à toi? Tu me disais aussi que tu avais rêvé de moi. Hélas! je voudrais bien avoir d'aussi jolis songes; mais, si je m'endors, c'est pour me réveiller presque aussitôt, en sursaut, ou si je rêve, c'est de choses affreuses, qui me font peur.

« Écris-moi pour me consoler, parce que je suis bien triste, et envoie-moi l'ordonnance. Je t'embrasse de toutes mes forces et je reste à pleurer en pensant à toi.

« SUZANNE. »

Paulin avait été tellement ému de la détresse de la jeune femme, qu'il alla frapper à la fenêtre du prisonnier pour lui remettre le billet et tout lui conter. Astaire tomba dans une stupeur profonde. Hé quoi! Bernard était-il oublieux à ce point des bontés que son officier avait toujours eues pour lui?

Le lieutenant avait souffert aussi de l'absence de son ordonnance, mais il était tellement peu soucieux du confort qu'il s'était contenté de manger les restes du jour précédent, ne voulant solliciter la compassion de personne. Et voilà qu'il apprenait que Suzanne avait souffert, qu'elle était malade. C'étaient de nouvelles inquiétudes, et plus poignantes que toutes les autres. Il semblait à Astaire que s'il avait été près de sa maîtresse, l'embrassant, la dorlotant, elle n'aurait senti aucune douleur.

Oh ! comme il l'aurait réchauffée dans ses bras, comme il lui aurait demandé pardon d'avoir été la cause de tant de souffrances ! Et de bonne foi, le jeune homme oubliait que, depuis dix jours, il était sans feu, ne mangeait que des mets froids qui lui fatiguaient l'estomac, et ne songeait qu'aux douleurs de Suzanne. Il se disait : « Toutes ces injustices que j'endure finiront par m'endurcir le cœur, tout bon et tendre qu'il était. Hélas ! j'aurai besoin d'être bien aimé pour oublier ce qui se passe maintenant et guérir les blessures de mon âme ! » Et quand Bernard arriva, confus et repentant, l'officier de bureau arabe lui parla de manière à lui ôter l'envie de faire une nouvelle fugue à l'avenir.

XXIII

JOURS D'ÉPREUVE

Le commandant supérieur avait d'abord compté obtenir d'Astaire le renvoi de Suzanne, et il avait essuyé un échec ; une fois le lieutenant puni, il avait espéré triompher du moins du côté de la jeune femme, en l'isolant et en cherchant alors à se rapprocher d'elle, mais l'insurmontable horreur qu'il inspirait à la Bretonne s'était accrue devant les amertumes dont elle et Astaire étaient abreuvés depuis bientôt une quinzaine de jours. Il rencontrait encore là une résistance à laquelle il n'était pas habitué. L'adjoint civil, poussé par sa femme, qui ne pouvait pardonner au lieutenant ses dédains et certaines plaisanteries qu'il s'était permises sur son compte, soufflait encore sur le dépit du capitaine Parenteau. « On vous brave, lui disait-il. Êtes-vous le commandant supérieur ou ne l'êtes-vous pas ? Voilà une femme de mauvaise vie qui déshonore la commune de Bugeaudville : elle dit tout haut que son amant est puni injustement, tout simplement parce qu'elle n'a pas voulu de vous. Je sais bien que c'est une calomnie, mais je vous la cite pour vous montrer ce que peut dire une femme irritée... » Il n'en fallait pas tant pour faire saigner l'orgueil du capitaine Parenteau et le porter à des mesures extrêmes.

Suzanne fut bien surprise le jour où elle vit entrer chez elle le garde champêtre. Ce grave personnage la salua légèrement de la tête et lui dit d'un air d'importance :

— Je suis envoyé par le commandant supérieur pour vous faire *assavoir* que vous devez partir par le prochain convoi...

— Comment cela ! s'écria Suzanne en pâlissant. Est-ce Henri qui me renvoie ?

— Non, c'est le commandant supérieur qui m'a dit de vous signifier la chose.

— Mais je ne veux pas partir, protesta la jeune femme.

— Faute de quoi, continua froidement le garde champêtre, on vous fera filer par force entre deux gendarmes. Allons, ma petite dame, il faut vous résigner. Ici, quand le commandant supérieur ordonne, il faut obéir.

Suzanne s'était laissée tomber sur une chaise et sanglotait. Un tel affront, à elle ! Et personne ne pouvait la défendre. Et avec cette terreur instinctive que les gens du peuple ont de la justice, elle se voyait déjà enchaînée, mise dans une charrette entre deux gendarmes rébarbatifs... A la fin, elle s'écria :

— Mais quel crime ai-je donc commis ?

Le garde champêtre haussa les épaules :

— Que voulez-vous que je vous dise? Que faites-
vous ici? Rien. Vous êtes la maîtresse d'un officier,
c'est pas pour vous offenser, mais c'est pas un
métier.

« Pour lors, M. Parenteau peut vous faire les cent
mille misères, s'il vous a dans le nez. Ah! si vous
aviez comme qui dirait une profession, on ne pourrait
rien vous dire. Mais comme ça, tant pire pour vous.
Et maintenant, qu'est-ce j'y dirai au commandant?

— Je ne sais pas; je réfléchirai, répondit Suzanne
entre deux sanglots.

— C'est bon, je reviendrai, dit le fonctionnaire en
sortant.

Suzanne eut alors un de ces bruyants accès de douleur communs aux femmes et aux enfants : des cris,
des râles, des hoquets, des gestes tragiques qui cherchaient dans la chambre une consolation, un soulagement. Et maintenant, ce n'était pas la cruauté du
traitement qu'elle subissait, la honte qui lui était réservée, l'incertitude de son avenir qui la faisaient
pleurer, mais bien la perte irrémédiable de son
amour! On voulait la séparer violemment d'Astaire
et certainement le commandant supérieur ne borne-
rait point là sa vengeance; il s'arrangerait de façon
à empêcher le lieutenant d'aller la rejoindre, plus
tard, quand le temps de la punition serait expiré.

Et, dans le tumulte de ses pensées, une phrase du
garde champêtre revenait comme un refrain : « Ah!
si vous aviez une profession, on ne pourrait rien vous
dire. » Il lui vint un projet qui grandit peu à peu dans

27

son esprit; elle était adroite aux ouvrages de couture : pourquoi ne prendrait-elle pas du travail dans Bugeaudville? Toute fière de son idée, elle étouffa ses répugnances à aller chez les colons qui lui avaient fait le plus de mal; elle sécha ses larmes et sortit, pour chercher de l'ouvrage.

Ah! si Astaire avait pu la voir, sa chère Suzanne, se rendant de maison en maison, éprouvant des humiliations de toute sorte, comme sa douleur et sa rage s'en seraient accrues! L'adjoint civil assura à la jeune femme que personne dans Bugeaudville ne voudrait lui donner de l'ouvrage et contrevenir ainsi aux ordres du commandant; quant à Mme Tablin, elle ajouta que chez elle il n'entrait jamais que des personnes honnêtes, à quoi Mlle Linier ne put s'empêcher de lui riposter : « On a tort de m'en vouloir, madame, car enfin je n'ai tué personne, moi. » Cette réflexion eut le don de mettre en fureur l'ancienne condamnée ; elle poursuivit d'injures grossières celle qui venait de faire une allusion si claire à son passé. Suzanne sentait le courage lui manquer : mais il lui fallait réussir, coûte que coûte. Ne devait-elle pas souffrir un peu, pendant que son amant était en prison à cause d'elle? Cette pensée lui donna des forces pour entrer chez le garde champêtre : celui-ci était absent, et sa femme refusa de prendre une détermination sans lui. « C'est une chose trop grave, vous pensez... Si le commandant venait à en vouloir à mon mari... Non, voyez-vous, je ne crois pas que mon mari y consente... » Suzanne reprit tristement le chemin de la

maison. Décidément tout le monde était contre elle,
il fallait qu'elle suivît sa destinée...

Elle passa devant l'auberge Parrot : si elle y entrait,
peut-être aurait-elle plus de succès... Elle hésita longtemps en entendant des cris, des chocs de verres. A
la fin, prenant son courage à deux mains, elle franchit
le seuil. Une demi-douzaine de buveurs, des *Joyeur*
pour la plupart, la regardèrent et firent à demi-voix
des réflexions inconvenantes sur son compte. Elle,
toute rouge, attendait qu'il vînt quelqu'un de la maison... Parrot entra, un gros homme violacé qui alla
d'un air étonné vers la jeune femme. Alors, elle lui
conta tout bas, avec des hésitations, des arrêts à
chaque phrase, pourquoi elle venait. L'aubergiste
s'attendrissait visiblement; cela donna du courage à
Suzanne; et, à la fin, quand il lui dit : « Je ne demande pas mieux, mon enfant, je vais en parler de
suite à mon épouse », la jeune femme lui lança un
regard de reconnaissance : elle sentait sa cause ga-
gnée.

Elle le fut, en effet. Suzanne plut à Mme Parrot qui
s'intéressait toujours, et pour cause, aux aventures
amoureuses, et il fut convenu que la Bretonne s'instal-
lerait pour travailler, dans une chambre voisine et
qu'elle commencerait deux heures après. « Je les défie
bien de vous faire partir maintenant », ajouta le gros
Parrot, qui avait Tablin en horreur. Suzanne, le
cœur inondé de joie, reprit légèrement la route qu'elle
avait faite avec tant de tristesse une heure auparavant.

Il est difficile de dépeindre l'effet que produisit sur
Astaire la lettre de sa maîtresse lui annonçant sa détermination. Ainsi, le commandant supérieur avait
trouvé le moyen de le torturer : il osait s'attaquer à
Suzanne, maintenant! Le lieutenant s'en voulait d'être
enfermé, de ne pouvoir protéger sa maîtresse : tous
ses souvenirs de lectures lui revenaient, et il se disait
amèrement que les aventures de roman soñt bien
impraticables dans notre siècle. Il aurait trouvé tout
comme un autre le moyen de s'évader, d'aller se
venger du commandant supérieur, ou protéger
Suzanne : mais où irait-il, que ferait-il après? Il lui
prenait des idées folles, désespérées, qui tenaient plus
du cauchemar que de la vie réelle : faire venir son
cheval devant la porte, bousculer ou poignarder la
sentinelle et fuir au galop jusque chez Nathan, et là,
soutenir un siège, s'il le fallait...

Peu à peu ses pensées devinrent plus saines : il
relut la lettre de Suzanne avec un profond attendrissement. La jeune femme consentait à un travail merce-
naire et à des humiliations qu'il devinait, pour rester
à Bugeaudville. Ses pauvres petites mains se fatigue-
raient à coudre des étoffes grossières. Ah! comme il
se promettait de les baiser souvent, ces doigts meurtris
par les piqûres d'aiguille — humbles blessures reçues
pour lui, à cause de lui!...

L'adjoint civil éprouva une fureur indicible en apprenant que Suzanne ne voulait pas partir. Il résolut
de frapper un grand coup et se rendit chez la Bretonne dans un moment où il savait qu'elle s'y trouvait.

Il s'exprima avec d'autant plus d'assurance qu'il n'avait affaire qu'à une femme désolée : la profession actuelle de Suzanne n'était qu'un subterfuge auquel personne ne serait pris, il faudrait bien qu'elle partît, fût-ce entre quatre hommes et un caporal — les autorités civiles et militaires étant d'accord là-dessus. Ce disant, il exhibait son écharpe qu'il portait sous son pardessus. Il n'en fallait pas tant pour terrifier la pauvre Suzanne : elle promit ce qu'on voulut, et Tablin put espérer avoir remporté la victoire, jusqu'à ce que Parrot l'eût détrompé en disant que la jeune femme travaillait pour lui et que personne « pas même le président de la République » ne pourrait la forcer à s'en aller.

Le commandant supérieur, averti par Tablin de cet insuccès, fit prévenir Suzanne qu'il avait à lui parler. Elle ne voulait pas aller chez lui : il fallut que Parrot la sermonnât et lui proposât de l'accompagner pour la faire consentir à s'y rendre. Le capitaine Parenteau la questionna froidement, les yeux baissés, affectant d'écrire toutes les réponses que lui faisait la jeune femme : à quelle époque elle était arrivée, son nom, son prénom, son lieu de naissance. Ce calme affecté remplissait d'autant plus Suzanne de terreur qu'elle ne s'était pas figuré trouver ainsi le commandant supérieur. Et quand, sur une nouvelle question de M. Parenteau, elle eut répondu qu'elle ne voulait pas quitter Bugeaudville, il dit négligemment :

— Tant pis pour M. Astaire, et peut-être tant pis pour vous. Je vais rendre compte au général. Nous

27.

verrons les ordres qu'il donnera à votre égard...
C'est bien, je ne vous retiens pas.

Suzanne sortit de là si troublée qu'elle ne songea
même pas à passer devant la maison où son amant
était enfermé. Elle n'y pensa qu'après sa sortie de la
Redoute, et il était trop tard pour retourner sur ses
pas.

Suzanne continua à se rendre chez Parrot, pour y
travailler; mais elle n'avait pas la même confiance
que le premier jour : elle craignait de nouveaux malheurs, malgré la gaîté affectée des billets qu'elle
écrivait deux fois par jour à son amant, en réponse
aux deux lettres qu'elle recevait de lui. D'ailleurs sa
nouvelle profession l'exposait à de cruels ennuis. Bien
qu'elle travaillât dans la chambre de Mme Parrot, il
arriva plusieurs fois à des officiers, qui s'autorisaient
de la familiarité qu'ils avaient avec l'aubergiste, de
pénétrer jusque-là et d'essayer d'entamer une conversation qu'ils ne réussissaient pas à entretenir en
présence du mutisme de Suzanne.

Une fois même, Martinotti, sorti de l'hôpital et
repris par ses anciennes habitudes, était venu adresser
à la jeune femme des compliments pâteux devant
lesquels elle avait dû fuir. Puis, il avait été convenu
que Suzanne dînerait le soir avec la famille Parrot,
et que Bernard viendrait la chercher après ce repas
pour la reconduire chez elle, et il arrivait souvent
que l'aubergiste, retenu par ses affaires, ne se mettait
à table que fort tard, et la Bretonne, n'osant faire
attendre l'ordonnance qui s'impatientait, prétextait

un manque d'appétit et rentrait chez elle, l'estomac vide. Mais elle était fière de ces menues souffrances : elles établissaient une communauté de plus entre elle et son amant.

Pendant ce temps, Astaire était toujours enfermé, ne sachant ce qu'il adviendrait de lui. Il espérait que sa réclamation porterait, et qu'il pourrait à son tour humilier le commandant supérieur et sortir de Bugeaudville en emmenant Suzanne avec lui. C'est pour cela qu'il lui écrivait à chaque instant :

« Ma bien-aimée, ne t'en va pas, je t'en prie, le commandant ne peut te faire partir de force et je ne veux pas qu'il ait la joie de te voir éloignée de moi. » Il lui semblait que si sa maîtresse quittait Bugeaudville, s'il était privé de la consolation de lire chaque jour de ses lettres, il ne lui resterait aucun courage pour résister à ses ennemis. Il redoubla d'instances à l'arrivée du convoi qui était annoncé depuis longtemps. Ce convoi devait repartir le lendemain.

Il y avait treize jours qu'Astaire était enfermé, et il s'étonnait de ce que le général n'eût pas donné signe de vie soit pour l'envoyer en augmentation à Mers-el-Kebir, soit au contraire pour lui donner raison après avoir lu la réclamation. Le lieutenant avait écrit à l'officier d'ordonnance du général de brigade, et n'en avait reçu aucune réponse. Il était perplexe, car sa punition expirait le surlendemain. Quelle serait sa ligne de conduite en sortant des arrêts ? C'est ce qu'il s'était demandé bien des fois. Il s'était promis à la fin de renouveler sa demande de démission et de continuer à vivre avec Suzanne comme par le passé.

Bernard entra, une lettre à la main. C'était la réponse de l'officier d'ordonnance. Astaire déchira fiévreusement l'enveloppe et en parcourut le contenu. Il poussa un cri de douleur : son camarade lui annonçait que le général n'avait pas reçu sa réclamation ; le rapport du commandant lui était seul parvenu, et il n'avait fallu rien moins que les brillants antécédents d'Astaire pour l'empêcher « d'y sauter ». Le général s'était contenté de lui infliger une augmentation de trente jours d'arrêts de rigueur, à subir à Bugeauville, à cause de sa querelle avec son chef de service. Quant à l'histoire de la femme, ajoutait l'officier d'ordonnance, le patron s'en moquait.

Astaire demeura atterré. Il avait encore à subir trente-deux jours de ce supplice. La douleur qu'il ressentit à cette pensée fut si intense qu'il se dit : Je ne pourrai jamais! Peu à peu, il se mit à réfléchir à la bizarrerie de ce qui lui arrivait, à cette réclamation perdue, n'arrivant pas jusqu'au général. Cette pensée fut une lueur pour lui. Il se rappelait les longues pauses du commandant supérieur chez le sous-officier chargé de la poste. Plus de doute, la réclamation avait été interceptée!

Chose étrange, il devint plus calme, une fois cette conviction arrêtée en lui. Il ricana même en disant à haute voix : « Eh bien! la comédie est complète, maintenant. Je raconterais au général seulement la moitié des infamies commises par Parenteau, et l'on appellerait cela une délation : il envoie un rapport contre moi, où il peut se permettre sur mon compte toutes les calomnies possibles, puisque je ne le contrôle pas, et il passe pour faire son devoir. Eh bien! puisque je ne puis lutter contre la fatalité, je tâcherai de m'y résigner, mais trente-deux jours encore sans voir Suzanne !

Il passa encore une cruelle nuit d'insomnie, et ne s'endormit qu'au matin, d'un sommeil lourd, plein de soubresauts et d'angoisses indicibles. Un coup frappé à la fenêtre le réveilla. C'était Paulin qui lui faisait signe d'ouvrir :

— Brunet est parti ce matin, lui dit l'interprète, qui paraissait chercher un sujet de conversation. Il est évacué sur l'hôpital d'Oran.

— Il est donc malade? demanda Astaire.

— Fou, répondit Paulin.

Ce mot sonna lugubrement aux oreilles du lieutenant, et il resta silencieux, en proie à une foule de pensées amères.

L'interprète continua :

— Je vous ai rendu un fameux service hier. J'ai parlé à votre maîtresse...

Il ne put continuer : le commandant supérieur tournait le coin de la rue. L'interprète disparut en faisant signe à Astaire qu'il continuerait plus tard cet entretien. Le lieutenant resta fort perplexe : de quel service son ami voulait-il parler? Mais il cessa bientôt de chercher en songeant que Suzanne lui en parlerait dans sa lettre du matin. Toutes ses pensées se reportèrent vers la jeune femme; et, en proie à une singu-

lière exaltation, il déclama le *Balcon* de Baudelaire.
Il avait appris cette magnifique pièce par cœur et la
récitait comme un *Credo* amoureux :

> Mère des souvenirs, maîtresse des maîtresses,
> O toi, tous mes plaisirs! ô toi, tous mes devoirs !
> Tu te rappelleras la beauté des caresses,
> La douceur du foyer et le charme des soirs,
> Mère des souvenirs, maîtresse des maîtresses !...

Il en était là, quand Bernard entra. Il avait l'air
consterné, et faisait des efforts visibles pour cacher
son embarras, en remettant une lettre à Astaire :
« Mon bon Henri, écrivait Suzanne, pardonne-moi la
peine que je vais te faire, mais c'est pour ton bien...
Il faut que je quitte Bugeaudville, sans cela ils te ren-
draient trop malheureux. C'est M. Paulin qui est venu
hier soir ; il m'a tout expliqué. Le général a envoyé
une lettre au commandant supérieur ; il te donne
encore trente jours de punition, et demande si je suis
encore ici. C'est afin de t'envoyer en prison si je ne
suis pas partie. Alors, il vaut mieux que je m'en aille.
Mais si tu savais quelle nuit j'ai passée à pleurer et
à t'appeler ! Encore maintenant je ne puis écrire, tant
les larmes m'empêchent de voir. Mon cher, mon bon
Henri, si tu savais comme je t'aime ! Puisqu'il le faut,
je vais partir tout à l'heure et je t'attendrai à El-Biodh.
Écris-moi souvent, parce que je suis bien malheureuse, va !... »

— Madame est partie ce matin ? demanda à Bernard
Astaire dont la voix tremblait.

— Oui, mon lieutenant, à six heures. Et elle pleurait que c'était une pitié. Le commandant supérieur
était là pour la voir monter en charrette... Elle m'a
bien recommandé d'avoir soin de mon lieutenant et
de ne lui remettre cette lettre que maintenant pour
que mon lieutenant ne la fasse pas retourner.

Pauvre Suzanne, elle était tombée dans le piège
que M. Parenteau avait ourdi. Paulin, trop crédule,
avait rendu à son ami un service à la façon de l'ours
de la fable; et Suzanne s'était sacrifiée pour sauver
son amant. Elle allait être horriblement malheureuse, et le commandant supérieur jouirait de la
double détresse qu'il avait causée; à ce moment-là
justement il se promenait dans la rue d'un air satisfait, comme pour insulter à la douleur d'Astaire. C'en
était trop, à la fin !

— Bernard, m'êtes-vous attaché? demanda le lieutenant à son ordonnance.

Et sur une réponse affirmative du *tringlot*, Astaire
continua :

— Eh bien, vous pouvez me rendre un grand, un
immense service. Voilà. Vous allez sortir sur mon
cheval, en couverte, comme pour le promener. Vous
partirez au pas sur la route d'El-Biodh, puis une fois
hors de vue, vous galoperez. Il s'agit d'aller en trois
heures à la Senia. Vous remettrez ceci à madame,
vous louerez pour elle un cheval et vous la ramènerez
cette nuit. Il faut que personne ne le sache.

— Compris! Je tâcherai moyen de réussir, répondit
Bernard, tout fier de la confiance que lui montrait

l'officier. Il serra avec respect la main que lui tendait celui-ci, dans l'effusion de sa gratitude, et sortit.

Astaire passa une journée d'angoisse. Tantôt il se figurait que Bernard n'arriverait pas à temps, ou qu'un obstacle imprévu l'arrêterait, et tantôt il se disait que Suzanne ne viendrait peut-être pas, qu'elle ne croirait pas à ce billet dans lequel il cherchait à la détromper... Puis, le soir venu, n'y tenant plus, il ouvrit la porte, et se tint sur le seuil. C'était la première fois qu'il se montrait ; la sentinelle le regarda longtemps, d'abord avec curiosité, puis bientôt avec compassion, et, pour entamer la conversation, s'exclama après avoir toussoté un peu :

— Il ne fait pas chaud ce soir, tout de même !

Astaire n'osait s'avouer tout le plaisir que lui causait cet homme en cherchant à lui parler. Depuis une quinzaine de jours le pauvre lieutenant se croyait presque abandonné du reste du monde. Il répondit au *Joyeux* par un propos en l'air, et la conversation s'engagea. Le factionnaire oubliait un peu que le prisonnier qu'il gardait avait des galons, et Astaire n'était pas tenté de l'en faire souvenir. Il répondait couramment aux banalités du soldat mais gardait le silence lorsque les questions devenaient trop indiscrètes, au moment par exemple où le *Joyeux* lui disait en manière de réflexion :

— C'est tout de même rudement dégoûtant, ce qu'on fait là. Y a des gens qui s'croient tout permis. Voleur de Dieu ! si ça n' fait pas suer...

Et, peu à peu, le soldat devint plus expansif.

— C'est comme chez nous, voyez-vous. Il y a de braves gens et il y en a de mauvais, *bezef* de mauvais. Moi je suis là dedans pour une absence illégale. Vous comprenez, les jupons... Eh bien, malgré tout, vous n'en trouveriez pas un, aux *Joyeux*, qui ne soit content de rendre service à un officier dans la peine...

Il s'était rapproché et parlait tout bas :

— La consigne est de ne laisser entrer personne chez vous. Eh bien, on s'en f... de la consigne. Il n'y a qu'à ne rien voir entrer. Voilà mon sentiment. Si le cœur vous en dit...

Astaire, troublé par cette confidence, adressa au factionnaire quelques paroles de remerciement et rentra. Neuf heures seulement. Comme le temps était lent à passer! Le lieutenant essaya de lire, mais les lettres dansaient devant ses yeux; son esprit était ailleurs, distrait par une inquiétude toujours grandissante. Bernard n'était pas encore de retour. Était-il arrivé malheur à Suzanne? Les routes étaient peu sûres la nuit, par ces temps troublés surtout, et l'ordonnance se trouvait sans armes... Des images terribles passaient devant les yeux du lieutenant, et il commença à se reprocher amèrement son imprudence...

Les heures s'écoulèrent. A la fin, Astaire, engourdi par le froid, s'était assoupi. Il n'entendit pas des chuchotements à la porte, des pas qui s'éloignaient furtivement. Le silence lugubre recommença troublé, seulement par la marche, les accès de toux de la sentinelle, la crosse du fusil frappant le sol...

Le lieutenant fut tout à coup réveillé par la porte

28

qui s'ouvrait. A la lueur mourante de la bougie, presque consumée, il distingua deux militaires qui entraient. Mais le son d'une voix bien connue vint le détromper : — « Suzanne. » Il se jeta à bas du lit et reçut dans ses bras sa maîtresse pâmée par l'émotion, qui sanglotait en l'embrassant. Mais quoi, ce déguisement? Bernard mit son officier au courant de ce qui s'était passé. Il avait ramené Suzanne et comme la jeune femme avait voulu venir à toute force, il s'était entendu avec la sentinelle, « et j'ai prêté ma tenue numéro un à madame qui l'a mise ». Bernard racontait cela sans phrase, le trouvant tout simple, et le brave garçon ajouta : « Je reviendrai dans deux heures, ne faites pas de bruit! » Puis il s'assura qu'aucune fissure n'existait au volet ni à la porte, et sortit sans attendre de remerciements.

Suzanne se cachait toujours le visage, honteuse peut-être de la singularité de son costume. Si Astaire avait été moins ému, il aurait peut-être ri du lourd pantalon basané, du dolman si long qu'on avait dû en relever les manches, du képi sous lequel s'obstinaient à friser les beaux cheveux blonds de sa maîtresse. Mais il ne songeait pas à en rire, vraiment. Il était si ému qu'il ne remarqua même pas la toux creuse qui secouait par moments le corps délicat de la jeune femme ; le gosier serré par une angoisse indicible, il baisait la joue de Suzanne toute trempée de larmes, en répétant doucement : « Ma pauvre enfant! »

Les deux amants furent longtemps sans pouvoir

parler : la joie de se retrouver leur ôtait délicieusement leurs forces, et ils restaient pressés l'un contre
l'autre, ne songeant à rien qu'à leur bonheur imprévu.

Suzanne rompit la première le silence. Elle inven-
toria d'un long regard navré la chambre sans meubles, la cheminée où jamais on n'avait pu faire de
feu, les carreaux brisés laissant voir la planche moisie
du volet :

— Mon pauvre Henri, murmura-t-elle, comme tu
as dû souffrir !

Il l'avait attirée sur le lit et la regardait tendrement, avidement. C'étaient bien ses yeux bleus riant
à travers le brouillard humide qui les remplissait, la
peau satinée, rosée par la fraîcheur de la soirée,
l'ovale un peu amaigri du visage et les beaux cheveux
blonds cendrés qui voltigeaient au moindre souffle :
« Comme tu tousses ! lui dit-il pourtant à un moment, le cœur serré par une angoisse subite. — Oui,
répondit-elle insouciamment. Un rhume, mais il va
se guérir. » La jeune femme était bien heureuse, et
maintenant elle contait fiévreusement les péripéties
de son voyage. Quand Bernard l'avait rejointe, elle
n'avait pas hésité une minute : le temps de louer un
cheval pour elle, un mulet pour ses bagages et la voilà
partie.

— J'étais en selle arabe, disait-elle. Si tu savais
comme c'était dur ! Mais il fallait arriver, n'est-ce pas?
La nuit nous a surpris au sortir de la Senia. Nous
marchions depuis une heure quand nous entendîmes
crier derrière nous. Bernard me dit : « Madame, je

crois que voilà les Arabes : nous sommes perdus. »
Je lui répondis que non, que ce devait être l'indigène
qui conduisait le mulet. Les cris continuaient. Bernard me dit encore. « Ma foi, madame, je crois qu'il
faut nous sauver. » Et il mit sa monture au galop.
J'avais peur, et comme mon cheval ne voulait pas
marcher, je voyais le moment où je resterais seule sur
la route. Alors je criai à l'ordonnance : « Bernard, pour
l'amour de Dieu, attendez-moi ou je vais mourir de
frayeur. » Il s'arrêta en me disant que l'on ne me
toucherait pas avant de l'avoir tué. Nous continuâmes
à nous presser, mais dans notre terreur nous per-
dîmes le chemin. A la fin, les cris cessèrent, nous
retrouvâmes la route et nous arrivâmes tout doucement ici, où nous trouvâmes notre muletier. C'était
lui qui nous appelait. J'ai eu bien peur, va, et je suis
bien fatiguée, mais je ne le regrette pas.

Astaire écoutait avec émotion ce récit naïf, fait à
voix basse, de peur d'éveiller l'attention du dehors.
Et si les baisers que se donnèrent les amants furent
silencieux, ils rachetèrent bien des inquiétudes et bien
des heures d'ennui, et ils furent savourés avec avi-
dité par ces deux êtres qui vivaient uniquement l'un
pour l'autre et dont les âmes s'étaient pour ainsi dire
fondues en une seule.

Deux ou trois fois pourtant ils s'arrêtèrent au
milieu de leurs caresses, prêtant l'oreille au bruit
d'une ronde, d'un changement de sentinelle, avec
l'horrible appréhension d'une trahison qui eût perdu
sans remède le lieutenant. Mais heureusement ces

craintes étaient vaines et le bonheur qu'ils éprouvaient à se trouver réunis en était doublé. Et quand
Bernard, fidèle à sa promesse, vint chercher Suzanne,
les deux amants avaient fait provision de courage
pour les trente journées qui allaient encore les séparer.

Et, de fait, il sembla que cette nuit avait dissipé la
plus grande partie de leurs chagrins.

Bien que le commandant supérieur, furieux du
retour inattendu de Suzanne, eût ordonné une surveillance plus active autour de la maison de Nathan
et de la chambre d'Astaire, celui-ci supportait sa captivité avec infiniment plus de calme que par le passé.
Pour remettre sa démission des affaires indigènes, il
profita d'une ronde que le capitaine Mollet fit chez
lui.

Le gros homme était embarrassé, et se repentait
peut-être de la rigueur qu'il avait montrée. Il s'étonna
du dénuement de la chambre d'Astaire, qui lui répondit en souriant : « Vous savez bien que je ne suis pas
chez moi. » Il lui offrit du bois ; mais le jeune officier
se garda bien d'accepter, en assurant qu'il préférait
se coucher, faire un *feu de sous-lieutenant*, chose bien
plus pratique et bien plus agréable. Le capitaine
« opéra sa retraite en désordre » ; mais la démission
qu'il emportait eut, cette fois, plus de succès que la
première, et Astaire put espérer rentrer en France à
l'expiration de ses arrêts.

XXIV

DÉLIVRANCE

La punition d'Astaire suivit son cours et les trente
jours passèrent lentement, moins cruels pourtant que
ceux qui les avaient précédés. Le lieutenant trouvait
sa chambre solitaire peuplée maintenant de souvenirs,
et les moindres instants de la nuit inoubliable qu'il y
avait passée avec Suzanne étaient toujours présents
à son esprit et lui tenaient fidèle compagnie : le temps,
qui lui avait paru bien long jusqu'à la moitié de sa
peine, lui sembla plus court à mesure qu'il rayait les
journées écoulées et qu'il calculait le reste. Une fois
au milieu de la route qui le conduisait vers Suzanne,
les lieues lui semblèrent moins fatigantes. L'espoir de
se consacrer entièrement à sa maîtresse, une fois ses
arrêts finis, entrait pour beaucoup dans ce changement.

Et pourtant, quelques ennuis lui vinrent encore,
ricochets de ceux qui frappaient Suzanne. Ce furent
d'abord, au lendemain de la visite faite par sa maîtresse, les importunités du *Joyeux* qui avait été de sen-

tinelle : quoique satisfait de la recompense reçue, il
ne demandait qu'à recommencer, et venait à chaque
instant pour essayer de *carotter* quelque chose en rappelant le danger qu'il avait couru, ou pour demander
soit à Suzanne, soit à Astaire, s'ils ne devaient pas se
donner de nouveaux rendez-vous. Mais, outre que le
lieutenant redoutait un piège, il ne voulait pas compromettre, par une imprudence, sa libération qu'il
entrevoyait prochaine. Suzanne était aussi dans ces
sentiments, et tantôt son amant l'exhortait à la patience, et tantôt elle recevait de son amant des leçons
de prudence. D'ailleurs, Bernard veillait : il fit comprendre au soldat que les bonnes choses ne peuvent
pas se renouveler, pour rester bonnes, et qu'il ne
devait plus espérer protéger de rendez-vous.

La nouvelle de la mort d'un officier, massacré avec
un détachement de la légion qu'il commandait, vint
aussi troubler Suzanne. Mille racontars absurdes coururent à ce sujet dans Bugeaudville. On vint dire
perfidement à la jenne femme que les colonnes étaient
réorganisées, que toute la garnison allait partir.
Alors, elle se figurait Astaire la quittant encore, mais
cette fois sans l'avoir revue et allant se faire tuer à
l'ennemi; ou bien le bruit courait que, les dissidents se
rapprochant, la population civile devait se réfugier
à la Redoute, et on persuadait à la Bretonne que le
commandant ne voudrait pas l'y recevoir puisqu'elle
avait voulu rester malgré lui.

Elle n'osait confier toutes ses inquiétudes à son
amant de peur de l'affliger, ni à la famille Parrot au

milieu de laquelle elle se sentait étrangère. De ce côté aussi, elle avait éprouvé une désillusion. M^{mo} Parrot, après lui avoir montré au début beaucoup de sympathie, avait fait ensuite des comparaisons qui n'étaient pas à son propre avantage, et cherchait à humilier celle qu'elle trouvait trop jolie à côté d'elle, en la traitant souvent comme une servante. La fierté de Suzanne en souffrit; et, bien qu'elle eût pris le parti de rester chez Nathan, pour ne plus s'exposer à des procédés indignes d'elle et d'Astaire, tous ces chagrins l'affectèrent beaucoup. Sa santé, déjà compromise par les fatigues de l'hiver, avait beaucoup souffert de son fatal voyage à la Senia; depuis ce temps, elle avait constamment la fièvre et toussait fréquemment. C'est dans cet état que le trouva Astaire lorsque, après ses dernières journées de punition, remplies de frémissements et d'élans vers le dehors, d'autant plus ardents que sa démission était acceptée, il se vit libre et étourdi par cette griserie de liberté.

L'état de sa maîtresse l'alarma à l'excès, et plus encore le changement survenu en elle depuis un mois : ses traits amaigris, ses pommettes pourpres, ses yeux enfoncés et brillants semblaient au jeune homme autant de symptômes affligeants. La jeune femme essaya de dissiper son inquiétude en lui jurant que ce n'était rien, que la présence de son amant, le bonheur d'être toujours auprès de lui suffiraient à la remettre. Et de fait, pendant les dix ou douze jours qui s'écoulèrent entre la libération d'Astaire et le départ du convoi, l'état de Suzanne sembla considérablement s'améliorer.

Seul de toute la garnison, Paulin osa accompagner ses amis ; le convoi partit enfin. Sur la route, au *Mamelon des adieux*, ils rencontrèrent les spahis du bureau qui avaient tenu à faire leurs souhaits de départ à leur officier, mais en cachette, pour ne pas s'exposer à la vengeance du commandant supérieur. Le lieutenant leur serra la main à tous et surtout à Abdelhakem qui lui disait naïvement les larmes aux yeux : « Il n'y abait que toi de bon ici. Nous sommes berdis maintenant. »

Ce fut là que les amants prirent congé de l'interprète ; il ne pouvait aller plus loin sans s'exposer à la vindicte de M. Parenteau : il les quitta avec une émotion non dissimulée. Astaire donna alors son cheval à Bernard et grimpa dans la charrette où se trouvait Suzanne. Pendant longtemps les deux amants devisèrent, faisant des projets d'avenir.

— Tu verras, disait le jeune officier, comme nous serons heureux à Dinan. Je te ferai oublier ce que tu as souffert dans ce pays de malheur.

— D'abord, disait Suzanne, il nous faudra une petite maison entourée d'un jardin, avec des fleurs...

— Et pas de voisins gênants, ajoutait Henri.

— Et puis nous irons nous promener souvent, ajoutait la jeune femme.

— Oui, fit Astaire rêveur ; j'y ai pensé quand j'étais aux arrêts. Je me voyais allant à l'appel du soir : tu m'accompagnais jusqu'auprès du quartier, et nous allions à tout petits pas, nous contant tout ce que l'amour nous inspirait, nous arrêtant pour nous embrasser.

— Ce sera délicieux, dit Suzanne, redressée à demi sur le matelas sur lequel elle était allongée, pour moins de fatigue.

Un brusque et violent cahot la rejeta en arrière. Elle toussa convulsivement, et le mouchoir qu'elle porta à sa bouche se teignit de sang.

Astaire, éperdu, voulait qu'on arrêtât, qu'on fît demi-tour... Mais Suzanne eut un tel geste de frayeur en entendant parler de revenir à Bugeaudville, qu'il se résigna à continuer sa route.

Oh! le long et l'horrible voyage que celui-là. Le convoi mit un temps infini pour arriver à la Senia.

A chaque instant on rencontrait une ornière, la charrette éprouvait une secousse terrible et penchait à se renverser; les essieux grinçaient et ces chocs retentissaient douloureusement dans le corps brisé de Suzanne.

Astaire, livide, pressait la main de sa maîtresse et guettait les moindres contractions de la douleur sur ce visage adoré.

Enfin le convoi arriva à la Senia. Il était une heure de l'après-midi; le ciel bleu, la température plus tiède que sur les Hauts-Plateaux, annonçaient la venue prochaine du printemps. Cela parut faire du bien à Suzanne. Astaire et Bernard la transportèrent chez la mère Martin, dans la chambre où elle avait déjeuné dix mois auparavant. Un regard éloquent, lancé par la jeune femme à son amant, montra à celui-ci qu'elle s'en souvenait. La mère Martin était toujours la même personne remuante, curieuse et serviable, bien qu'elle

fût un peu piquée *e* n'avoir pas été l'objet de la confiance d'Astaire à son premier passage : il fallut la
mettre au courant de ce qui arrivait. On ne pouvait·
songer à continuer le voyage. Astaire, quoique Suzanne
cherchât à l'en détourner, résolut de s'arrêter à la
Senia, jusqu'au rétablissement de la malade. Il ne
songea même pas qu'il était militaire, et qu'on s'éton-
nerait de ne pas le voir arriver à destination : il ne
pensait qu'à la santé de sa chère maîtresse, et voulait la sauver à tout prix. Il laissa partir le convoi, le
lendemain, et s'installa au chevet de Suzanne.

Le docteur Chartier, mandé en toute hâte, ordonna
quelques prescriptions incohérentes : son état d'hébé-
tude durait maintenant presque toute la journée, grâce
aux doses toujours croissantes de chanvre indien.
Astaire dut se résigner à se passer de médecin, et à
en tenir lieu à force de soins. Le repos, la douceur du
climat, la sollicitude du jeune officier parurent d'abord
faire du bien à la Bretonne; mais des pluies dilu-
viennes survenant bientôt refroidirent la température,
et l'état de Suzanne empira visiblement.

Astaire était au désespoir. Il se reprochait amèrement la maladie de sa chère maîtresse, et s'en attri-
buait la cause. Il exagérait les choses, et se disait :
« Elle va mourir, et mon funeste égoïsme en est cause.
Si elle n'avait pas partagé mes privations et mes
fatigues pendant la campagne, et si je l'avais laissée
partir de Bugeaudville pour El-Biodh, comme elle le
voulait, elle ne serait pas malade maintenant?

Et malgré ces pensées corrosives, il devait, horrible

souffrance, paraître calme, enjoué même, pour cacher
à Suzanne la gravité de son état. La phtisie ne fait pas
beaucoup souffrir, et ceux qui en sont atteints y suc-
combent au moment où ils croient voir leur situation
s'améliorer.

Suzanne se faisait illusion, et, au moment où sa
vie déclinait rapidement, elle faisait de doux et amoureux projets d'avenir. Le cœur d'Astaire se déchirait
pendant ces entretiens d'une suavité cruelle. Il se
désespérait d'être impuissant à sauver cette grâce et
cette tendresse, pendant que sa chère maîtresse lui
disait de sa voix caressante les projets d'avenir qui
la poursuivaient jusque dans ses rêves.

— Si tu savais, murmurait-elle à son oreille,
comme je suis fière de t'avoir inspiré un pareil amour,
comme je bénis tous les maux, toutes les persécutions
que j'ai soufferts! Ils m'ont permis de constater toute
l'étendue de ton affection. Je sais que tu m'adores,
mais cela durera-t-il toujours?

— Oh! oui, toujours, répondait le pauvre Astaire.

— Même quand je serai vieille? demandait coquet-
tement Suzanne.

Et le malheureux, se contraignant pour sourire,
répétait d'une voix étranglée :

— Toujours, je te dis.

Mais ces efforts surhumains l'épuisèrent. Il était
heureux de sortir pour pouvoir sangloter librement,
et quand la malade dormait, le lieutenant quittait son
masque d'insouciance pour envisager d'un regard
désespéré toute l'horreur de sa situation.

29

Suzanne en se réveillant soudain d'un assoupisse-
ment vit tellement d'inquiétude sur le visage de son
amant, qu'elle se douta pour la première fois de la
gravité de son état. Jusque-là, elle avait cru que les
crachements de sang, la fièvre et l'extrême faiblesse
qui ne la quittaient pas, provenaient d'un simple
refroidissement. Elle eut subitement une révélation
de sa destinée, et poussa un cri d'angoisse.

— Henri, dis-moi, est-ce que je vais mourir?

Et comme le lieutenant essayait encore de mentir,
de lui jurer que sa maladie n'était rien, la jeune
femme comprit la vérité, se mit à se lamenter :

— Je ne veux pas mourir... je ne veux pas mourir ! A vingt ans... mon Dieu ! ce n'est pas possible !

Elle sanglotait en joignant les mains et demandait
grâce à l'Invisible qui ricanait dans l'ombre et allait
la faucher dans l'avril de son âge. Il était affreux
d'entendre cette jeune femme, belle et faite pour être
aimée, chercher à se raidir contre l'implacable Destin.

Astaire, la figure cachée dans les couvertures,
pleurait comme un enfant, avec la sensation horrible
d'un irréparable malheur auquel il ne pouvait se
soustraire. « Si elle meurt, pensait-il, je me tuerai.
Je ne saurais vivre sans elle ! »

Et pour compléter l'indicible tristesse de cette
scène, une véritable tempête mugissait au dehors de
la maison, faisant trembler les vitres sous les ondées,
sous le souffle furieux des rafales. Il y avait trois jours
que ce temps durait; les éclairs se succédaient sans
interruption dans le ciel livide; une véritable trombe

d'eau se précipitait sur le sol. Des gouttières pleu-
raient tristement au plafond et laissaient tomber leur
clapotement monotone dans le silence de la chambre.

Un bruit de chevaux retentit tout à coup devant la
maison et vint tirer Astaire de sa torpeur. Ce devait
être le docteur qui arrivait à la suite d'une lettre
pressante écrite le matin, en désespoir de cause. Le
lieutenant se leva péniblement et ouvrit la porte :
« C'est vous, Chartier? » demanda-t-il dans l'obscurité de l'escalier.

Il recula brusquement en reconnaissant le commandant supérieur.

M. Parenteau arrivait mouillé et furieux. Il eut un
ricanement de mauvais augure en entrant dans la
chambre, et ii cria :

— Non, ce n'est pas M. Chartier. Il est aux arrêts,
maintenant... Ah! voilà! Je le savais bien qu'il était
ici, ce bel officier! Et ces brutes de spahis qui me
disaient le contraire. Comme si on pouvait me tromper, moi! Pourquoi n'êtes-vous pas à El-Biodh, monsieur?

— Parlez moins fort, mon capitaine, dit Astaire
d'un ton suppliant, en montrant le lit où Suzanne, se
réveillant, ouvrait de grands yeux troublés.

Le commandant eut un haussement d'épaules :

— Ah! vous voudriez m'apitoyer, maintenant.
Assez de comédie comme cela. Je serai sans pitié, *moi*.
Et quant à cette coquine...

Astaire sauta à la gorge de M. Parenteau.

— Tu vas te taire, misérable! rugit-il.

Et comme le capitaine, à demi suffoqué, reculait pourtant vers la porte, Astaire le lâcha, donna un tour de clé dans la serrure et la mit dans sa poche. Puis il revint vers le commandant livide, qui s'appuyait contre un meuble, et lui dit d'une voix rendue sifflante par l'émotion :

— Vous voulez avoir une explication avec moi, soit. Voilà longtemps que je la désirais. Je ne le pouvais pas : vous aviez la force du grade, et vous n'avez pas voulu me rendre raison d'une insulte que vous avez faite à ma maîtresse. Vous avez agi comme un lâche avec moi. C'est pourquoi si vous refusez de vous battre, cette fois, je vous tuerai comme un chien.

Le commandant ne répliqua pas. Navré d'être venu si sottement tomber au pouvoir de son ennemi mortel, il cherchait un moyen de se dégager pour se venger ensuite à loisir. Appeler les spahis, il n'osait : il sentait bien que le lieutenant l'étranglerait avant que personne ne fût arrivé à ses cris.

Il y eut un moment de silence, troublé seulement par les sifflements du vent, le bruit de l'eau sur les tuiles et la respiration entrecoupée de la malade, qui assistait avec angoisse à cette scène. Le jour tombait de plus en plus, et les deux hommes ne voyaient plus leurs traits livides qu'à la clarté éblouissante des éclairs qui brillaient d'une façon presque continue. Et ils restaient perdus dans leurs réflexions, à deux pas l'un de l'autre, à la manière des fauves qui se mesurent longtemps du regard avant de chercher à se dévorer.

Une détonation étouffée, comme un coup de canon tiré à une grande distance, les fit tressaillir. En même temps, le tumulte du dehors s'accrut. C'était sans doute un coup de tonnerre...

— Si nous en finissions? proposa le lieutenant.

Et, sans attendre la réponse de son ennemi, il alla chercher contre un meuble deux sabres qui lui appartenaient.

— Henri, je t'en supplie..., disait la voix faible de Suzanne.

Mais Astaire n'eut pas le temps de disposer de ses armes. On frappait violemment à la porte de la chambre, et au dehors Abdelhakem criait :

— Mon lieutenant, saube-toi ; le barrage il est cassir !

— Oui, ajouta la voix effarée de Bernard : l'eau va venir ici. Il faut f... le camp.

Le commandant supérieur releva la tête, les yeux étincelants. C'était un secours inespéré qui lui arrivait.

— Enfonce la porte, Abdelhakem, cria-t-il à son tour.

— Non, je te le défends, ordonna Henri Astaire. Abdelhakem, Bernard, allez-vous-en !

— Mais, mon lieutenant...

— Allez-vous-en ; je le veux.

Le spahi hasarda quelques réflexions confuses et se concerta avec le tringlot. Le commandant supérieur gémissait maintenant, essayant vainement d'ouvrir la porte ; il entendit avec désespoir les deux soldats

29.

descendre rapidement l'escalier. Il cria jusqu'à ce
que la voix s'éteignît dans son gosier, et resta les
mains crispées, les yeux hagards, affolé par la terreur. Au dehors un sourd grondement grossissait, se
rapprochant rapidement.

— Ouvrez cette porte, je vous en supplie, râla le
capitaine Parenteau, se traînant aux genoux d'Astaire.
Je vous ai fait du mal, je m'en repens... Sauvez-moi
et je vous donnerai ce que vous voudrez... C'est horrible... Vous voulez donc ma mort !

Le lieutenant haussa les épaules et alla appuyer sa
tête sur l'oreiller de Suzanne. Le commandant roula,
anéanti, sur le parquet.

— C'est donc vrai, disait la jeune femme, rayonnante de joie, tu veux donc mourir avec moi ! Oh
bonheur ! être aimée ainsi !

Puis, se reprochant ce sentiment égoïste, le plai-
gnant à son tour, elle le suppliait aussi de s'en aller,
de la laisser là, elle qui n'avait plus longtemps à
vivre. Le lieutenant lui ferma la bouche avec des
baisers.

— Oh ! ma bien-aimée, lui répondit-il, ne vaut-il
pas mieux mourir ensemble que de rester sur cette
terre, dans cette société impitoyable, qui hait le véritable amour ! As-tu donc cru que je te laisserais t'en
aller seule ? Non, vois-tu, je ne regrette rien dans la
vie, puisque tu m'as donné tout le bonheur que je
pouvais y goûter ! . . . .

. . . .

On se souvient encore, dans la province d'Oran, de la rupture du barrage de la Senia, causée par la pression de cinquante mille mètres cubes d'eau sur une maçonnerie peu solide. Les ravages causés par l'inondation furent incalculables, et les eaux débordées entraînèrent au loin les épaves du malheureux village. Le cadavre du commandant supérieur ne fut jamais retrouvé, soit qu'il eût été porté jusqu'à la mer, soit qu'il eût été jeté sur les bords de la rivière et dévoré par les animaux sauvages. Quant aux corps d'Astaire et de Suzanne, ils n'étaient nullement défigurés quand on les retrouva, étroitement enlacés, à peu de distance de la Senia. C'est là qu'ils sont enterrés, au pied d'un pin d'Alep aux branches toujours bruissantes et pleines de gazouillements, et les Arabes content de touchantes légendes sur les deux amants que rien, pas même la mort, n'a pu séparer !

FIN

Extrait du Catalogue de la BIBLIOTHÈQUE-CHARPENTIER

13, RUE DE GRENELLE, PARIS

à 3 fr. 50 le volume

Paris. — Typ. G. Chamerot, 19, rue des Saints-Pères. — 1849.

www.ingramcontent.com/pod-product-compliance
Lightning Source LLC
Chambersburg PA
CBHW050143030726
47505CB00005B/1216

* 9 7 8 2 0 1 3 5 2 9 4 3 3 *